Sebastian Barry
Mein fernes, fremdes Land

Steidl
Pocket

SEBASTIAN BARRY

MEIN FERNES, FREMDES LAND

Aus dem Englischen von
Petra Kindler und Hans-Christian Oeser

Roman
Steidl Pocket

Für Dermot und Bernie

Livin' on Canaan's side, Egypt behind
Crossed over Jordan wide, gladness to find.

Amerikanisches Spiritual

Erster Teil

Erster Tag ohne Bill

Bill ist nicht mehr da.

Wie klingt es, wenn einer Neunundachtzigjährigen das Herz bricht? Vielleicht ist es kaum mehr als eine Stille, gewiss nur ein leises, zartes Geräusch.

Als ich vier Jahre alt war, besaß ich eine Porzellanpuppe, die auf sonderbare Weise in meine Hände gelangt war. Die Schwester meiner Mutter, sie wohnte unten in Wicklow, hatte sie seit ihrer beider Kindheit aufbewahrt und mir als eine Art Andenken an meine Mutter überlassen. Für eine Vierjährige mag eine solche Puppe auch aus anderen Gründen kostbar sein, nicht zuletzt ihrer Schönheit wegen. Ich sehe noch das angemalte Gesicht vor mir, ruhig und orientalisch, und das blaue Seidenkleid, das sie trug. Zu meiner Überraschung war mein Vater über dieses Geschenk sehr bekümmert. Es beunruhigte ihn auf eine Weise, die ich nicht begreifen konnte. Er sagte, es sei zu wertvoll für ein kleines Mädchen, obwohl er selbst dieses kleine Mädchen mit völliger Hingabe liebte.

Eines Sonntags, etwa ein Jahr, nachdem ich die Puppe bekommen hatte, bestand ich darauf, sie zur Messe mitzunehmen – trotz der langatmigen und wortreichen Proteste meines Vaters, der religiös war in dem Sinne, dass er auf ein Leben nach dem Tod hoffte. Daran glaubte er von ganzem Herzen. Seiner Ansicht nach eignete sich eine Puppe nicht zur Kirchgängerin.

Nachdem ich sie halsstarrig bis zur Prokathedrale in der Marlborough Street getragen hatte, fiel sie mir versehentlich, vielleicht wegen der überwältigend ernsten Atmosphäre, die dort herrschte, aus dem Arm. Bis zum heutigen Tag bin ich mir nicht ganz sicher, ob ich sie nicht einer plötzlichen Regung folgend fallen ließ. Aber falls dem so war, bereute ich es sofort. Der Fußboden der Kathedrale war mit Steinplatten ausgelegt. Das schöne Kleid konnte die Puppe nicht retten, und mit ihrem makellosen Gesicht schlug sie auf dem Stein auf und zersprang wie ein rohes Ei, nur noch schlimmer. Im gleichen Augenblick brach mir das Herz, sodass das Geräusch der zersplitternden Puppe in meinem kindlichen Gedächtnis eins wurde mit dem Geräusch meines brechenden Herzens. Und obwohl es eine törichte Vorstellung ist, frage ich mich heute, ob ein neunundachtzigjähriges Herz nicht vielleicht genauso ein Geräusch macht, wenn es vor Kummer in Stücke bricht – ein leises, zartes Geräusch.

Doch das Gefühl, das man dabei hat, ist, als würde eine Landschaft in rabenschwarzer Finsternis im Flutwasser versinken, und alles, Haus und Hof, Mann und Maus, schwebt in Gefahr und steht Todesängste aus. Es ist, als ob eine mächtige Instanz, eine Art CIA des Himmels, den kleinen Mechanismus, der ich bin, sehr gut kennt, als ob sie weiß, wie er verpackt und befestigt ist, und das Wartungsheft oder Handbuch besitzt, um mich auseinandernehmen zu können, Draht für Draht, Rädchen für Rädchen, und genau dies tut, ohne die leiseste Absicht, mich jemals wieder zusammenzusetzen, und unbekümmert darum, dass alle meine Einzelteile herunterfallen und verloren gehen. Der Kummer jagt mir solche Angst ein, dass ich in nichts Trost finde. In meinem Schädel trage ich statt meines Hirns eine Art geschmolzener Kugel mit mir herum, und alles dort brennt vor Elend und Entsetzen.

Gott vergib mir. Gott steh mir bei. Ich muss mich beruhigen. Ich muss. Bitte, Gott, steh mir bei. Siehst Du mich? Hier sitze ich an meinem Küchentisch mit der roten Resopalplatte. Die Küche ist blitzblank. Ich habe Tee gemacht. So verstört ich auch bin, ich habe die Kanne vorgewärmt. Einen Löffel für mich und einen für die Kanne. Ich habe den Tee wie immer ziehen lassen und habe wie immer gewartet – das gelbe Licht in dem Fenster, das aufs Meer blickt, wirkt massiv wie ein alter bronzener Schild. Hier sitze ich in meinem grauen Kleid aus schwerem Leinen, dessen Kauf vor einigen Jahren ich schon in dem Augenblick bereute, als ich in der Main Street das Geld auf den Ladentisch gelegt hatte, und den ich noch immer bereue, obwohl es mich warm hält in dieser Witterung, die sich vergebens abmüht. Ich werde den Tee trinken.

Bill ist nicht mehr da.

Der Legende zufolge, die sich um meine Mutter rankt, ist sie bei meiner Geburt gestorben. Ich sei aus ihr hervorgebrochen, sagte mein Vater, lärmend wie ein Fasan aus der Deckung. Sein eigener Vater war Gutsverwalter von Humewood in Wicklow gewesen, und er wusste, wie ein Fasan aussieht, der aus der Deckung hervorbricht. Meine Mutter starb in dem Augenblick, als kein Kerzenlicht mehr nötig war, im ersten Morgengrauen. Das war in Dalkey, nicht weit vom Meer.

Viele Jahre lang war dies für mich nur eine Geschichte. Als ich jedoch mit meinem eigenen Kind schwanger war, wurde sie mit einem Mal lebendig und vollkommen gegenwärtig. In jenem beengten Kreißsaal in Cleveland nahm ich all meine Kraft zusammen, um meinen Sohn aus mir herauszupressen, und da spürte ich meine Mutter. Bis dahin hatte ich mir noch gar keine richtigen Gedanken über sie gemacht, und doch glaube ich nicht, dass je ein Mensch einem anderen näher war als ich ihr in jenen Momenten. Als mir das Neugeborene endlich auf die Brust gelegt wurde und mich, die ich wie ein Tier keuchte, ein beispielloses Glücksgefühl durchströmte, weinte ich um sie, und Wert und Gewicht dieser Tränen bedeuteten mir mehr als ein Königreich.

Mit vier Jahren, als mir in der kleinen Vorschule neben dem Castle der katholische Katechismus vorgelegt und die allererste Frage gestellt wurde: *Wer hat die Welt erschaffen?*, wusste ich tief in meinem Herzen, dass die Lehrerin, Mrs O'Toole, irrte, als sie zur Antwort gab: *Gott*. Sie stand vor uns und las mit ihrer zaunkönigkleinen Stimme Frage und Antwort vor. Ich wäre durchaus geneigt gewesen, ihr zu glauben, denn in ihrem Rock, der so grau war wie ein Seehund im Dubliner Zoo, wirkte sie auf mich Vierjährige sehr imposant, außerdem war sie, als ich hereinkam, sehr freundlich zu mir gewesen und hatte mir einen Apfel geschenkt. Doch die Welt, und das hätte sie meines Erachtens wissen müssen, war von meinem Vater James Patrick Dunne erschaffen worden, der zwar noch nicht zu jener Zeit, aber später als Chief Superintendent bei der Dublin Metropolitan Police diente.

Der Legende zufolge, die sich um meinen Vater rankt, hatte er in der Sackville Street den Angriff gegen Larkins Männer geführt. Als Larkin mit falschem Vollbart über die O'Connell Bridge kam, durch die marmornen Korridore des Imperial Hotel schritt, auf einen Balkon hinaustrat und vor hunderten von Arbeitern, die sich unten versammelt hatten, was per Dekret verboten worden war, eine Rede zu halten begann, hatten mein Vater und die anderen führenden Polizeibeamten den wartenden Constables befohlen, mit gezogenen Schlagstöcken vorzurücken.

Zum ersten Mal hörte ich diese Geschichte als Kind, an dem Abend, als sie geschah, und da deutete ich sie ganz falsch und glaubte, mein Vater habe eine Heldentat vollbracht. In meiner Fantasie fügte ich einen Schimmel hinzu, auf dem er mit gezücktem Zeremonienschwert geritten kam. Ich sah ihn vorwärtsstürmen wie bei einem regelrechten Kavallerieangriff. Seine Ritterlichkeit, seine Tapferkeit verschlugen mir den Atem.

Erst Jahre später begriff ich, dass er nur zu Fuß vorgerückt war und dass drei der Arbeiter getötet worden waren.

Alte Kamellen. Mit meinem gegenwärtigen Kummer haben sie nicht viel zu tun, außer dass sie mir helfen, mich zurechtzufinden. Jetzt werde ich Atem schöpfen und richtig anfangen.

Als ich von der Beerdigung zurückkehrte, stellte ich fest, dass in meiner Abwesenheit mein Freund Mr Dillinger gekommen war und mir, ohne auf mich zu warten, einen Blumenstrauß in die Diele gestellt hatte. Es waren sehr teure Blumen, und er hatte einen kleinen Zettel an den Strauß gelehnt, auf dem stand: »Meiner lieben Freundin Mrs Bere in Zeiten ihres schweren Verlustes.« Das rührte mich zutiefst. Ich bin überzeugt, wenn Mr Nolan noch am Leben wäre, hätte auch er sich hereingestohlen. Aber er wäre nicht willkommen gewesen. Wenn ich nicht wüsste, was ich jetzt weiß, wenn Mr Nolans Tod nicht zu dem Zeitpunkt erfolgt wäre, als er erfolgte, vielleicht hätte ich mir weiterhin eingebildet, er sei der engste Freund, den ich hatte. Wie sonderbar, dass sein Tod und der Tod meines Enkels Bill zeitlich so dicht aufeinanderfolgten. Aller schlechten Dinge sind drei, das ist wohl wahr. Der dritte Tod wird mein eigener sein. Ich bin neunundachtzig Jahre alt und werde mein Leben in Kürze beenden. Wie könnte ich ohne Bill weiterleben?

Etwas derart Schreckliches kann ich nicht ohne eine Erklärung tun. Aber wem soll ich es erklären? Mr Dillinger? Mrs Wolohan? Mir selbst? Ich kann nicht aus dem Leben scheiden, ohne mich wenigstens darum zu bemühen, Rechenschaft über meine Verzweiflung abzulegen. Normalerweise bin ich nicht verzweifelt, und ich hoffe, als atmende, lebende Frau wenig Verzweiflung gezeigt zu haben. Es war nicht mein Stil. Deshalb will ich mich auch jetzt nicht lange damit aufhalten. Zwar spüre ich Verzweiflung, so tiefe Verzweiflung, dass ich befürchte, sie könnte meine Bauchspeicheldrüse in Mitleidenschaft ziehen, jenes seltsame blaue Organ, an dem Mr Nolan gestorben ist, aber ich beabsichtige nicht, sie noch viel länger zu spüren. Nur so lange, wie es dauert, ins Dunkel der Vergangenheit zu sprechen, in den blauen Äther der Zukunft, nur so lange wird es dauern, hoffe und bete ich. Danach werde ich eine unauffällige Methode finden, mich ins Jenseits zu befördern.

Ich bin nicht unempfänglich für die schönen Dinge dieser Welt, deren Anblick mir vergönnt gewesen ist, sei es als Kind eine Ecke Dublins, ein kleiner, unbeachteter Innenhof im Castle, der mir wie ein staubiges Paradies vorkam, oder jetzt, in meinen späteren Jahren, jene langgliedrigen, geschöpfartigen Nebel, die gegen die Hamptons anmarschieren wie Armeen, von denen schwer zu sagen ist, ob sie angreifen oder geschlagen sind, ob sie ausrücken oder heimkehren.

Ich hoffe und bete, dass sich Mr Nolan auf den langen, abschüssigen Weg zur Hölle gemacht hat, dass die Felder um ihn her zu brennen beginnen, dass das Sonnenlicht eine verschossene Färbung annimmt und die Aussicht sich verändert und ihm fremd vorkommt – nicht länger die weiten Tabakfelder und die heiteren bewaldeten Hügel der Heimat, denn trotz seines irischen Namens war er in Tennessee geboren und aufgewachsen, und wie jeder im Sterben liegende Sohn eines Ortes wird er sich ausgemalt haben, im Tod seine Schritte wie von selbst nach Hause lenken zu können. Obwohl ich ihn, als er noch am Leben war, im Grunde liebte und wir viele, viele Jahre lang Freunde waren, so ist es doch nur recht und billig, dass der Teufel ihn an der Hand nimmt und ihn durch die rauchenden Felder hinwegführt.

Der Teufel, beginne ich zu argwöhnen, und es bereitet mir großen Kummer, hat einen größeren Gerechtigkeitssinn als der Andere.

»Nur die Treulosen können wirklich treu sein, nur die Verlierer können wirklich gewinnen« – das hat einmal mit seinem üblichen Funkeln mein Enkel Bill zu mir gesagt, bevor er in den Wüstenkrieg zog. Mit neunzehn war er schon geschieden und glaubte bereits, auf der Verliererseite des Lebens zu stehen. Des LEBENS mit Großbuchstaben, wie er es nannte. Im Krieg erlosch sein Funkeln. Aus der brennenden Wüste kehrte er zurück wie ein Mann, der ein Wunder des Teufels geschaut hat. Nur wenige Wochen später zog er mit seinen Freunden los, vielleicht zu einem der Zechgelage, die ihm so viel Spaß machten. Anderntags wurde er von einer Putzfrau ausgerechnet in der Toilette seiner alten Highschool gefunden. Er war einem nur ihm selbst bekannten Impuls gefolgt und in die Toilette eingestiegen. Er hatte sich an einem Samstagabend umgebracht, bestimmt deswegen, weil er am Sonntag nur vom Hausmeister entdeckt werden würde und nicht, wie am Montag, von der gesamten Schülerschar. Mit seiner Krawatte hatte er sich an einem Haken an der Tür aufgehängt.

Warum bin ich am Leben, wenn er tot ist? Warum hat der Tod ihn genommen?

Nichts auf der Welt hätte mich sonst zum Schreiben gebracht. Schreiben ist mir verhasst. Ich hasse Feder und Papier und das ganze Getue. Ich glaube, bislang habe ich mich auch ohne diese Schreiberei ganz wacker geschlagen. Ach, ich lüge mir in die Tasche. *Gefürchtet* habe ich mich davor, konnte kaum meinen Namen schreiben, bis ich acht war. Die Nonnen in der North Great George's Street waren davon gar nicht angetan. Aber manchmal haben Bücher mich gerettet, das ist die Wahrheit – meine Samariter. Kochbücher, als ich mein Gewerbe lernte, oh, viele Jahre ist das nun her, aber auch jetzt noch, in späteren Jahren, befasse ich mich manchmal mit meinem zerfledderten *White House Cook Book*, um mir ein flüchtiges Detail in Erinnerung zu rufen. Es gibt keinen guten Koch, der nicht auch in seinem Lieblingskochbuch auf Fehler gestoßen wäre und diese am Rand vermerkt hätte, vielleicht wie in einem alten Buch in der verlorenen Bibliothek von Alexandria. Mitunter, wenn ich in einer gewissen Stimmung bin, lese ich die Sonntagszeitung von vorne bis hinten. Fresse mich durch sie hindurch wie eine züngelnde Flamme. In selteneren Augenblicken lese ich gern in der Bibel. Die Bibel ist wie eine ganz besondere Musik, man kann die Melodie nicht immer erkennen. Auch mein Enkel Bill las gern in der Bibel, er war darauf spezialisiert, das Buch der Offenbarung zu enträtseln. Er sagte, so sei sie gewesen, die Wüste in Kuwait, sie habe gebrannt, gebrannt wie der feurige Pfuhl. *Und so jemand nicht ward gefunden geschrieben in dem Buch des Lebens, der ward geworfen in den feurigen Pfuhl.*

Ich mag Geschichten, die andere Menschen einem erzählen, mündliche Geschichten – frei nach Schnauze, wie wir früher bei uns zu Hause gesagt haben. Heitere Geschichten, aus dem Stegreif, humorvoll. Nicht die melancholischen Geschichten der Geschichte.

Und in meinem Leben, ganz zu schweigen vom Leben meiner Arbeitgeberin Mrs Wolohan, habe ich so viel Geschichte erlebt, dass es für ein ganzes Leben reicht.

Wolohan, das ist natürlich ein irischer Name; weil es aber in der irischen Sprache kein W gibt, vermute ich, dass der Buchstabe in Amerika hinzugefügt wurde, vor vielen Jahren, von einer anderen Generation. Denn eines habe ich in Amerika festgestellt: Die Wörter stehen nicht still. So wenig wie die Menschen selbst. Nur die Vögel Amerikas scheinen sich gleich zu bleiben, Vögel, deren Wesen, deren Farbe mich bei meiner Ankunft so fasziniert und verwirrt hat. Hier und heute sind es die Strandammer, die Klapperralle, die Purpur-Grackel, der Flötenregenpfeifer und die dreizehn Unterarten der Grasmücke, die diese Gegend zieren. Ich selbst bin auch ein bisschen herumgekommen, alles in allem. Die erste Stadt, in die ich kam, war New Haven, vor Tausenden von Monden, könnte man sagen. Mit meinem geliebten Tadg. Ach, das war eine wilde Geschichte. Aber darüber will ich morgen schreiben. Mir ist kalt, auch wenn die Wärme des Frühsommers eigentlich ausreicht. Mir ist kalt, denn ich kann mein Herz nicht finden.

Zweiter Tag ohne Bill

Mr Dillinger begnügte sich nicht damit, gestern die Blumen dagelassen zu haben, sondern kam heute noch einmal vorbei. Jene Blumen, die hell auf dem Küchentisch leuchteten, obwohl ich sie recht lieblos in einem alten Milchkrug arrangiert hatte. Zerstreut berührte er die blauen Blütenblätter, als könnte er sich nur undeutlich daran erinnern, dass sie etwas mit ihm zu tun hatten.

Mr Dillinger hat Taktgefühl; ich bin überzeugt, dass er weiß, wann er nicht willkommen ist. Aber das Problem mit ihm wird immer darin bestehen, dass es mir schwerfällt, mich nicht zu freuen, wenn ich ihn sehe. Er ist einer von diesen wohl eher raren Männern mit den Gesichtszügen eines Imperators, zerklüftet, aber nobel, oder was ich mir unter nobel vorstelle, auch wenn ich mir überhaupt nicht sicher bin, was das sein soll. Er hat genau das Aussehen, das zu seinem Ruf passt, dem eines wunderbaren Schriftstellers. Er zählt zu Mrs Wolohans engsten Freunden.

Obwohl er schon Ende sechzig ist, verrät sein Auftreten sein Alter nicht. Er ist sehr groß und schlank, sodass er in meinen für Normalsterbliche entworfenen Wohnzimmersesseln weniger sitzt als sich dagegenlehnt, wie eine Leiter, die jemand dort angestellt hat. Sein Verstand ist so beschaffen, dass er den Kopf immerzu in den Wolken trägt und nur das ausspricht, was ihn gerade am meisten beschäftigt, was ihm in diesem Augenblick am wichtigsten und am dringlichsten erscheint. Unverbindlich plaudern kann er ebenso wenig wie Mrs Wolohan. Aber bei mir bestand dazu auch gar keine große Notwendigkeit. Als ich bei ihr noch richtig angestellt war, lief alles wie am Schnürchen. Was ich für sie kochte, folgte einem bestimmten Turnus, und jeden Mittwoch gab es mehr oder weniger dasselbe Mittagessen, außer wenn einige Zutaten jahreszeitlich bedingt knapp waren. Meine Zeit in Cleveland hatte ich sinnvoll genutzt, und meine liebe Freundin dort, Cassie Blake, die mir die erste Auster, die ich je gesehen hatte, und viele andere geheimnisvolle Dinge zeigte, hat mich für alle Zeiten geprägt, sodass ich wahrlich nicht behaupten könnte, eine schlechte Köchin zu sein. Zu meinem Glück. Mrs Wolohan mag großen Wert darauf gelegt haben, dass ich Irin bin, als sie mich in Dienst nahm, oder vielmehr: als sie mich von ihrer Mutter erbte, aber das allein hätte für eine Anstellung nicht ausgereicht.

Mr Dillinger kann zwar nicht unverbindlich plaudern, aber reden kann er. »Ich glaube, wenn ich das nächste Mal nach North Dakota fahre, nehme ich Sie mit«, sagte er. Es war wie das Schlusslicht eines großen Gedankenzuges, ebenso lang und geheimnisvoll wie die riesigen Güterzüge, die sich durch Amerika schlängeln. »Als ich selbst sehr traurig war, nach dem Tod meiner Frau, habe ich dort unter den Sioux großen Trost gefunden.«

Natürlich glaubte ich nicht eine Sekunde daran, dass er ernstlich vorhatte, mich mitzunehmen. Aber in seiner sonderbaren Munterkeit lag selbst eine Art Trost.

Er begann, von anderen Dingen zu reden. Wie ein altmodischer Ire aus der Generation meines Vaters wollte er das Hauptgesprächsthema nicht direkt anschneiden, sondern sich langsam heranpirschen. Jetzt erzählte er mir die Geschichte seiner Familie während der Hitlerjahre. Sein Vater sei recht wohlhabend gewesen, sagte er, und weit davon entfernt, mit einem Pappkoffer aus Deutschland fliehen zu müssen. Stattdessen sei er auf seiner Reise in einem Fünf-Sterne-Hotel nach dem anderen abgestiegen, einmal durch ganz Europa bis nach Gibraltar, wo es ihm gelang, für seine Familie eine Überfahrt erster Klasse nach Amerika zu buchen. Seine Frau jedoch, Mr Dillingers Mutter, habe sich im letzten Augenblick geweigert, die Überfahrt anzutreten, und sei später zusammen mit zweien ihrer Töchter in Dachau umgekommen. Jahre später, als eine Gedenkstätte errichtet worden sei, habe er Dachau besucht. Er habe sich die Ausstellung nicht mit den Augen eines Touristen angesehen, sagte Mr Dillinger mit feierlichem Ernst, sondern mit den Augen seiner Mutter und seiner Schwestern. In einem der Ausstellungsräume, daran könne er sich noch erinnern, habe das riesige Foto einer mit fliegenden Armen rennenden Frau gehangen, die sich, starr vor Schreck, umgeblickt habe. Ihre Brüste waren abgeschnitten. Als er das sagte, zuckte ich in meinem Sessel zusammen. Irgendwie spürte ich es in meinen eigenen Brüsten. Entsetzlich, wie entsetzlich.

»Man kann nicht immer genau wissen, was man da betrachtet«, sagte Mr Dillinger, und sein ganzer Körper zitterte merklich.

Dann schwieg er.

»Ich entschuldige mich«, sagte er. »Bitte verzeihen Sie mir.«

»Wofür?«, fragte ich. »Es tut mir sehr leid, was Ihrer Mutter und Ihren Schwestern widerfahren ist.«

»Eigentlich bin ich gekommen, um Ihnen ein paar Worte zu Bill zu sagen«, sagte er mit gesenktem Kopf.

»Das ist nicht nötig«, erwiderte ich.

Denn Worte des Trostes gibt es natürlich nicht, nicht so richtig.

Dann schien er den Kopf zu schütteln über das, was er als Nächstes sagen könnte, und was danach, und so sagte er nichts.

Ich saß ganz still da. Ich wollte vor ihm nicht in Tränen ausbrechen. Tränen sind ehrlicher, wenn man sie allein vergießt. Manchmal ist Mitleid mehr Wolf als Hund. Ich frage mich, ob, wenn ich mich in dem kleinen Krankenhaus röntgen ließe, der Röntgenapparat wohl meinen Kummer entdecken würde. Ist Kummer wie Rost, wie Schleim ums Herz?

Schließlich nahm er sich zusammen, und auf seinem Gesicht zeigte sich ein warmes Lächeln. Die Lider über seinen blauen Augen hoben sich, jenen Augen, die er eben erwähnt hatte.

»Mrs Bere, ich habe Ihre Zeit sicher über Gebühr in Anspruch genommen.«

Behände erhob er sich aus seinem Sessel, wobei er diesem ein halb musikalisches Knarren entlockte, und blickte auf mich nieder. Er schien auf eine Antwort zu warten, doch meine Kehle war mit Schweigen verstopft. Er nickte, beugte sich zu mir herab und tätschelte kurz meinen Arm. Dann ging er wortlos in die Diele und hinaus in die staubige Helle des Tages. Ins Licht der Hamptons mit seinem Perlenschimmer.

Taktgefühl.

Als er fort war, nahm ich das Buch zur Hand, das er mir Jahre zuvor geschenkt hatte. Ich hatte es nie gelesen, so wie er es mir an dem Tag, als er es mir schenkte, vorausgesagt hatte. Nach einem langen Spaziergang am Meer, der Strand genau so, wie er es mochte, in Nebel gehüllt, sei er meinen Weg heraufgekommen, hatte er gesagt. Er habe einen kleinen Zaunkönig gesehen, der immer wieder kurz in einem Loch in der alten Straßenmauer verschwunden sei. Hinter der Mauer habe sich der gewaltige Kartoffelacker erstreckt. In die andere Richtung die lange Reihe von Dünen und Salzwasserrinnen. Über dem winzigen Vogel der unermessliche, aufklarende Himmel der Hamptons, deren Nebelfelder von den großen Maschinen des Sonnenlichts aufgelöst worden seien. Dies, so habe er gedacht, ist ein Vogel, der nicht weiß, wie klein er ist, der in einer monumentalen Landschaft lebt und sich in dem Glauben wiegt, die Statur eines Helden zu haben. Dies, so habe er gedacht, ist ein Vogel, der nur Epen liest. Und aus einem Grund, den nur er allein kannte – ob er mich nun mit diesem Vogel in Verbindung brachte oder einfach nur, weil ich in dessen unmittelbarer Nähe wohnte, weiß ich nicht –, habe er an jenem Nachmittag beschlossen, mir ein Geschenk zu machen, einen in rotes Leder geschlagenen Band der *Ilias*.

»Sie können sie lesen oder nicht lesen, das ist nicht Gegenstand unseres Vertrags.«

Der Vertrag, auf den er sich bezog, war, wie ich meine, ein Freundschaftsvertrag.

Mit der Hand glättete ich das schöne Leder.

Singe den Zorn, o Göttin, des Peleiaden Achilleus,
Ihn, der entbrannt den Achaiern unnennbaren Jammer erregte...

Das Licht ruhte auf den unzähligen Pflastersteinen des Exerzierplatzes, als balanciere auf jedem von ihnen ein glänzender Penny. Ich stand da mit meinen Schwestern und meinem Bruder, ein Bündel notdürftig zusammengestoppelter Kleider, garniert mit einem Hauch männlicher Größe. Unsere Mutter war nun schon mein ganzes Leben lang tot gewesen, und es gab nur Hand und Auge meines Vaters, um diese undurchsichtigen Angelegenheiten zu regeln. Ich glaube, es war an dem Tag, als mein Vater zum Chief Superintendent ernannt wurde. An jenem Morgen hatten wir unser neues Quartier im Dublin Castle bezogen, denn von nun an würden wir dessen Bewohner sein. Es war ein hübsches, quadratisches Haus in Blümchenrosa, und ich war noch so klein, dass ich den Vormittag damit zugebracht hatte, meinen Puppen die Zimmer zu zeigen. Aber wie alt ich wirklich war, weiß ich nicht genau. Auch mein Bruder Willie kommt mir in der Erinnerung noch recht jung vor, also muss es vor dem Ersten Weltkrieg gewesen sein. Aber all das, ob nun vor oder nach dem Krieg, war nichts im Vergleich zu dem Gefühl, das mich beim Anblick meines Vaters in seiner neuen Paradeuniform überkam. Da brauchte man nicht lange herumzurätseln: Der Commissioner, wie mein Vater sagte, »in einen Londoner Anzug von feinster Qualität« gekleidet, war aus ebendiesem London angereist und stattete meinen Vater, *meinen* Vater, mit den offiziellen Insignien seines neuen Status aus. Jetzt wusste ich, dass er die B Division der Dublin Metropolitan Police leiten sollte und so weit aufgestiegen war, wie er es sich nach dreißig Dienstjahren bei der Polizei nur erhoffen konnte. Kein Sonnenaufgang über den Keadeen Mountains in Wicklow, wo noch unsere Cousinen, Tanten und Onkel wohnten, hätte an die unverhüllte Freude, an das Strahlen in seinem glatt rasierten Gesicht heranreichen können. Es war derselbe Gesichtsausdruck, den ich immer sah, wenn ich abends von der Schule nach Hause kam, in seine Arme stürzte und er mich küsste und sagte: »Wenn ich deinen Kuss nicht hätte, würde ich vielleicht nie nach Hause kommen«, nur tausendfach verstärkt. Sein mächtiger Körper, dessen bloßer Anblick beim Tauziehen jede gegnerische Mannschaft zur Verzweiflung getrieben hätte, steckte in einer schwarzen Uniform mit flitzenden Pfeilen an den Ärmelaufschlägen, von denen ich glaubte, sie seien aus Silber, aber vielleicht waren es auch nur leuchtende weiße Litzen. In seinem Hut steckte eine weiße Feder, die im festlichen Schlosswind wehte. Die Körpergröße meines Vaters ließ den Commissioner, der durchaus prächtig anzusehen war, aber doch nur seinen Zivilanzug trug, konturlos und sonderbar furchtsam erscheinen, so als könnte mein vor Kraft strotzender Vater ihn aus purem Mutwillen verschlingen. Der Commissioner sprach einige Worte, und all die nach Dienstgrad aufgereihten Constables und Sergeants, jeder von ihnen sechs Fuß groß und größer und selbst so schwarz wie verkohlte Holzstöcke, gaben ein seltsames Beifallsgemurmel von sich, das meinem Vater so süß in den Ohren klang wie mir das Rauschen des Meeres an den Shelly Banks. Die kleine, köstliche Dünung der Freundschaft schlug gegen das Gesicht meines Vaters, das platzen wollte, schier platzen vor Selbstgewissheit und Stolz.

»Das wäre ein Tag für Cissie gewesen, ein Tag, den Cissie hätte miterleben sollen«, hatte er zu mir gesagt, als er sich wenige Stunden zuvor angekleidet hatte. Diese geheimnisvolle und unbekannte Cissie war meine Mutter, die mein Vater nur selten beschwor. Aber es war einer von diesen Tagen, an denen ein Witwer den Blick aus den aufgeregten Augen seiner

Frau vermisst. Mein Vater, der sich viele geheime Kenntnisse als Vater erworben hatte und jede unverheiratete Tante verschmähte, die ihm in Wicklow angetragen wurde, strich mit seiner großen, kalten Hand die Schärpe meines Kleides glatt, trat hinter mich und ging in die Hocke. Zuerst zupfte er oben an seinen Hosenbeinen, um zu vermeiden, dass sie Falten bekamen und sich spannten – eines von den tausend Dingen in seinem Leben, die für ihn »ganz und gar nicht gingen« –, und band mir mit dem richtigen Maß an Sorgfalt und dem richtigen Maß an Geschwindigkeit eine Schleife.

»Na bitte«, sagte er, »kein Königskind könnte besser herausgeputzt sein, kein König zufriedener mit seiner Tochter.«

Dann nahm er mich, ein kleines, seidiges Mädchen, in die Arme und hielt mich so fest, dass mein schmaler Brustkorb einen Augenblick lang ohne Atem war, und wie froh war ich, ohne Atem zu sein, und er drückte seinen großen feuchten Mund auf meine Wange und küsste mich mit ungeheurer Präzision. Mir brauchte man nicht zu erzählen, wie sich die empfindliche Rüsselspitze eines Elefanten anfühlt, der im Dubliner Zoo seine altbackenen Brote frisst, denn ich war felsenfest überzeugt, dass sie sich genauso anfühlte wie der Mund meines Vaters.

»Wer sagt's denn, und hätte sie sich nicht gefreut, dich zu sehen, Lilly, hätte sie sich nicht gefreut? Und ob!«

Dieses kleine Gespräch, das er mit sich selbst führte, auch wenn es scheinbar an mich gerichtet war, bedurfte keiner Antwort, hatte er diese doch eben selbst gegeben.

Jetzt standen wir draußen auf dem Exerzierplatz, und unser Vater war uns weggenommen worden, damit man ihm etwas sagen konnte, und seine Männer strahlten ihn beifällig an. Aber bald würden wir in unser neues Zuhause gehen, meine Schwestern Annie und Maud würden den neuen Küchenherd anheizen, was eine Herausforderung war, und wir würden Gott weiß was zu Abend essen. Ich wusste, dass Annie bereits eine Schüssel mit süßem Brötchenteig vorbereitet hatte, der im Wäschetrockenschrank reifte, den würde sie Klacks für Klacks in Papierförmchen füllen, und es würde nicht lange dauern, bis die Brötchen im Ofen aufgingen.

So weit, so gut, so weit, so gut, aber dann trübt diese Erinnerung sich seltsam ein, und ich frage mich bis heute, ob ich wirklich sah, was ich gesehen zu haben glaube. Da ich Annie oder Maud in meinem ganzen Leben nicht mehr zu Gesicht bekommen habe und beide inzwischen tot sind, Maud schon seit langer, langer Zeit, konnte ich sie nie danach fragen. Mich würde interessieren, ob in den Annalen der Dubliner Polizei etwas darüber geschrieben steht, vermutlich nicht, denn wer weilt noch auf dieser Erde, um von den Taten der Dublin Metropolitan Police zu lesen? Ich kann mir vorstellen, dass all die Bücher, die Wachbücher der Tag- und der Nachtschichten, die endlosen und endlos wachsenden Bündel Protokolle, Gerichtsakten und dergleichen, in irgendeinem Keller verstaut sind wie Särge von Vampiren, bis die Millionen Seiten aufweichen und miteinander verschmelzen, sodass nicht einmal Engel sie umblättern könnten.

Wir kehrten in unser prachtvolles Haus zurück. Ich weiß nicht, was ich heute, da meine Augen alt geworden sind, davon halten würde, doch seine große Eingangstür, seine fünf hohen Fenster verschlugen mir die Sprache, denn es sah aus wie ein Haus, in dem schöne Dinge geschehen und meine Schwestern mich verwöhnen würden, während mein Bruder, finster und glücklich zugleich, mit schweren Schritten ein und aus gehen und mein Vater weiterhin das Binden von Schärpen und Umschmeicheln von Töchtern bewältigen würde. Der Fotograf, der seine Arbeit auf dem Exerzierplatz abgeschlossen hatte, war uns gefolgt, und jetzt sollte mein Vater, gerahmt von seiner Eingangstür, abgelichtet werden, und während der Fotograf an seinen Einstellringen drehte und Anstalten machte, sich das schwarze Tuch über den Kopf zu werfen, stand mein Vater da und zappelte herum, was, wie ich wusste, in seinem Leben ein mittleres Vergehen darstellte. Er wirkte anders auf mich als auf dem Exerzierplatz, hatte einen seltsamen Ausdruck im Gesicht, nicht Furcht, aber doch etwas damit Verwandtes; ein wenig Besorgnis sickerte daraus hervor, etwas, was ich noch nie zuvor an ihm entdeckt hatte. Er hing seinen Gedanken nach, und woran er dachte, sollte wohl kein Kind je erfahren.

So groß er auch war, und ich spreche von einem Mann, der vier Pfund Fleisch am Tag verzehrte, so war doch die Tür drei Mal so breit wie er. Sie stand offen, und ich konnte das schwarze Dunkel dahinter sehen. Ich fand es spaßig, dass das letzte Sonnenlicht des Tages bald unsere rote Ziegelmauer abtasten und flüchtig ins Haus hineinspähen würde, wie ein Mensch mit einer Kerze. Momentan ruhte die Sonne noch auf den üppigen Dächern der Königlichen Kapelle, in der die Flaggen der Vizekönige hingen, ein Ort, den wir als Katholiken wohl nicht oft aufsuchen würden. Vom Tor zur Little Ship Street näherte sich ein kleiner Trupp Soldaten, bestimmt hatte gerade ein Wachwechsel stattgefunden, und, achtsam die Gewehre geschultert, kamen sie recht flott, dabei aber plaudernd und lachend heranmarschiert. Dann und wann schwoll ihr Gelächter an, und der jugendliche Lärm hallte über das Kopfsteinpflaster und kletterte die niedrige Mauer empor in die Stallhöfe, sodass die herrlichen Pferde in ihrer Einsamkeit sicherlich ganz unruhig wurden.

Mein Vater stand auf der obersten Stufe. Der Fotograf war so weit.

»Nur ein paar Minuten, Sir, bewegen Sie sich nicht. Jetzt, Sir, ein freundliches Lächeln, wenn ich bitten dürfte.«

Und zu meiner großen Überraschung kam mein Vater dem Wunsch des Mannes nach, eines langgliedrigen Burschen in einem Anzug mit glänzenden Lederflicken auf Knien und Ellbogen, die zweifellos mit seiner Arbeit zu tun hatten, bei der er sich ja ebenso oft hinknien und aufstützen musste wie eine Nonne oder ein Eckensteher, und als der bunte Haufen Soldaten vorbeimarschierte, sandte mein Vater, die Stiefel in den Boden gestemmt, die Feder im Windschatten des Hauses jetzt unbewegt, ein Lächeln aus, so hell wie der Leuchtturm in Wicklow, wenn sich das Leuchtfeuer nach einer langen Umdrehung endlich auf einen richtet. Welchen Nutzen das Feuer des Leuchtturms für die Landbewohner haben sollte, hatte sich mir nie erschlossen. Heide und Feldern schenkte es Licht, doch eigentlich wollte es seinen Mondpfad silbrigen Schimmer ja auf die Steppen und Wellenberge des Meeres vor Wicklow werfen. Welchen Nutzen hatte das Feuer des Leuchtturms?, dachte ich, ein kindlicher Gedanke, und merkwürdig, dass ich mich jetzt daran erinnere, aber teilweise liegt es daran, dass ich, während ich schreibe, das Feuer wieder vor mir sehe, wieder jenes Mädchen bin, Lilly Dunne persönlich, vor all dem, was danach kam, gewissermaßen in meiner uneingeschränkten Herrschaft als kleines Mädchen, Königin Lilly selbst, und dass mein Vater, obwohl längst zu Staub zerfallen, wieder mein Vater ist. Ich weiß nicht einmal, wo genau dieser prächtige Mann begraben liegt, Gott vergib mir, und als er starb, erfuhr ich nichts davon, erhielt sieben Jahre lang keine Nachricht, sieben Jahre lang lag mein Vater schon tot auf einem unbekannten Friedhof, und dort liegt er noch immer, doch in jenem Augenblick, jenem längst entflohenen Augenblick eines längst entflohenen Lebens – sein uncharakteristisch unsicheres Gesicht, sein strahlendes Lächeln, der Fotograf unter seinem Tuch, die Soldaten, die ehrerbietig vorbeimarschierten, aber eben nicht ganz so ehrerbietig, da es sich um eine reine Polizeiangelegenheit handelte und sie Soldaten waren, mächtige Soldaten –, erblickte ich etwas im Dunkel der Diele. Und in jener Sekunde schob sich der letzte Finger des Sonnenlichts, wie von mir vorausgeahnt, gleichfalls in die Diele und schenkte dieser eine feierliche kleine Helligkeit, so wie eine tief auf dem Grunde glitzernde Münze dem Wasser eines Brunnens, und aus dem Dunkel sprang ein langgestrecktes braunes Wesen ins erklärende Sonnenlicht, zunächst auf allen Vieren; dann aber, als es den Rücken meines Vaters sah, bäumte es sich auf und brüllte garstig, brüllte wie eine große Maschine, die Dampf ablässt, sodass mein Vater vor Schreck auf seinen nicht unbeträchtlichen Füßen überaus gewandt herumfuhr, dann aber wie angewurzelt stehen blieb, ebenso die Soldaten, bis einer von ihnen plötzlich vorstürzte, sein Gewehr anlegte und abfeuerte, genau neben meinem rechten Ohr, ein gewaltiges und verstörendes Geräusch, das ich, in all meinen Jahren als Polizistentochter, so noch nie gehört hatte – die himmlische Kraftanstrengung, die es kostet, einen Klumpen Blei aus einem Gewehrlauf zu treiben –, und als die Kugel einschlug, trat aus dem Gesicht des Wesens, genau über der Nase, plötzlich eine Mohnblume Blut aus, und in demselben Augenblick sah ich, dass aus einem Loch in der riesigen weichen Nase, einem Loch, das, wie mir schien, nicht hätte da sein dürfen, klirrend eine meterlange Kette herabhing, und in heftigen Schmerzen, seinen letzten Schmerzen auf dieser Erde, bäumte sich der Bär, denn es war ein Bär, noch höher auf und fiel der vollen Länge nach auf die granitenen Stufen, schlug mit einem sanften Bumm und Wuff auf den Steinen auf, und mein Vater schien in den Knien leicht einzuknicken, als sei er erst jetzt im Begriff, wegzuspringen und sich bei uns in Sicherheit zu bringen, doch seltsamerweise sprang er nicht, mit gebeugten Knien schien er wie festgenagelt und starrte ohne Unterlass auf den toten Bären, und es waren die Augen eines Kindes, die es sahen, und ich hoffte, hoffte und betete, dass niemand sonst es sah, aber der feine Stoff seiner frisch gebügelten Paradeuniformhose wurde im Schritt jetzt ganz dunkel von Pisse.

An jenem Abend saßen wir wie verwandelt alle zusammen in unserer neuen Wohnstube, wir Kinder in unnatürlichem, aber offenbar unverbrüchlichem Schweigen, und verzehrten ein trübseliges Abendbrot. Im Wäschetrockenschrank reifte Annies süßer Brötchenteig ungestört vor sich hin, Annie selbst schaute alle paar Sekunden zu ihrem Vater in seinem Nachthemd, seinem Schlafrock und seinen Pantoffeln, die ernst aussahen wie die Bäuche von Seehunden, während Maud, die selbst harmlose Zwischenfälle nicht verkraftete, in einem Winkel kleine Tränen vergoss. All unsere Besitztümer lagen unausgepackt in den Teekisten, die noch immer dort standen, wo die Rekruten sie am Morgen abgestellt hatten, aus der Flöte des Lebens war die Melodie entwichen, an jenem Tag der Tage, auf den mein Vater so lange gewartet, auf den er so lange hingearbeitet hatte, erst auf seinen langen Runden als Polizist in Dalkey, Store Street und Kingstown und jetzt im Dublin Castle, all unsere Wohnungen während dieser Zeit, besonders jene in der Polly Villa in Dalkey, wo ich mir meiner selbst zum ersten Mal bewusst wurde und spürte, dass ich am Leben war und geliebt wurde – die Geschichte all dieser Häuser, Kapitel für Kapitel, die zu diesem Moment der eigentümlichsten Demütigung führte.

Nach einiger Zeit, als eine Glocke irgendwo in den Gebäuden eine vergessene Stunde schlug, sodass die vielen steinernen Standbilder kurz erzitterten und ich mit ihnen, kam schließlich ein Mann in der Uniform eines Inspektors zu uns herein und unterhielt sich leise mit meinem Vater, der sich dieses eine Mal nicht erhob und keine Befehle erteilen zu wollen schien. Mein Vater nickte nur, nahm die Mitteilung, die ihm gemacht wurde, wortlos entgegen, und dann nickte der Inspektor und sagte etwas, das ich nicht verstand, was aber seinem Tonfall nach ein Scherz gewesen sein musste, und wie erleichtert war ich, als ich sah, dass mein Vater das Gesicht zu ihm hob und ihm ein halbes Lachen darbot. Dann lachte er ein bisschen mehr, auch Annie begann zu lachen, und der Inspektor lachte mit. Vielleicht war er hocherfreut, dass seine Bemerkung allseits so gut aufgenommen wurde. Ich aber lachte nicht, denn in den Augen meines Vaters sah ich noch immer jene winzigen Jagdhunde des Grams, die sich über düsteres Terrain bewegten.

Am nächsten Morgen beim Frühstück hatte mein Vater sich so weit erholt, dass er uns erzählte, was der Inspektor ihm zugeflüstert hatte. Mehrere Unbekannte waren durch das Tor und über die Stufen, die zum Polizeihauptquartier hinter unserem Haus hinunterführten, bei uns eingedrungen – obwohl rätselhaft blieb, wie das Tor entriegelt worden war, es sei denn von einem ebenfalls unbekannten Helfer aus den eigenen Reihen –, und hatten an einer Kette in der Nase einen Tanzbären hereingeführt, der einem inzwischen identifizierten Hausierer gehörte, welcher bei der Nachricht vom Tod seines entwendeten Bären geweint hatte, auch wenn mein Vater nicht sagen konnte, ob wegen des Verlustes seiner Lebensgrundlage in schwierigen Zeiten oder aus echter Zuneigung zu dem Tier; jedenfalls hatten sie den Bären heimlich eingeschleust, die moosbewachsenen Stufen hinab durch den Hintereingang ins Haus geführt und das Tier in der Diele freigesetzt, um meinem Vater im Augenblick seines größten Triumphs Kummer zu bereiten.

»Du kannst dich mit dem Gedanken trösten, Jim«, hatte er gesagt, »dass einem Bärenjungen, das als Tanzbär dressiert wird, die Zähne ausgeschlagen und die Krallen aus den Tatzen gezogen werden – obwohl ein einziger Tatzenhieb ausgereicht hätte, um dich niederzustrecken.«

Erst viele Wochen später wurden die Männer gefasst und als Angehörige der neuen Miliz identifiziert, der Bürgerarmee von Jim Larkin, den mein Vater einige Zeit zuvor, bei den Protesten und Krawallen während der Großen Aussperrung, in der Sackville Street festgenommen hatte. Und obwohl er sich auf dem Höhepunkt seiner Laufbahn befand, glaube ich nicht, dass es ihm je gelang, den Vorfall zu vergessen oder jene Jagdhunde des Grams aus den Augen zu verbannen.

Dritter Tag ohne Bill

Heute Morgen hat mich freundlicherweise Mrs Wolohan angerufen, aber sie musste mir die Nachricht auf Band sprechen, wogegen sie, wie ich weiß, eine Abneigung hat. Ich war früh aus dem Haus gegangen, da ich plötzlich das starke Verlangen verspürt hatte, am Ufer zu stehen und aufs Meer hinauszublicken. Es ist ein langer, langer Fußweg hinunter zum Meer, und er scheint immer länger zu werden. Aber als ich das Ufer erreichte und in die Weite blickte, war ich sehr froh. Im bloßen Anblick des Wassers liegt so viel Tröstliches. Zart hüllt es uns ein in ein wehendes Gespinst aus Salz und Duft, Balsam für die arme Seele. O ja, ich halte die menschliche Seele für ein sehr zerbrechliches Ding, und ich fürchte, die Evolution ist an ihr beinahe spurlos vorübergegangen. Sie ist ein nebulöses Gebilde, das nicht einmal eine richtige Nische im Körper hat. Und doch ist sie das Einzige, wonach Gott uns bemisst.

Nachdem ich dort gestanden und derlei unnützen Gedanken nachgehangen hatte, trottete ich denselben Weg wieder zurück und lockte dank der körperlichen Anstrengung doch immerhin etwas Wärme in meine Knochen. Dann kam ich in meine holzverkleidete Diele und sah das Lämpchen des Anrufbeantworters blinken. Es war Mrs Wolohans willkommene Stimme. »Oh, Lilly«, setzte sie an, wie sie es immer und bei jedem tut, Oh, Henry, Oh, wer auch immer, »ich wollte Ihnen nur sagen, dass ich an Sie denke. Nachher komme ich mit Erdbeeren vorbei. Es sind wirklich ganz köstliche Erdbeeren, und ich bringe sie Ihnen gleich vorbei. Ich muss nur vorher noch etwas mit dem Hund erledigen.« Dann legte sie auf. Einigen mag das sehr schroff vorkommen, aber nicht mir, die ich sie so gut kenne oder es mir wenigstens einbilde. Ich kenne meine Mrs Wolohan, und ich habe nichts an ihr auszusetzen. Als ich vor Jahren Joe Kinderman heiratete und den Pfarrer in Cleveland, den katholischen natürlich, fragte, ob etwas dagegen spräche, dass ich jemanden heiratete, dessen Herkunft so ungewiss sei, dass er nicht einmal seine eigene Religion wisse – Joe glaubte oder behauptete, Jude zu sein, aber Joe war kein Jude –, oder dagegen, dass er den Glauben seiner neuen Ehefrau annehme, erklärte der Priester, Father Scully, das Vorhaben sei »untadelig«. Ich finde, das ist ein schönes Wort, eines, das ich in meinem Leben oft verwendet habe, als eine hohe Auszeichnung.

Mrs Wolohan. Untadelig. Die ihren Ehemann während seiner schweren Krankheit gepflegt und schließlich in der Gewissheit begraben hatte, alles Menschenmögliche für ihn getan zu haben. Doch ungeachtet ihres Reichtums und ihrer pausenlosen Geschäftigkeit glaube ich, dass niemand auf der Welt einsamer ist als sie. Ihre Überlebensfähigkeit ist grenzenlos, und mit ihren Leidensstationen könnte man eine Kirche ausstatten und die Betrachter zu Tränen rühren. Seit zwanzig Jahren erlaubt sie mir, hier zu wohnen – eine Ausgabe, deren Umfang sie wohl nicht ganz überblickte, als sie sagte, sie habe »ein kleines Häuschen« für mich gefunden. Als ich sie neulich einmal darauf ansprach, erklärte sie, die Qualität meiner Backwaren mache es ihr zu einer absoluten Pflicht und Notwendigkeit. Sie sagte dies mit ihrer gewohnten Ungezwungenheit und bereitete mir damit eine große Freude, obwohl es natürlich zwanzig Jahre her ist, dass ich mit der alten Leidenschaft meines damaligen Küchen-Ichs für sie gebacken hatte. Es stimmt schon, beim Törtchenbacken kommt es nicht nur auf den einfachen Backvorgang an. Darauf versteht sich ein fünfjähriges Kind. Mitunter aber fügt die Bäckerin unversehens eine weitere Zutat hinzu – ein Gespür für die Backkünste der eigenen Mutter oder, in meinem Fall, die furchterregende, hitzige Betriebsamkeit rund um den Topfofen im Hof eines irischen Cottage, wo ich die Tante mit einem Tablett voller Teiglinge umhertanzen sah, die sie unter den Deckel des Topfofens geben wollte, bevor sie im herabprasselnden Regen zerflossen; und all die Sorgfalt, mit der sie zu verhindern suchte, dass auch nur die kleinste Ecke des verrußten Deckels die Backwaren berührte. Es ist schon möglich, dass etwas von diesem großen Tanz sich auf mich übertragen hat, ich hoffe es jedenfalls. Aber es ist nicht an mir, das zu beurteilen.

Mrs Wolohans Ehemann, übrigens ein Mann von ähnlicher Tatkraft, die er jedoch nicht auf Törtchen verwandte, verdiente ihre Hingabe. Er verdiente sie gleich zweifach, weil sie ihn ihrer Hingabe für würdig hielt. Ich selbst kann, was das Thema Ehemänner angeht, nicht viel Sachkenntnis geltend machen. Aber von 1955 bis 1970 habe ich ihm, wenn er zu Hause war, das Frühstück zubereitet; und das ist keine Kleinigkeit, wenn man sich all die in irgendeinem sonderbaren Himmel zu einem duftenden Turm geschichteten Pfannkuchen vorstellt.

Untadelig. Mag sein, dass es unterwürfig ist, wenn eine ehemalige Bedienstete – denn was sonst war ich im kleinen Wörterbuch des Lebens? – ihre frühere Herrin bewundert. Wenn sie sie liebt und beglückt ist, ihre Stimme auf dem – wie mir auffiel – leicht verschmutzten Anrufbeantworter zu hören. Schon seltsam, die Gegenstände in einem Haushalt, die nie richtige Pflege erfahren.

Für mich ist Mrs Wolohan wie eine Landschaft, ja wie ein ganzes Land. Oder wie jener stattliche Leuchtturm auf dem äußersten Landzipfel, wo der Strand steinig wird und wo der Atlantik eher jenem ähnelt, der an Irland nagt. Selbst wenn ihre Vorstellung von »gleich« nicht unbedingt bedeutet, dass sie tatsächlich vorbeischaut. Aber ich konnte mich hier an den Küchentisch setzen, dessen Resopalbeschichtung die Sonnenstrahlen in die Diele hinter mir warf, als wären sie große, flache Steine aus Licht, die übers Wasser geditscht werden.

Und nachdenken, mich erinnern. Versuchsweise. Lauter schwierige, düstere Dinge, Geschichten wie alte Socken, die man in Kissenbezüge stopft. Ohne das genaue Gewicht der in ihnen enthaltenen Wahrheit zu kennen. Und Dinge, an die ich lange nicht gerührt habe, im Interesse des persönlichen Glücks oder wenigstens der täglichen Zufriedenheit, eine Disziplin, in der ich früher, glaube ich, Meisterin war. Im Interesse der Freude an einer gut zubereiteten Speise, des kleinen, seltsam grenzenlosen Vergnügens, das der Anblick, der bloße Anblick eines Blechs mit frisch gebackenen Keksen mir bereitete. Als hätte ich soeben den Parthenon vollendet oder Jefferson in eine Felswand gemeißelt. Oder vielleicht des bis in die Sehnen reichenden Behagens des Bären, der mit der Tatze einen Lachs aus dem Wasser fischt. Sehr heilsam, zutiefst heilsam, und wozu sollten wir sonst hier sein, wenn nicht, um diese winzigen Siege auszukosten? Doch nicht wegen der großen Triumphe, die den Sieger zerschmettern und vernichten! Nicht wegen der Kriege und Bürgerkriege, sondern wegen der erlösenden Gnade einer Sauce hollandaise, die jeder erdenklichen kulinarischen Katastrophe getrotzt hat und über ein dickes Kabeljaufilet gegossen wird wie ein gelbes Gebet – siegreich.

Selbst jetzt, wo ich im Begriff bin zu gehen, muss ich an diese Dinge denken. An Grundsaucen. An die unendliche Empfindlichkeit des Saucentopfs im Wasserbad. »Der Topf denkt in Hitze, Lilly. Das ist wie bei meiner Großmutter, wenn sie ein Wiegenlied gesungen hat; nicht so laut, dass es den Schlaf abhält, nicht so leise, dass das Baby die Worte nicht hört. Versuche, die Hitze zu hören, Lilly. Höre dem Topf beim Denken zu. Hörst du's, hörst du's? Es ist da. Du wirst es hören. Und wenn du's hörst, kannst du jede Sauce der Welt zubereiten.« Und ihre mächtigen Arme machten es mir vor, o ja. Arme, die einem die Lichter ausknipsen könnten, aber für dergleichen nie benutzt wurden. Die liebe Cassie Blake, die mir diese Waffen und diese Munition für den langen Lebenskampf mitgegeben hat. Und die am Ende selbst an den Klippen des Lebens zerschellt ist.

Ich verweile bei Dingen, die ich liebe, obwohl in alles ein

gewisser Anteil Tragik hineingewoben ist, wenn man dem Faden nur lange genug folgt.

Der eine Faden etwa, der von Bill bis ganz zurück zu meinem Bruder Willie reicht, durch wie viele Kriege zieht er sich wohl? Es müssten mindestens drei sein. Nein, vier sind es. Vier mörderische Kriege, in denen Söhne zermalmt wurden und in letzter Zeit auch Töchter. Und das alles habe ich gefühlt, habe mitgefühlt mit denen, die hinausgezogen sind zum Wohle Amerikas, aus Liebe zu ihrem Land. Ach, ich wusste doch, dass Amerika mir Sicherheit und Zuflucht bot – wie konnte ich da nicht verstehen, dass man dafür auch etwas opfern musste? Etwas mir so Nahes, dass es ein Teil von mir war. Ach, Bill.

Er schaute sich immer gern die Fotos im Flur vor meinem Schlafzimmer an. Der ist fensterlos und darum nicht sehr hell, doch selbst bei Tageslicht kann man sie gut erkennen. Da hängt ein Bild von Willie in seiner Uniform. Als Bill noch ganz klein war, betrachtete er es oft. Es fiel ihm schon ziemlich früh auf, denn er sah Willie wirklich ähnlich, und sein Gesicht nahm nicht nur seine eigenen Züge, sondern schließlich auch die von Willie an. Als Willie in den Ersten Weltkrieg zog, den sogenannten Großen Krieg, war er noch ein Junge, genau wie Bill in der Wüste, und er zog frohen Mutes. Und ich weiß nicht, ob er, als er erst einmal ein paar Jahre dabei war, wirklich je zurückkam – selbst wenn er Heimaturlaub hatte. Ein Teil von ihm ging in Frankreich verloren, blieb in den Schützengräben verbuddelt, die sie dort aushoben; und so zeigte er sich zwar in unserem Haus im Dublin Castle, jedoch in Schatten gekleidet und eingehüllt von der dünnen Staubschicht des Schreckens. Aber er war ein liebenswerter Junge, daran erinnere ich mich noch – oder sagen wir, so ist er mir in Erinnerung geblieben: liebenswert. Die Einschätzung seines wahren Wesens überlasse ich Gott, aber ich habe noch immer das Gefühl, dass ich ihn geliebt habe, damit will ich sagen: Ich empfinde diese Liebe noch immer. Selbst jetzt, da ich hier sitze und – ich weiß nicht, wie ich bin, vermutlich untröstlich wie jede Trauernde –, höre ich trotzdem inmitten von alledem, im tiefsten Innern, fast außer Reichweite, meine Liebe zu Willie, die vorhält wie die Hitze im Wasserbad. Das, was wir am sorgfältigsten in einer Schublade verschließen, erweist sich mitunter als das Unauffindbarste. Aber mag es auch unauffindbar sein – vorhanden ist es doch.

Willie kämpfte drei lange Jahre lang. Die ersten neun Monate war er in Cork, zur Ausbildung. Als er fortging, muss ich zwölf gewesen sein, noch ein Kind. Als er schließlich nicht mehr heimkehrte, war ich eine junge Frau. Willie, der nicht mehr heimkehrte… In diesem Krieg gab es Tausende, Millionen von jungen Burschen, die nicht zu ihren Familien zurückkehrten. Mütter und Väter alterten, kaum dass die Briefe eingetroffen waren. Freundliche Briefe, von gewissenhaften Offizieren verfasst, manchmal selbst noch junge Kerle. Voller Allgemeinplätze, wie sollte es anders sein, bei all den Jungs, die täglich in den Schützengräben umkamen? Selbst eine unvorstellbare, eine vernichtende Nachricht folgt einer Formel, vielleicht muss es so sein, ich meine, vielleicht ist es besser so. Das ist dann der eigene Marschbefehl. Man verliert ein Kind, einen Bruder oder wen immer und stirbt an den Nachwirkungen; und so läuft man zwar umher, atmet und denkt und ist doch nicht am Leben.

Ich bin nicht am Leben. Fast ist es ein Trost für mich, dass ich, obwohl ich mir das Leben nehmen will, bereits tot sein werde, wenn ich es tue. Es kommt mir weniger sündhaft vor. Denn ich weiß, es ist eine schwere Sünde. Es ist eine Sünde, von der es, wie man uns sagte, als ich noch ein Mädchen war, keine Erlösung gibt, eine, auf die gewiss die Hölle folgt. Vermutlich ist es so. Ich weiß es nicht.

Mein armer Vater erhielt drei Benachrichtigungen über Willie. Die erste, förmlich und erschütternd, von dessen unmittelbarem Vorgesetzten. Sie traf zusammen mit all der anderen Dienstpost ein, die er, selbst ein ranghoher Beamter der Dublin Metropolitan Police, erhielt. Ein Brief, der ihm, wie er sagte, beim Lesen die Hand versengte. Zur Abendbrotzeit kehrte er von seiner Dienststelle zurück. Als er in unsere Wohnstube trat, sah ich sein großes Gesicht, das vor Entsetzen glühte, als hätte er es mit einer Laterne vertauscht. Mit diesem Gesicht hätte er bis nach Baltinglass leuchten können. Meine Schwestern Annie und Maud machten sich gerade am Esstisch zu schaffen und blafften mich, wie ich gestehen muss, gerade an, ihnen zur Hand zu gehen – ein ewiger Streit zwischen uns, da bin ich sicher. Da trat mein Vater ein, in seinem schweren Uniformmantel und mit seinem glühenden Gesicht. Er nahm den Helm vom kahlen Schädel. Ich erfasste seine sonderbare Stimmung ein paar Augenblicke vor Annie und Maud, und wie ich so mitten im Zimmer stand, blieb mir die dreiste Verspottung meiner Schwestern in der Kehle stecken. Ich kam mir vor wie ein geprügelter Hund, der nicht weiß, was er vebrochen hat. Mein Vater blickte ins Leere. Ich glaube, er blickte für den Rest seines Lebens ins Leere.

Dann bemerkte es wenigstens auch Annie. Vorsichtig stellte sie die große Platte, die sie gerade trug, auf dem Tisch ab.

»Was ist los, Papa?«, fragte sie.

»Entsetzlich…«, begann mein Vater, aber mehr konnte er vorerst nicht sagen. Aus seinem Mantel zog er einen Brief, auf dem der Elefant und die Ananas der Dublin Fusiliers zu sehen waren. Nicht, dass wir sie gleich erkannt hätten. Doch in den Tagen danach prüften wir den Brief viele Male auf Mängel und Lügen – vergeblich.

»Er ist in der Picardie gefallen«, sagte mein Vater. Er zog seinen alten Wiener Stuhl heran und ließ sich behutsam darauf nieder. Er war ein riesiger Mann, und der Stuhl war recht zierlich. Vielleicht mochte er ihn gerade deshalb so gern.

Es gab ein lautes Krachen, als Mauds glückloserer Teller auf dem Fußboden landete und begeistert in ein Dutzend Scherben zersprang. Niemand blickte auch nur zu ihr hin.

»Ja«, meinte mein Vater, obwohl wir gar nichts gesagt hatten, »in der Picardie. In einem kleinen Dörfchen namens Saint-Court. Wo das wohl sein mag? Ja, ja.«

Und er stieß einen Seufzer aus, der wie der letzte Seufzer auf Erden klang.

Annie stand nur da. Ich bekam einen Schreck, als ich ihr Gesicht sah. Sie war oft verärgert, unsere Annie, und lächelte nur selten, aber diesen Blick hatte ich noch nie an ihr gesehen. Und als ich ihn sah, schien er in mir die gleichen Gefühle auszulösen, und die Worte meines Vaters fanden ein Nest in meiner Brust. Ich brach in heftiges Schluchzen aus, empfand mit meinen sechzehn Jahren zugleich aber auch große Verlegenheit. Ich hatte natürlich nie eine Anleitung zum Trauern gelesen und wusste nicht,

ob man sein Leid verbergen musste oder nicht. Aber unterdrücken ließ es sich ohnehin nicht.

»Armer, seliger Junge«, murmelte er geistesabwesend. »Erinnert ihr euch noch daran, wie er das letzte Mal nach Hause gekommen ist und ich ihn in der Wanne gewaschen habe und ihr drei in die Küche verbannt wart? Und an den fürchterlichen Dreck und die Flöhe und die Läuse und die Pilzflechte auf seiner Haut? Du lieber Himmel. Erinnert ihr euch noch daran? Und du, Annie, hast uns vor der Tür gehänselt und gedroht, hereinzukommen, und Lilly hat sich ausgeschüttet vor Lachen. Armer, seliger Junge. Und kein Fleisch hatte er auf den Rippen, und als ich ihn in das große Handtuch gewickelt habe, dachte ich, er würde in den Falten verschwinden, so wenig war an ihm dran. Aber er war stark, trotz allem war er stark. Das war unser Willie. Ein braver Junge.«

An dem Abend wurde im Haus außer Trauerarbeit wenig geleistet. Zuerst saß die Trauer in uns fest, dann sickerte sie in die Stühle und schließlich gar in die Wände, wo sie sich mit dem Mörtel verband. Ich möchte wetten, dass sie dort noch immer ist, wenn es jemanden gäbe, der das Herz hätte, sie aufzuspüren, jemanden, der Willie Dunne kannte, einen verlorenen Namen in der Geschichte der Welt.

Der zweite Brief, eher eine Sendung, kam später, ein paar Monate nach der ersten Schreckensnachricht. Wie alle Familien in Irland, England, Frankreich, Russland, Deutschland, in der großen weiten Welt gaben wir uns redliche Mühe, zwei Stöckchen Leben aneinanderzureiben, um ein kleines Feuer zu entfachen, an dem wir unser Dasein fristen konnten. Mein Vater, der Willie ja immerhin gezeugt hatte, betrauerte ihn deswegen wohl am meisten, am fürchterlichsten. Er besaß keinerlei Andenken an ihn, bis auf das Soldbuch, in das Willie den Namen seines Vaters als Testamentsvollstrecker sowie unser Quartier im Dublin Castle als Heimatadresse eingetragen hatte, den zerfledderten Band eines seltsamen russischen Romans und ein kleines Pferdefigürchen, das Willie irgendwo aufgelesen hatte. Diese Besitztümer wurden meinem Vater von Willies Einheit zugeschickt. Annie bekam das kleine Pferd, ich das Buch von Dostojewski, und mein Vater behielt das Soldbuch, das ziemlich unbeschädigt war, wenn man bedenkt, was es alles mitgemacht hatte. Ich stellte mir vor, dass Willie es vielleicht in ein Stück Zeltplane gewickelt an seiner Brust getragen und gewärmt hatte. Auch mein Vater bewahrte das Büchlein an seiner Brust auf, in einer der zahlreichen Innentaschen seiner Uniform, wo er mit der Ofenhitze seines Körpers die Seiten wärmte. Wir, drei bestimmt schon ziemlich erwachsene Mädchen (besonders nach eigenem Dafürhalten), wurden danach endgültig erwachsen. Zu den seltsamen Folgen ihrer Trauer zählte, dass Annie unversehens heiterer wurde und viel netter und sanfter zu mir war; und so ist dem sirupzähen Kummer jener Zeit eine winzige Spur Güte beigemengt, denn früher hatte sie eine Zunge besessen, mit der sie einem den Bart abrasieren konnte.

Dann traf ein Schreiben von Willies Sergeant für meinen Vater ein. Dieser Brief, der vermutlich nicht erhalten geblieben ist, der vermutlich im Abfall landete, wie so viele Dinge, wenn Familien mitsamt ihren kleinen Geschichten aussterben – dieser Brief wurde meinem Vater ebenso kostbar wie das Soldbuch, in das er ihn einlegte. Es ist schon seltsam, dass ich mich heute noch an einige Wendungen darin erinnere. Vielleicht lag es daran, dass Christopher Moran, der Sergeant, besonderen Eifer an den Tag legte, als er an meinen Vater, den Polizeibeamten, schrieb, und darum in eine merkwürdige Amtssprache verfiel. Es sei ihm »eine feierliche Freude«, ihm zu schreiben, hieß es in dem Brief. Aber er enthielt einen Bericht über Willies schlichten Tod in der Picardie, einen Bericht, der uns überraschte, weil er so freimütig ausfiel. Willie habe einen deutschen Soldaten singen hören und über das Niemandsland zurückgesungen, nur um von der Kugel eines Scharfschützen niedergestreckt zu werden.

»Das sieht Willie ähnlich«, sagte mein Vater mit der gleichen Schlichtheit. »Immerzu singen.«

Selbst als Sechzehnjährige wusste ich, dass Willie nach drei Jahren Krieg von all dem Grauen und all der Zerstörung wie ausgehöhlt war, und vielleicht wusste es auch mein Vater. Es lässt sich kaum ermessen, wie viel Trost das Schreiben des Sergeants ihm bereitet haben muss, der Willies Tod in einem Augenblick voller Großmut und Leichtigkeit schilderte.

Der arme Willie. Abgesehen von mir und Bill gibt es kaum eine Menschenseele, die sich an ihn erinnert. Niemanden außer mir, da bin ich mir sicher. Annie und Maud sind tot, mein Vater ist lange, lange tot, und natürlich ist auch Bill tot. Bill, der das Foto seines Großonkels in einem amerikanischen Haus betrachtet und ihm, fast ohne etwas von ihm zu wissen, über die vielen Jahrzehnte hinweg zugelächelt hatte, der ihm, wenn ich es recht bedenke, vielleicht sogar ein wenig nachgeeifert hatte, indem er in die Army eintrat.

Dann suchte Tadg Bere meinen Vater auf. Willie hatte drei Menschen, die ihre Erinnerungen mit uns teilten, und der dritte war Tadg.

Tadg Bere. Er sah aus, als hätte er den Kanal durchschwommen und als hätte das Salz ihm dabei die Haut abgeschmirgelt, so sauber war sein Gesicht. Was eine Leistung war, wenn man bedenkt, dass er jahrelang in Schützengräben gehockt hatte. Der Dreck des Schützengrabens ließ sich nicht so einfach abwaschen, davon bin ich überzeugt. Ein hübscher, saubergespülter Bursche, so kam er mir vor, als er bei meinem Vater saß und persönliche Erinnerungen an seinen Freund und Kameraden Willie, einen Schützen in seinem Zug, mit ihm teilte. Er hatte seinen Dienst in der Armee verlängert und einige Monate mit dem South Irish Horse Regiment in Köln zugebracht, wo er den Verkehr regelte. Sein eigenes Regiment war im Krieg aufgerieben worden. Aber wie er meinem Vater berichtete, hatte er unbedingt nach Dublin kommen und mit Willies Angehörigen reden wollen, so wie Willie es sich seiner Meinung nach gewünscht hätte. Da erst begriff ich, dass Willie in der Armee geschätzt, ja wohl auch geliebt worden war. Dieser Bursche hier, von dem wir nichts wussten, außer dass er aus Cork stammte und gleich nach dem Gespräch mit uns wieder dorthin zurückwollte – dieser Bursche hatte Willies fremder, finsterer und furchterregender Welt angehört, in der es aber immerhin auch Freundschaft gab. Ich weiß nicht, warum gerade das mich beeindruckte. Es wollte mir einfach nicht aus dem Kopf gehen.

Mein Vater für sein Teil saß, als Tadg Bere erzählte, ganz still da und nickte nur oder schüttelte gelegentlich den Kopf. Das muss, denke ich, irgendwann im Jahre 1919 gewesen sein, kurz bevor er pensioniert wurde und nach Wicklow zurückging. Überall in Dublin gab es diese neuen Mordfälle, Dutzende

Angehörige der Royal Irish Constabulary waren umgebracht worden, aus einem Hinterhalt, im Pub, im Bett. Mein Vater hatte eben die fünfundsechzig erreicht, als die Welt, die er kannte, in Brand geriet – mit riesigen Flammen, dunklem Rauch und allem, was dazugehörte.

»Die Sache mit Willie war die«, sagte Tadg Bere. »Man konnte sich nicht nur auf ihn verlassen, man wusste, dass er auf einen aufpasste wie auf seinen eigenen Bruder. Also dachte ich immer, das spricht für seine Familie, die hat ihn dazu erzogen. Und was ich Ihnen schon immer sagen wollte, seit dem Tag, als wir den armen Kerl begraben und sein Gewehr in die Erde gepflanzt haben, mit dem Helm obendrauf, ich und der Sergeant und Joe Kielty, Willies bester Freund, der bald danach selbst umgekommen ist – seit diesem Tag bei Saint-Court, als der Krieg in dieser Gegend schon fast zu Ende war und der verfluchte Hunne, entschuldigen Sie die Ausdrucksweise, auf dem Rückzug war, das war…«, und an dieser Stelle schöpfte Tadg Atem, blickte aus irgendeinem Grund über die nackten Dielen und unseren kleinen türkischen Teppich in der Mitte hinweg zu mir herüber und lächelte; und ich schwöre bei Gott, in diesem Lächeln las ich etwas über die Zukunft, eine Art Verheißung, »…das war, bei Gott, Chief Superintendent, bei Gott, dass er Sie alle geliebt hat. Wir wussten von Annie und Maud und von Ihnen und von der kleinen Lilly da, und er wurde nie müde, uns zu erzählen, wie lieb und hübsch Sie sind, Miss Dunne, genau so war's. Und ich dachte, eines Tages sollte ich Sie besuchen kommen und Ihnen das alles sagen.«

»Und dafür sind wir überaus dankbar«, sagte mein Vater schließlich und stemmte seine Stimme aus der dunklen Höhle seiner Brust in den Raum. »Das sind wir wirklich. Wie unerhört freundlich von Ihnen, auf dem Heimweg hier Halt zu machen. Ich bin sicher, dass Ihre Familie sich danach sehnt, Sie wiederzusehen, und selbst unendlich dankbar ist, dass der Krieg Sie verschont hat. Dass der Krieg Sie verschont hat.«

Dann erhob sich Tadg Bere, weil er spürte, dass es Zeit war, zu gehen, und er seinen Auftrag erfüllt hatte.

»Keiner war wie Willie«, sagte er. »Das ist eine Tatsache.«

Mein Vater stand ebenfalls auf. »Nun, Lilly«, sagte er, und schüttelte Tadg die Hand, »du wirst den jungen Mann zum Tor begleiten. Und Sie, Tadg, geben besser gut acht, wenn Sie durch die Stadt zum Bahnhof gehen. Die Zeiten haben sich geändert, und es gibt Leute, denen der Anblick Ihrer Uniform missfällt. Neulich hatten wir einen großen Festumzug, Sie wissen schon, die Siegesparade, und Tausende kamen, um der Gefallenen zu gedenken und euch Burschen zu danken, aber in der Menge verstecken sich jetzt auch andere, denen der Anblick von Khaki ganz und gar nicht gefällt. Ganz und gar nicht.«

»Nun, Sir, ich kann sehr wohl auf mich aufpassen. Danke, Sir.«

Ich ging mit ihm über den kopfsteingepflasterten Hof und fühlte mich in meinem alten Sommerkleid plötzlich etwas seltsam neben diesem Fremden. Und ich wünschte, ich hätte mir eine Strickjacke übergezogen, denn es war schon herbstlich kalt, und die Stadt lag unter einem gewaltigen Deckel aus dunklen grauen Wolken. Und ein Junge wie Tadg, der mit achtzehn zur Armee gegangen war und sie nun, wie Willie es getan hätte, mit etwa zweiundzwanzig verließ, war vermutlich lange nicht mehr mit dem weiblichen Geschlecht in Berührung gekommen – es sei denn mit jenen wilden Weibern, die sich den Soldaten in verwüsteten Ortschaften andienen. Nicht, dass es solche Weiber nicht auch in Dublin gegeben hätte; in der Montgomery und Marlborough Street gab es wegen der Kasernen ganze Heerscharen von ihnen. Aber ich bezweifelte, dass er wusste, wie man mit ganz gewöhnlichen Mädels wie mir redete, und so sagte er fast kein Wort. Als wir jedoch zu den Wachtposten am Tor zur Dame Street gelangten, diesen Scherzbolden, die mich nie ohne eine Stichelei passieren ließen, da überraschte mich Tadg. Er blieb im Windschatten des alten Granittors stehen und sprach leise und besonnen, als hätte er mich sein ganzes Leben lang gekannt.

»Willie hat so oft von dir erzählt«, sagte er. »Und immer war er so besorgt um dich. Vor ein paar Jahren, als sich die Rebellen erhoben, sorgte er sich noch mehr. Wie oft hab ich ihn im Schützengraben sitzen sehen, wo er vor Angst und Sorge kochte und schäumte wie ein Hummer. Darum bin ich eigens gekommen, um dich zu sehen und dir zu sagen, falls ich irgendetwas für dich tun kann, will ich es tun. Und wenn ich das noch sagen darf, jetzt, wo ich dich sehe, weiß ich, dass alles, was er mir über dich erzählt hat, wahr ist, und bin so froh, dass ich dich kennengelernt habe, das bin ich wirklich.«

Und er streckte mir seine Hand entgegen. Ich war sprachlos. So hatte noch nie jemand mit mir geredet. Ich frage mich gerade, ob es das erste Mal war, dass jemand mich als erwachsene Frau und nicht als Mädchen angesprochen hat. Dabei war ich doch trotz allem noch ein Mädchen. Aber ich spürte, wie ein Hitzeschwall durch meinen Körper schoss, und bin mir sicher, dass auf meinem Hals und meinem Gesicht eine rote Rose erblühte, jedenfalls konnte ich es spüren.

»Wenn ich dir einen Brief schreibe, wirst du ihn beantworten? Es tut mir leid, dass ich so seltsam daherrede. Aber ich wohne in Cork und muss bestimmt noch einmal für eine Weile nach Deutschland zurück. Was ich anschließend mache, weiß ich noch nicht. Vor dem Superintendenten wollte ich es ja nicht sagen, aber mein alter Herr ist bei den Irish Volunteers, und es passt ihm ganz und gar nicht, dass ich bei der Armee bin, deshalb weiß ich nicht, ob ich nach Cork zurückkann, wenn ich die Uniform ausgezogen habe. Vielleicht komme ich stattdessen nach Dublin und schaue mich hier nach Arbeit um. Wie ich höre, stehen die Aussichten nirgendwo besonders gut.«

Er hatte mir einen solchen Schreck eingejagt, dass ich nur noch mit dem Kopf nicken konnte.

»Dann sagst du also ja zu einem Brief?«

Ich rang nach einer Antwort, mach schon, Lilly, mach schon Lilly, sag etwas.

»Ja«, sagte ich, und das war ein großer Sieg, meiner Ansicht nach einer Parade würdig.

Daraufhin salutierte er vor den Wachtposten und ging die Gasse zur Dame Street hinunter. Als er um die Ecke bog, blickte er sich noch einmal um und schien einigermaßen überrascht, mich immer noch in meinem Kleidchen bibbernd dastehen zu sehen. Er hob die Hand und winkte, dann winkte er mir noch einmal. Und auch meine Hand hob sich zu einem zaghaften Gruß. Die Wachtposten ließen sich nichts entgehen und lachten und lachten.

Ich war ganz in meine Erinnerungen an Tadg Bere vertieft, als ich vor meinem Tor ein Auto vorfahren hörte, dessen Motorengeräusch ich zu erkennen glaubte. Mrs Wolohan kam also doch. Sie spazierte wie üblich einfach zur Tür herein, wieso auch nicht, schließlich war es ihr eigenes Haus, das sie mir, als ich in Rente ging, zur Verfügung gestellt hatte. Sie wäre in keiner Weise verpflichtet gewesen, irgendetwas für mich zu tun. Das Cottage war so hübsch, dass sie es für eine stattliche Summe an Sommergäste hätte vermieten können. Aber das hatte sie nicht. Nun habe ich mich schon seit über zwanzig Jahren hier eingerichtet, und sie hätte ihre Freigebigkeit irgendwann bereuen können. Aber nein.

»Schau, schau, alles tipptopp hier«, sagte sie, als sie in die Küche kam. Sie hatte ein Bündel in der Hand, etwas Feuchtes, das in ein Tuch eingewickelt war, vermutlich die versprochenen Erdbeeren, die sie jetzt zur Spüle trug. In ihrer weißen Hose und ihrer hellblauen Bluse wirkte sie so adrett wie ein gestärktes Kopfkissen. Sie ist sechzig, und eigentlich hätten all die Kümmernisse ihres Lebens sie zermürben müssen, aber irgendwie hat sie gelernt, sich von ihnen freizumachen. Ihr Lebensweg war voller Dornen, aber denen ist sie einfach ausgewichen. In Wahrheit ist das wohl eher ein in jüngster Zeit errrungener Sieg. In den Jahren, da ich sie versorgt hatte, war sie manchmal so schwermütig gewesen, dass ihr das Schweigen zur Gewohnheit wurde und sie sich nur selten in die Welt hinauswagte. Aber jetzt, nach dem Tod ihres Mannes und nachdem der erste tiefe Kummer nachgelassen hatte, gewann sie wieder Boden unter den Füßen. Mit ihrer Art zu reden strahlt sie eine solche Frische aus, als hätte jemand ihren Wäschekorb voller Gespräche genommen und sie gründlich gewaschen, gestärkt und gebügelt. Auch der Witz, der sie in jungen Jahren ausgezeichnet hatte, hat sich wieder eingefunden. Sie stichelt gern, besonders, wenn die Leute mit gutgemeinten Plattheiten daherkommen, wie jetzt nach Bills Begräbnis. Und da waren mir ihre Sticheleien sehr willkommen. Trösten konnte man mich ohnehin nicht, deshalb zog ich ihre Scharfzüngigkeit vor. Außerdem war ich mit einer ähnlich scharfen Zunge aufgewachsen, und die hatte im Mund meiner Schwester Annie gesessen.

»Ich glaube, ich muss dafür sorgen, dass Sie Ihre Haare in Ordnung bringen«, sagte sie. »Nächste Woche kommen Sie mit mir in die Stadt, und Gerard wird sich darum kümmern. Unser guter Freund Ger*ard*«, sagte sie und ahmte die französische Aussprache nach, »der, wie ich höre, in Wahrheit Chuck heißt, aber das hat nichts zu sagen.«

»Meinen Sie wirklich, irgendjemand schert sich darum, was eine Neunundachtzigjährige mit ihren Haaren anstellt?«, fragte ich.

»Gerade dann ist es wichtig. Wenn ich neunundachtzig bin, werde ich mir alle paar Wochen eine neue Frisur zulegen. Die Leute werden es gar nicht fassen, wie schön ich bin. Die werden vielleicht Augen machen.«

Da mussten wir lachen.

Nach einer Tasse Tee trat ich mit ihr auf die vordere Veranda.

»Alles im Lot?«, fragte sie. Mir wurde bang ums Herz, denn ich fürchtete, nun werde es doch noch zum Begräbnisgespräch kommen. Ich war ihr so dankbar gewesen, dass sie nichts gesagt hatte, obwohl ich genau wusste, wie sehr es sie beschäftigte.

Normalerweise besaß sie, die die Flammen der Trauer so viele Male selbst durchschritten hatte, grenzenlosen Takt. Darum entglitten mir jetzt ein wenig die Gesichtszüge.

»Hierbei wird der arme Mr Nolan mir fehlen«, sagte sie. »Ich glaube, die verflixte Dachrinne hängt wieder schief. Ich wette, das war der Schnee vom letzten Winter.«

»Sie sieht tatsächlich etwas schiefer aus als früher«, sagte ich dankbar, obwohl mich die Erwähnung Mr Nolans beunruhigte. Selbstverständlich war ich nicht auf seiner Beerdigung gewesen. Und Mrs Wolohan wohl auch nicht, da sie Beerdigungen generell nicht mochte, auch wenn sie Mr Nolan gemocht hatte.

»Ich kenne mich mit Dachrinnen nicht aus, aber ich glaube, die hier ist falsch verlegt. Sie werden den Sommerregen in Ihrem Wohnzimmer haben.«

Und nachdem sie diese Gewissheit verkündet hatte, stieg sie in ihr Auto und fuhr davon, während ich zu der anstößigen Dachrinne hinaufstarrte. Sommerregen. Vielleicht. Ich glaubte nicht, dass ich lange genug leben würde, um es herauszufinden.

Vierter Tag ohne Bill

Eine unruhige Nacht. Über dem Atlantik braute sich ein mächtiger Sturm zusammen. Immer wieder fiel ich in einen Halbschlaf, und der Sturm hatte keine Mühe, mir dorthin zu folgen. Es war, als würde er Wälder verwüsten und Wogen aufpeitschen, die durch meine wirren Gedanken rasten. Immer wieder schrak ich auf und wusste nicht, ob ich jung war oder alt, in Amerika oder in Irland. Das hat man davon, wenn man in alter Glut herumstochert. Die Vergangenheit ans Licht zerrt.

Und doch will ich zugeben, dass ein gewisser Reiz darin liegt. Ich sitze am Resopaltisch und kritzele mit meinem Bleistift die Seiten dieses Haushaltsbuches voll. Während ich schreibe, scheine ich alles und jeden vor mir zu sehen. Sonderbarerweise kann ich auch meinen Vater wieder begrüßen. Papa, würde ich gern zu ihm sagen, ich weiß nicht, wo du begraben liegst. Es tut mir so leid.

Ein *gewisser* Reiz. Seit ich über die Zeit des Unabhängigkeitskrieges nachgelesen habe, über die Ergreifung der Rebellen und darüber, dass sie irgendwo im Dublin Castle gefangen gehalten und, wie ich fürchte, gefoltert wurden, spukt mir immerzu die Frage im Kopf herum, ob mein Vater daran beteiligt war. Er kommandierte die B Division, die überwiegend bei Patrouillen zum Einsatz kam. In der G Division befanden sich die Kriminalbeamten, und nicht alle waren angenehme Gesellen. Ich weiß nicht, in welchem Maße die Geschichtsschreibung die Verlierer benachteiligt – in diesem Fall Männer wie meinen Vater, die Königen und der verstorbenen Königin die Treue hielten. Aber ich bin sicher, dass es auf beiden Seiten Bosheit und Grausamkeit gab. Ich bin nicht so närrisch, es mir anders auszumalen. Selbst wenn ich es wollte, könnte ich es gar nicht angesichts der Rolle, die Tadg in dieser Sache gespielt hat. Und selbst wenn mein Vater, was nicht der Fall war, der grausamste, blutrünstigste Finsterling aller Zeiten gewesen wäre – mein schlichteres Herz, der Teil von mir, der ihn als Kind vielleicht erfunden, sich eine Vorstellung von ihm gemacht und diese, als ich älter wurde, weiter ausfabuliert hat, dieser Teil vermisst ihn außerordentlich und wäre nur zu beglückt, ihn wiederzusehen. Und so ist er in meinen Träumen ein wilkommenes Stück menschlichen Treibguts, das vorüberschwimmt und das ich nicht fürchten oder kritisieren kann. Ich will ihn nicht entschuldigen, aber verleugnen will ich ihn auch nicht.

Damals, als Irland sich regte wie ein riesiges Meeresgeschöpf und seine Stellung in der Welt veränderte, da hätte man uns womöglich alle nehmen und erschießen sollen – aus Freundlichkeit, aus Ordnungssinn.

Jetzt muss ich lachen in meiner Küche, doch wer soll dieses Lachen hören? Es gibt viele Formen von Freiheit, und diese ist eine davon: so alt zu sein, dass ich auf alle, die ich liebte, Anspruch erheben kann, ohne einschränken, auslöschen, verstecken zu müssen. Mein Vater war Chief Superintendent unter der alten Ordnung. Er war der Feind des neuen Irland oder all dessen, was Irland heute ist, auch wenn ich nicht weiß, was für ein Land das überhaupt sein soll. Er soll nicht ins Buch des Lebens aufgenommen, sondern in den feurigen Pfuhl geworfen werden; sein Name soll nicht genannt werden, denn es ist ein unnützer Name mit einer unnützen Geschichte. Aber ich habe nichts als Güte von ihm erfahren. Vielleicht würden die Kinder jenes Burschen in Russland, Stalins Polizeichef, dasselbe behaupten. Wie war noch sein Name? Als ich über ihn las, war er in meinen Augen ein Ungeheuer. Heißt das, mein Vater war ein Ungeheuer? Wie soll ich es jemals wissen? Kann ich den heiligen Petrus fragen?

Damals, als ich für Mrs Wolohans Mutter arbeitete, lebte ich in der beständigen Furcht, sie würde mich hinauswerfen, wenn sie von meiner Herkunft erführe. Natürlich war sie, wie ihre Tochter, eine irischstämmige Amerikanerin, die Irland liebte und die Idee der irischen Freiheit – für sie etwas Heldenhaftes und Begeisterndes. Was es zweifellos war, sofern man nicht auf der falschen Seite stand. Und ich fühlte mich verpflichtet, dies vorsichtig zur Sprache zu bringen, weil ich nicht wollte, dass sie mich für etwas anderes hielt, als ich war. Als ich für Mrs Wolohan selbst zu arbeiten begann, gab ich ein wenig mehr darüber preis. Was sie aber an mir und später an Mr Nolan in erster Linie schätzte, war, dass wir Iren waren, auch wenn Mr Nolan Irland nie gesehen hatte, sondern wie sie der dritten Generation angehörte. Doch sie zeigte weder besondere Überraschung noch Missbilligung. Es *interessierte* sie. Ich weiß noch, wie sie sich mit mir hinsetzte und mir Fragen stellte. Es faszinierte sie, dass mein Vater unter dem alten britischen Regime Polizist gewesen war. Ihr ganzes Wesen leuchtete geradezu vor Interesse – ein hervorstechendes Merkmal ihrer Persönlichkeit. Sie ist ein Mensch, der wahrhaft demokratisch denkt. Ein barmherziger Mensch. Da sie wusste, wer ich war, wurde ich mir klarer über mich selbst. Wenn ein Verbrecher aus dem Gefängnis entlassen wird, sucht er Arbeit, darf seine Haftzeit aber nicht verschweigen. Wer immer diesen Mann einstellt, weiß alles über ihn. Und wer das Glück hat, einen solchen Arbeitgeber zu finden, dem kann es durchaus eine seltsame, unverhoffte Freude sein, für ihn zu arbeiten. So ähnlich erging es mir mit Mrs Wolohan. Es war weniger eine Bewährungszeit als ein Neubeginn, eine neue Frist unter den Lebenden und den Gerechten. Und die gewährte sie mir, wie mir schien, aus vollem Herzen.

Tadg Bere schrieb mir seinen Brief. Es war ein kurzer Brief, die Mitteilung eines Soldaten. Bald darauf kam er wieder nach Dublin und warb um mich. Mein Vater mochte ihn recht gern. Arbeit gab es seinerzeit für kaum jemanden, am wenigsten jedoch für ehemalige Soldaten, denen noch immer die düstere Farbe der Schützengräben in den Augen stand. Und als Männer für eine neue Hilfspolizeitruppe gesucht wurden, ergriff Tadg die Gelegenheit und trat ihr bei. Die meisten Männer in dieser Truppe waren wie er Überlebende des Krieges. Sie wurden rekrutiert, um mit den Wirren der Rebellion im Land fertigzuwerden. Aber etwas von den Schrecken des Krieges trugen sie noch immer in sich. In den ersten Tagen war Tadg glücklich, befeuert, ja beseelt. Bei seiner Bewerbung hatte mein Vater ihm bestimmt unter die Arme gegriffen. Es erfüllte ihn mit Stolz, eine Arbeit zu tun, die dem Kriegshandwerk ähnelte und ihm erlaubte, seinem Land zu dienen. Für ihn fühlte es sich an wie ein Neubeginn. Er glaubte nicht an ein neues Irland, sondern war dem alten in treuer Liebe ergeben. Die Truppe zahlte einen anständigen Sold, war ansonsten jedoch schlecht ausgerüstet und mit großer Hast aufgestellt worden. Es gab nicht genügend Uniformen, und so trugen sie anfänglich zusammengestoppelte Kleidungsstücke verschiedener Truppen, halb Armee und halb Polizei, weswegen man sie die Black and Tans, die Schwarz-Braunen, nannte.

Das ist ein Schimpfwort. Ein unflätiges Wort. Ein Fluch. Ich kenne es gut.

Inzwischen war mein Vater in Wicklow und richtete sich dort in dem alten Haus ein. Das Land in Kelshabeg, oberhalb von Kiltegan, war in der Zwischenzeit von seinem Bruder bewirtschaftet worden, der außerdem als Verwalter des Gutes Humewood arbeitete, eine Position, die davor sein Vater, also der Vater meines Vaters, innegehabt hatte. Das Haus war in Wahrheit eine kleine Hütte, die zum Schutz in den Hang hineingebaut worden war. Welchen Schutz sie meinem Vater letztlich gewährt hat, weiß ich nicht. Jedenfalls putzte er sie gründlich, kratzte den Schimmel ab und tünchte die Wände von innen und von außen. Er beauftragte einen Dachdecker mit der Reparatur des alten

Reetdachs und heuerte einen Steinmetz an, um den verfallenen Kuhstall und das Hühnerhaus wieder auf Vordermann zu bringen. Er hatte die Absicht, seinen Ruhestand in der Behaglichkeit seines alten Zuhauses zu verbringen, in dem sieben Generationen seiner Familie aufgewachsen waren, und wollte dies in einem Stil tun, der ihm als ehemals hochrangigem Polizeibeamten angemessen wäre – mit Pferdewagen und, wie er hoffte, einer seiner Töchter, die ihn versorgte. Ein auf seine Art sicherlich ehrenwerter Traum. In jedem anderen Land außer Irland, das seinen Söhnen und Töchtern eher die Freiheit als eine Zukunft bietet. Er aber kalkte sorgsam seine Wände und setzte seine neuen Geranien auf die Fensterbänke, kaufte seine Rhode Island-Hühner und seinen Zwerghahn, sein Schwein, sein Pony und seine Milchkuh. Maud sollte heiraten, ich ebenfalls, und so war es Annie, die bei ihm blieb, um zu scheuern, zu schrubben, zu schmoren und das Feuer zu schüren. Mit ihrem von Kinderlähmung verkrümmten Rücken hatte die arme Annie kaum Aussichten, jemals einen Ehemann zu finden, darum konnte er sich seiner Gehilfin ziemlich sicher sein. Er kaufte zwei Jack Russell-Terrier, die die Ratten in Schach halten sollten. Maud und ich wurden bei unseren Cousins in der Townsend Street untergebracht, die dort einen Krämerladen betrieben, und alle vierzehn Tage nahmen wir den Bus nach Wicklow.

Das alte Kelshabeg. Der Stammsitz der Familie, auch wenn ich meine gesamte Kindheit in Dublin verbracht hatte. Im Frühling war der Hang von einem dichten Schaum aus weißer Heide bedeckt, die mitunter nicht einmal das Schmelzen des Schnees abwartete, sondern wie ein zweiter Schneefall inmitten der Verwehungen ihre Millionen kleiner Blüten darbot. Wie stolz Annie darauf war, Ordnung in den Haushalt gebracht zu haben: die glänzenden Steinplatten in der Küche, die Teller auf der Anrichte, die den Glanz der Steinplatten zurückwarfen, der Stapel glühenden Torfs im breiten Kamin, der einladende Schemel auf der Kaminplatte, in der Regentonne das Wasser, das man sich morgens ins erstaunte Gesicht klatschte, die raffinierten Hennen, die unentwegt versuchten, ins Haus zu gelangen und ein Menschendasein zu führen, das nützliche Schwein, das alles fraß, was es auf den Höfen vorfand, einschließlich der Beute, die es am »stillen Örtchen« ergatterte, wo ein Mensch in aller Ruhe sein Geschäft verrichten und sich danach den Hintern mit einem feuchten Ampferblatt abwischen konnte, viel besser als ein Stück Papier.

Angetan mit unserer besten Reisegarderobe gingen Maud und ich den langen grünen Weg hinauf. In unseren Stoffbeuteln trugen wir robustere Landkluft, alte graue Kleider und weiß-blau getupfte Überkleider. Auf einem irischen Bauernhof begegnete man hunderterlei Sorten Dreck, der zuverlässig an einem haften blieb. Als wir an ein paar gebückten Männern vorbeikamen, die Schaufel für Schaufel einen Viertelmorgen Land umgruben, weil der Boden für den Pflug zu steil und zu steinig war, richteten sie sich auf und streckten den Rücken, zweifellos erleichtert, weil es sich gehörte, uns als im weitesten Sinne Einheimische zu begrüßen. Die englischen Wörter aus ihren Mündern klangen liebenswert schlammig.

»Schau an, schau an, da spazieren ja die beiden Schönen vorbei.« Maud war in der Tat eine Schönheit, auch wenn sie sich nicht für eine solche hielt. Ihre dichte schwarze Haarmähne wurde von einer Schleife, die eher Bindfaden als Accessoire war, zusammengehalten. »Ihr geht wohl rauf zum Vater, was? Gott segne euch.«

Und hinauf ging es wirklich, denn unser Cottage war das letzte Haus auf dem Hügel von Keadeen, dort, wo die Natur jegliche Geduld mit den Menschen verlor und den Berg als heidnische Wildnis voller Bäche, Tümpel und Heidekraut in Beschlag nahm. Hier sitze ich in meiner amerikanischen Kleidung, angetan mit meinem amerikanischen Ich, und beschreibe diese Dinge, die alle längst vergangen, längst verloren sind; all die Menschen, die, dem üblichen Lauf der Welt folgend, hinweggefegt wurden, jene gebückten Männer, Maud, mein Vater, die seligen Hennen, das Pony und das Schwein, der ganze heilige Kladderadatsch; auf eine Weise hinweggefegt, die wir nicht recht glauben wollen, wenn wir als junge Frauen ein- und ausatmen; hier sitze ich, ein alter Mensch, ein Überbleibsel, sogar ein dankbares Überbleibsel, dankbar für das, was mir gegeben, wenn auch nicht für das, was mir genommen wurde und was mein welkes Herz heraufbeschwört. Wieder kommt mir jener eigenartige, einfach hingenommene Umstand in den Sinn, dass Zweige ebendieses Heidekrauts im Frühling mit dem Bus von Wicklow nach Dublin geschickt wurden, damit mein Vater sie auf den Kaminsims seiner Amtsstube im Castle stellen konnte, ein Stückchen Heimat, ein Erkennungszeichen, fast eine Art Gedicht, ein Lied; und wir kleinen Kinder schnupperten daran und atmeten den Duft dankbar ein. Und ich erinnere mich an andere Dinge: an die Glockenblumen in den Straßengräben, deren Kapseln wir zwischen Daumen und Zeigefinger zerplatzen lassen konnten, Fingerhüte vermutlich, die Freunde der Herzinfarktopfer; an die grau-weißen Schlehenblüten im April; an das Weiß, ein weißeres Weiß, der Hagedornblüten im Mai; an den Stechginster, ebenfalls im Mai, gelb wie der Schnabel einer Amsel, mit einem Duft, der für mich fast so riecht wie der Mund eines Babys, wenn es Muttermilch getrunken hat. Und an das Gekreisch der Saatkrähen in den hohen alten Bäumen über Kelshabeg – was für zänkische Vögel, und doch ihr ganzes Leben lang wie gute Katholiken mit demselben Partner vermählt; an die Zaunkönige in ihren winzigen Reichen entlang der Uferböschungen; an die Ringeltauben, die unablässig ein und dieselbe Bemerkung wiederholten. Und wenn es über dem Meer vor Wicklow stürmte, trug der Wind uns das Gekeife und Gerangel der Möwen zu; und nachts hörten wir im dichten Unterholz Dachse, die zwischen den Wurzeln herumwühlten; den Fuchs, den roten Banditen, gleichermaßen gefürchtet wie bewundert, der sich im Dunkeln heranschlich, um unser Hühnerhaus auf Mängel zu prüfen, die Nachtigallen und im stürmischen Frühjahr die sausenden Pfeilspitzen der Schwalben und der Hausschwalben – ob selbst der Herrgott den Unterschied zwischen ihnen erkennen könnte? Und Maud und ich – noch war kein Schatten auf unser Leben gefallen; sie war zufrieden mit ihrem Künstler, den sie im St. Stephen's Green kennengelernt hatte, ich mit meinem Ex-Soldaten – schritten aus ohne eine Spur von Müdigkeit, die gab es einfach nicht, und wenn wir zur Hütte kamen, stand dort neben der Tür der Kübel, aus dem wir uns einen Trunk Wasser schöpfen konnten, auf dem Herd köchelte ein Eintopfgericht, und im Topfofen auf dem Hof garte das Brot, und dann gab es Tee, um den Durst zu löschen, das beste Getränk gegen Durst, und morgens in aller Frühe mit der Sonne aufgestanden und frisch an die Arbeit: die Hühner, die Milchkammer, das Butterfass, die trockenen Laken von den Fuchsien pflücken – was immer gerade anstand; und wenn unser Vater auf dem Feld war, den Kesselflickern, die den Pfad heraufkamen, den Riegel vorschieben und sie nicht auf den Hof lassen, die mit ihren wilden Mähnen und ihrem wüsten Treiben; und überall heilloses musikalisches Durcheinander, hatte nicht sogar das Sonnenlicht einen Klang?, die Saatkrähen, die Zaunkönige und das Rotkehlchen mit seinem verzweifelten Lied, und mein Vater, der »There was an old woman« sang; und die unendliche, alles durchdringende Gnade des abendlichen Torffeuers, dem wir unsere drollig streichholzdünnen Jungmädchenbeine entgegenstreckten, ohne an die Frostbeulen zu denken, die wir uns damit holen würden. Ich schreibe es auf, ich schreibe es auf, und schütte mir alles in den Schoß wie bares Geld, wie Reichtümer jenseits aller habgierigen Träume.

Am Ende eines solchen Tages geschah es, dass mein Vater völlig verwandelt und verfinstert heimkam. Es war ein kurzer, aber heller Frühlingsabend, an dem ein leichter Regen das Kopfsteinpflaster auf dem Hof besprühte. Als er durch die Klöntür eintrat, verdunkelte sich der Raum. Er schickte Maud und

Annie aus dem Zimmer, ließ mich auf der Steinbank neben dem Kamin Platz nehmen und setzte sich selbst auf den dunklen alten Stuhl. Sein Gesicht war von Entsetzen gezeichnet.

»Große Neuigkeiten«, sagte er, »große Neuigkeiten. Ich war drüben am Keadeen Gap, um das verdammte Mutterschaf zu finden, das sich das Herumwandern nicht verkneifen kann. Da kamen zwei Männer, die ich flüchtig kenne, auf mich zu. Für einen Moment dachte ich, sie wollten mir was antun, da sie nachweislich der Baltinglass Brigade angehören. Da könnte man schon auf die Idee kommen, dass sie einem alten Polizisten übelwollten. Und bestimmt gibt's welche, die mir übelwollen und nichts dagegen hätten, mich zu erschießen.«

»Ich hoffe, das ist nicht wahr, Papa«, sagte ich.

»Es mag wahr sein oder auch nicht. Aber sie haben mir Folgendes erzählt. Es ging um etwas ganz anderes, als ich erwartet hatte. Es ging um Tadg und dich.«

»Wieso um Tadg?«

»Sie haben mich aus alter Verbundenheit aufgesucht, weil ihre Väter für meinen Vater gearbeitet hatten und so, und sie hatten den starken Wunsch, den starken Wunsch, mich wissen zu lassen … mich zu *warnen*, ist wohl das passende Wort. Lilly, Lilly, es ist furchtbar ernst, eine furchtbar ernste Angelegenheit. Du musst noch heute Abend nach Dublin zurückfahren und Tadg suchen, und ihr müsst umgehend… Und ich werde eine Anweisung an die Bank in der Sackville Street ausstellen … und man wird euch Geld auszahlen, und…«

»Papa, wovon redest du?«

»Ich weiß nicht, wovon ich rede. Ich versuche, meine Gedanken zu ordnen. Ach, Lilly, Lilly«, sagte er, »meine Tochter. Vielleicht ist es ja meine Schuld. Vielleicht ist die ganze schlimme Situation meine Schuld, und wenn es so ist, dann war das ganz bestimmt nicht meine Absicht.«

»Aber was denn, Papa?«, fragte ich höchst unglücklich und beunruhigt, weil er so unglücklich und beunruhigt dreinblickte.

»Sie haben die Todesstrafe über Tadg verhängt, und er soll aufgespürt und unverzüglich getötet werden. So viel steht fest. Es gibt, wie ich höre, keinen Tan, der nicht auf einer Todesliste steht, aber das Urteil gegen Tadg ist in Baltinglass ergangen, verstehst du, nach dem Hinterhalt letztens in Glenmalure. Eine kleine Gruppe von IRA-Männern hat einem Lastwagen voller Tans aufgelauert, und unter ihnen, auf diesem verfluchten Lastwagen, war auch Tadg, und die ganze Sache war für einen bestimmten Zeitpunkt geplant, es ist ein Lastwagen, der den Männern in der Kaserne von Aughavan so regelmäßig wie nur irgendwas Brot und Proviant bringt, aber die Tans waren aufs Grausamste vorbereitet, es gab nicht die geringste Überraschung, und vier der IRA-Burschen kamen ums Leben. Und die Burschen stammten von hier, aus den Bergen. Und einer der Überlebenden hat Tadg erkannt, weil er uns immer wie ein ganz gewöhnlicher Mann besucht und in Kiltegan ein paar gehoben hat, nicht wahr? Und danach haben sie sich die Namen angesehen und einen Namen mit dem anderen in Verbindung gebracht, und sie wissen, dass du mit Tadg verlobt bist – und weil sie wissen, wer er ist, weil sie wissen, dass er an dem Tag auf dem Lastwagen saß, und weil sie entschlossen sind, ihre Kameraden zu rächen, fangen sie an, sich zu fragen, ob Lilly Dunne, die zu allen immer so freundlich ist, auf dem Feld womöglich was aufgeschnappt und ihrem Schatz was gesteckt hat; immerhin ist ihr Vater ein alter Polizist, da wär's ihr zuzutrauen, dass sie so was tut und herumspioniert; und überhaupt, wenn sie sich mit einem Tan einlässt, verdient sie da nicht Schlimmeres als den Strick? Und jetzt, Lilly, haben all ihre Schlussfolgerungen und Überlegungen dazu geführt, dass Tadg Bere auf der Stelle hingerichtet werden soll, aber auch du, Lilly, sollst zur Strecke gebracht werden, und das alles haben sie mir, wie sie behaupten, aus alter Verbundenheit mitgeteilt – sozusagen, um dir einen Vorsprung zu geben, damit du deinem Schicksal entrinnen kannst, wie sie es ausgedrückt haben, und sie waren sehr nervös, als sie mir das sagten, denn es könnte ihren eigenen Tod bedeuten, und das alles sei die reine Wahrheit.«

Welch unsagbares Entsetzen mich da überfiel! Wenn mein Vater mir erzählt hätte, wilde Wölfe würden mich in dunkler Nacht verschleppen und verschlingen, hätte ich nicht entsetzter sein können.

»Aber Papa, das ist doch nicht wahr. Tadg erzählt mir überhaupt nichts, ich wusste nicht einmal, dass er in Wicklow auf einem Lastwagen gesessen hat, und ich habe nichts sagen hören, weder auf dem Feld noch sonst wo.«

»Wahr oder nicht wahr spielt hier keine Rolle, Kind. Ich selbst werde dich nach Dublin bringen. Vielleicht sammeln sie sich gerade irgendwo in der Gegend, um dich zu holen. Wirf ein paar Kleider in deinen Beutel, wir müssen noch den Abendbus kriegen.«

Es war eigentümlich, Knie an Knie im Wicklower Bus zu sitzen, der sich hinter Kiltegan die Hügel hinauf- und hinabschwang.

»Das ist eine furchtbar schwierige Sache«, sagte mein Vater mit gedämpfter Stimme, damit die alten Schachteln, die Arbeiter und die blumenbekränzten Kinderköpfe ihn nicht hörten. »Wir müssen uns mächtig klug anstellen, um heil aus ihr herauszukommen«, sagte er. »Mächtig klug«, wiederholte er, als hätte er Zweifel, ob wir dazu fähig wären.

»Papa, ich habe solche Angst. Was wird geschehen? Ein Todesurteil. Was soll Tadg denn nun tun?«

Ich weiß nicht genau, was ich bis zu diesem Zeitpunkt über Tadg gedacht hatte. Es hat keinen Zweck, von Liebe zu reden, denn was das ist, weiß kein Mensch, das ist mal sicher. Jugendliche verwenden das Wort, als verstünde es sich von selbst, als berge es kein Geheimnis, so wie eine Nonne das Wort »Gott« ausspricht. Was ich beim Anblick seines sauberen, geradezu geschrubbten Äußeren und seiner schönen Lakritzaugen mit den pfenniggroßen Pupillen empfand, lässt sich wohl kaum als

Liebe bezeichnen. Erst als ich vor Angst weinend im Bus saß und mein nacktes Bein, daran kann ich mich lebhaft erinnern, gegen das meines Vaters schlug, der neben mir grübelte und grübelte – erst da wurde mir klar, dass ich, selbst wenn ich Tadg nicht *liebte,* keinesfalls bereit war, ihn mir entreißen zu lassen, sei es durch seinen Tod oder meinen. Insgeheim, ohne es selbst zu wissen, hatte ich mir vorgenommen, mich an ihn und seine schwarzen Augen zu binden. Und in dieser unerhörten Notlage erkannte ich, dass er mir sehr kostbar war. Seine Freundschaft zu Willie hatte sich um ihn geschlungen wie die Ranken einer Pflanze. Seine Begeisterung über die neue Arbeit hatte auch mich begeistert. Seine sonderbare Cork'sche Zuvorkommenheit, die Tatsache, dass er, wenn wir einander nahe waren, etwa im Varietétheater, in das er mich gern ausführte, um die närrischen Holzschuhtänze anzuschauen und den sentimentalen Liedern zu lauschen, und wenn wir beide vor Verlangen zerflossen, immer stiller wurde, als sinne er über dieses Verlangen nach und habe so großes Interesse daran, dass er sich ganz und gar der Aufgabe widmete, eine bedeutende Philosophie darüber zu entwickeln! Und mir nicht etwa auf den Leib rückte, worauf er ein Anrecht gehabt hätte, da wir einander versprochen waren. Aber sein empfindliches, feinfühliges Herz, das er im Krieg durch schlimmere Gemetzel getragen hatte, als er es mit Worten ausdrücken konnte, und das er nun als eine Art Polizist an neue Orte des Aufruhrs und der Verzweiflung trug – dieses Herz huldigte auf eigentümliche Weise unserem Verlangen. Wir gehörten zu einer uralten, inzwischen verschwundenen Sorte von Katholiken, und obwohl wir es kaum erwarten konnten, übereinander herzufallen, hatten wir nicht vor, es vor unserer Hochzeitsnacht zu tun. Welches Feuer das in einem Menschen entfacht, muss man erlebt haben, um es zu glauben. Du sitzt neben deinem Auserwählten, und zwischen deinen Beinen schmilzt du dahin. Um das zu überstehen, musst du gut essen und eine Menge Wasser trinken.

Als wir Dublin erreicht hatten, war Tadg ebenso überzeugt wie mein Vater, dass wir fort mussten. Er sagte, es gehe schließlich nicht nur um seinen Namen, sondern auch um meinen, und wenn er auch Angriffe gegen seine eigene Person abwehren könne, so sehe er doch keine praktische Möglichkeit, mich zu beschützen. Und er sagte, er habe tatsächlich in Glenmalure auf dem Lastwagen gesessen und wie üblich die Proviantlieferung an die Kaserne überwacht und großes Pech gehabt, dass man ihn erkannt habe, er könne es kaum glauben, dass der Mann, der ihn gesehen habe, auch mich und meinen Vater kannte, es sei ein schrecklicher Zufall, und mein Vater habe recht, in Irland seien wir nirgendwo mehr sicher und müssten verschwinden, und zwar schleunigst.

Am selben Abend stand ich in unserer Wohnstube im Castle und umarmte meinen Vater. Er sprach kein Wort. Er reichte mir die Fahrkarten, für die er viel Geld bezahlt hatte, zwei große, lange Billetts mit dem Namen des Schiffes und des Zielhafens New Haven, Connecticut, auf denen, wie bei der Volkszählung, in klarer, schwungvoller Tintenschrift unsere Namen standen. Man hatte sich deutlich Mühe gegeben. Damit diese bestimmte Person an Bord dieses bestimmten Schiffes gehen konnte, um aus diesem bestimmten Leben in ein anderes bestimmtes Leben zu treten.

Mein Vater begleitete mich bis zum Tor und half mir in die Pferdedroschke, die Tadg und mich zum North Wall bringen würde. Mit der Linken bedeckte er sein Gesicht – wie seltsam, dass ich mich daran erinnere –, die Rechte legte er auf meine Hand, die in meinem Schoß lag. So stand er einige Augenblicke da und atmete sonderbar durch seine Finger hindurch. Dann zog er die rechte Hand zurück, gab dem Kutscher ein Zeichen und nahm die linke Hand vom Gesicht. Er sagte kein Wort.

Als wir in unserer feuchten Droschke durch die verwischten Lichter der Dame Street fuhren, schlang Tadg den Arm um mich. Er trug grobe Zivilkleidung und machte kaum mehr her als ein einfacher Arbeiter. Wir hatten vor, in Amerika ordnungsgemäß zu heiraten, aber in Wirklichkeit heirateten wir in diesem Augenblick, in dem mein Herz so schwer war, dass ich ohne seine Gegenwart, ohne seine Arme, vor Angst und Gram gestorben wäre.

Jetzt will ich für heute mit dem Schreiben aufhören, den Resopaltisch abwischen, sorgfältig den Stuhl heranrücken, einen Tee kochen und zu Bett gehen. Über die Kartoffeläcker ist das Meereslicht zu mir vorgedrungen und hat das dunkelnde Zimmer mit leichtem Salzgeruch erfüllt, was ich als Geschöpf dieses Ortes, das ich hoffentlich so wie die Spatzen und die Regenpfeifer bin, zum Anlass nehme, mich zur Ruhe zu begeben. Etwas drückt gegen meinen Scheitel, drückt gegen meine Fußsohlen, drückt gegen meine Brust und meinen Rücken. So muss sich eine bedauernswerte Mohrrübe in einem Dampfdrucktopf fühlen. Alles ist totenstill, in der Luft liegt eine Schärfe, eine Art Kribbeln, das mir das Haar kräuselt und das, wäre es die Saison dafür, auf einen Hurrikan hindeuten würde, obwohl es ein Merkmal dieses Landstrichs ist, dass Hurrikan uns meist nur als Echo ihres gewaltigen atlantischen Selbst erreichen, als harmloser Wolkenbruch. Mein Kopf glüht.

Fünfter Tag ohne Bill

Mr Eugenides, der Besitzer des Drugstores an der Ecke zur Main Street, kam auf den Gehsteig heraus, als er sah, dass ich vorbeiging und nicht, wie ich es normalerweise getan hätte, in seinen Laden trat. Allmählich allerdings vergesse ich, was denn normal gewesen ist für jene andere Mrs Bere, die ihren Kram erledigte, getragen von ihrer Liebe zu Bill, selbst wenn dieser weit weg in der Wüste war – wie habe ich mich in den langen Nächten um ihn gesorgt! Oft hörte ich aus der Ferne, hinter den breiten Schilfstreifen und den schlafenden Sumpfvögeln, die Rastlosigkeit unserer eigenen See und fragte mich, wie es ihm in jener meerlosen Sandlandschaft wohl ergehen mochte. Anhand der komplizierten Armbanduhr, die er mir geschenkt hatte, versuchte ich herauszufinden, wie spät es wohl im Nahen Osten war – oder in Arabien, wie ich die Gegend bei mir nannte.

Mr Eugenides kam mit seinen kurzen Schritten angelaufen, denn er ist ein sehr kleiner Grieche mit einem sehr großen Charakter.

»Mrs Bere, kommen Sie doch herein, ich habe eine ganz besondere Delikatesse für Sie, die Sie entzücken wird, glauben Sie mir, liebe Freundin.«

So sah ich mich denn genötigt, ihm aus dem halbherzigen Sonnenlicht in die tiefe Höhle seines Ladens zu folgen. In den Siebzigern hatte er einen Tresen mit Drehstühlen und Getränkependern, aber das alles hat er abgeschafft; gleichwohl fielen mir jedes Mal die runden Abdrücke auf dem Linoleum ins Auge, wo früher die Metallstühle festgeschraubt waren. Abgesehen von seinen paar Regalreihen mit Medikamenten und dergleichen importierte er bestimmte Artikel aus seinem Heimatort Trikala in Thessalien. Inzwischen aber war er ziemlich alt und an neuen Produkten nicht länger interessiert, und die Artikel waren eigentlich nur noch für ihn selbst und seine Freunde gedacht und linderten sein übermäßiges Heimweh. Er hatte immer große Blechdosen mit eingelegten Oliven und mit Auberginen auf griechische Art, hin und wieder auch ein Blech mit Baklava, obwohl ich mir nicht sicher war, ob das nicht seine Cousins in Queens gebacken hatten, deren es unzählige zu geben schien. Als ich eintrat, spielte wie immer gedämpfte Musik, die schönen wehmütigen Klänge des »großen Tsitsanis«, wie Mr Eugenides ihn nannte. Der große Tsitsanis stammte ebenfalls aus Trikala. »Wir staunten über die Geschwindigkeit seines Spiels«, pflegte Mr Eugenides zu sagen, als sei dies der Gradmesser großer Musik. »Seine Hände flogen wie Sperlinge über die Saiten seiner Bouzouki. Er war ein großes Genie.«

Und dann hielt Mr Eugenides jedes Mal inne, spitzte die Ohren zur Musik hin, sah mich an und nickte, als wollte er sagen: »Finden Sie nicht auch?«

Aus Freundschaft und zum Spaß hatte er mir ein wenig Griechisch beigebracht. Er liebte es, mich die Sätze, die er mir beigebracht hatte, sagen zu hören, und immer, wenn ein griechischer Freund im Geschäft war, forderte er mich auf, etwas von mir zu geben, und der Freund tat dann ganz erstaunt und begeistert.

»Apo ti poli erchume, e sti corifi canella.«

Gewöhnlich musste ich nur die erste Hälfte sagen, dann vollendete er oder sein Freund die Redewendung, denn es handelte sich immer um eine Redewendung.

Mr Eugenides war das Staunen und die Begeisterung selbst. Als Bill vor ein paar Jahren zur Army ging, kaufte Mr Eugenides ihm eine Homer-Übersetzung, die Bill pflichtschuldigst mit in den Krieg nahm.

So kam es, dass Bill und ich aus ganz unterschiedlichen Anlässen, in unterschiedlichen Ausgaben und in unterschiedlichen Übersetzungen das gleiche Buch geschenkt bekamen.

»Es hat nie ein besseres Buch über diese Dinge gegeben.

Freundschaft, Treue. Die Bausteine Griechenlands und auch Amerikas.«

Ihm war der überschwängliche Patriotismus des Immigranten zu eigen. Für den Zweiten Weltkrieg, in dem sein Vater gefallen war, war er noch zu jung gewesen, für Vietnam natürlich zu alt.

»Also, meine liebe Mrs Bere, sagen Sie mir, dass ich etwas Schlechtes tue. Sagen Sie mir, dass ich Sie nicht verstehe. Schauen Sie, schauen Sie… Das hier möchte ich Ihnen geben, zum Trost in dieser schweren Zeit. Ihr Bill hat in der Ferne gekämpft, Sie haben ihn zur letzten Ruhe gebettet. Ich kann Ihnen nur das hier geben, Honig aus dem Dorf meines Vaters.«

Und er wies auf ein kleines, schlichtes und bescheidenes Gefäß, dem er mich gewissermaßen vorstellte. Das nüchterne weiße Etikett zeigte eine große gelbe Biene und griechische Schriftzüge.

»Ich frage mich«, sagte er, »was Sie mir wohl aus Irland geben würden, wenn ich durchleiden müsste, was Sie durchleiden. Das frage ich mich.«

»Ich würde Ihnen das weiße Heidekraut vom Berghang meines Vaters geben«, sagte ich und bemühte mich, nicht draufloszuheulen wie ein Kind. Als er meinen leisen Kummer bemerkte, legte er mir die Hand auf die Schulter und tätschelte sie ja, sagte ich, ich würde ihm das weiße Heidekraut bringen, das würde ich in der Tat, wenn es denn Beine hätte, um sich auf den Weg zu machen, obwohl ich wusste, dass die kleinen weißen Blüten sich auf der langen Reise von Kelshabeg nach New York schwarz verfärben würden.

»Ach ja«, sagte er, als hätte ich ihm die Lösung eines ungeheuren Rätsels angeboten, als hätte ich durch die bloße Erwähnung des Heidekrauts endlich die Antwort auf den Untergang der Erde und verwandte Fragen gefunden.

Jetzt sitze ich an meinem Tisch, und heute habe ich in meiner Tasse nicht nur Tee und Milch, sondern auch einen Löffelvoll griechischen Honig.

Griechenland, Amerika, Arabien, Irland. Heimaten. Kein Ort auf Erden, der nicht eine Heimat wäre. Das Kalb kehrt dorthin zurück, wo es seine Milch bekam. Nirgendwo ist Fremde. Jeder Ort bietet einem Menschen, und darum uns allen, ein Zuhause.

Vor einigen Wochen war Mr Dillinger hier und saß auf Bills altem Stuhl mir gegenüber. Er sprach angenehm wie eh und je, und seine blauen, tief in seinem langen, runzligen Gesicht eingesunkenen Augen bewachten mich streng, um zu sehen, ob mir das, was er zu erzählen hatte, auch gefiel. Denn bei dem ersten Verdacht, er könnte mich ermüden, würde er augenblicklich verstummen. Ich bin noch keinem Mann begegnet, der sich weniger vormachen lässt als er.

»Was ist die größte Entdeckung, die zu unseren Lebzeiten gemacht wurde? Mondraketen? Penizillin vielleicht? Meiner Ansicht nach, Mrs Bere, ist es die DNA.«

»Dehn *was?*«, fragte ich.

»Drei Buchstaben, Mrs Bere, D-N-A. Fragen Sie mich nicht, wofür die stehen. Die DNA eines jeden Menschen heute lässt sich auf ein, zwei, vielleicht auch drei Frauen in Afrika zurückführen. Die gute Nachricht ist, wir gehören alle zur selben Familie. Die schlechte Nachricht ist, wir gehören alle zur selben Familie.« Das war sein kleiner Scherz. »Der Punkt ist: All die Kriege, all das Gewusel der Geschichte, all der Hass auf das Abweichende und die Furcht vor dem Anderen, all das war ein einziger langer, mühseliger, nutzloser, herzzerreißender Unsinn. Amerika ist kein Schmelztiegel verschiedener Rassen, sondern der Ort, an dem die große Menschheitsfamilie ihre vielen Gesichter zeigt. Der Araber ist Jude, der Engländer ist Ire, der Deutsche ist Franzose – eine wunderbare Katastrophe, nicht wahr? Es ist das Wichtigste, was wir in unserem Leben erfahren haben.«

Vielleicht erklärt das die seltsame Regung, die mich an Deck unseres Schiffes überkam, als es sich New Haven näherte. Vom Land kam ein Duft, der Duft Amerikas, so reich, so raffiniert;

etwas darin eroberte mein Herz. Noch ehe wir anlegten, verspürte ich eine Art nostalgischer Sehnsucht nach diesem Land, ich weiß nicht, wie ich es sonst beschreiben soll. Als wäre ich schon einmal da gewesen, hätte es verlassen und kehrte jetzt nach einer langen Reise zurück. Nach den Tagen der Überfahrt waren wir matt vor Erschöpfung, denn kurz nachdem wir die schützenden Arme des Great South Wall verlassen hatten, war Tadg seekrank geworden, und seitdem hatte sich seine Übelkeit nicht gelegt. Die Schiffsreise war eine einzige Qual für ihn, mein rastloser Geist hingegen hatte die ganze Zeit die Bilder meiner Schwestern und meines Vaters um und um gewendet. Wir hatten uns in eine winzige, überfüllte Ecke des Schiffes zurückgezogen, da Tadg, trotz aller Seekrankheit, bei jedem Mann an Deck fürchtete, er könne eingeschleust worden sein, um uns zu töten. Und tatsächlich hatte er für die herannahende kleine Stadt kaum einen Blick übrig, seine Augen huschten ständig über die anderen Passagiere und versuchten abzuschätzen, ob sie eher entspannt oder eher tatbereit wirkten, gerade so, als könnte jeder der Männer dort unter seinem gegürteten Mantel das kalte Metall einer Pistole verbergen.

Als wollte er sowohl seiner Seekrankheit als auch seiner Furcht Ehre erweisen, hatte Tadg sich während der gesamten Reise nicht rasiert und sich einen recht ansehnlichen rötlichen Bart wachsen lassen, den er mir mit Hilfe einer geborgten Schere notdürftig zu stutzen erlaubte, damit er nicht ganz so aussah wie ein armer Balladensänger in einer von Dublins Straßen.

Wir befanden uns in einer Situation, die einem ziemlich schnell und schmerzhaft zeigt, dass man mit einem Menschen reist, den man eigentlich gar nicht kennt.

Beide waren wir nicht mehr die, die wir gewesen waren. Mein Vater hatte in aller Eile auf seinem amtlichen Briefpapier einige Schreiben für uns aufgesetzt, mit denen wir uns zur Not als das Geschwisterpaar Timothy und Grainne Cullen ausweisen konnten. Aber um alles durcheinanderzubringen, hatte er unsere richtigen Namen auf die Passagierliste gesetzt, für den Fall, dass die Verwendung von Decknamen uns irgendwann einmal die Einbürgerung in Amerika erschweren sollte. Immerhin würden wir, bis Gras über die Sache gewachsen wäre, einstweilen nicht als die, die wir waren, durch Amerika reisen, sondern Namen angeben, die nicht die unsrigen waren, und zu guter Letzt könnten wir als diejenigen heiraten, die wir waren, und dem Geistlichen unsere richtigen Namen nennen. Wie gewöhnliche Menschen. Über denen kein Todesurteil schwebte.

Doch ob Timothy Cullen oder Tadg Bere – ich wusste so oder so kaum, wer er war.

In Irland war er möglicherweise bis kurz vor unserer Flucht Tadg gewesen. Vielleicht hatte die Angst ihn verändert, wie eines jener kleinen Erdbeben, die den Wasserlauf unter den Gehöften verändern und einen Brunnen zum Versiegen bringen, auch wenn die Landschaft sonst ganz unverändert scheint. Jetzt, da ich mit einem mir unbekannten Tadg zurechtkommen musste, ängstigte mich der Gedanke, dass ich ihn nie wirklich gekannt und mich auf die Verlobung mit einem Mann eingelassen hatte, nur weil er mit meinem geliebten Bruder befreundet gewesen war und mir einen zartfühlenden Brief geschrieben hatte – ein Junge, der Jahre grausamsten Gemetzels überlebt hatte. Als wäre die Liebe, die ich für Willie empfand, auf seltsame Weise übertragbar, als wäre sie, obwohl durchaus echt, eine blinde, eine taube, eine verblendete Liebe.

Die Angst ist eine Macht wie die Seekrankheit – vielleicht könnte man sie eine Lebenskrankheit nennen, eine fürchterliche Übelkeit, verursacht durch Grauen, schleichendes Grauen, das sich im Schlaf, im Traum ein wenig zurückzuziehen scheint, doch dann, gleich nach dem Erwachen, wieder herbeihuscht und an dem bisschen Seelenfrieden nagt, dessen wir bedürfen. Nagt und nagt mit langen, rattenartigen Zähnen. Niemand überlebt dergleichen, ohne sich zu verändern. Ein kleiner Teil meines Schreckens bestand darin, dass ich jetzt mit diesem Fremden durch Amerika zog.

Als wir im Zug nach New York saßen, hatte ich die höchst seltsame Eingebung, dass Amerika mit großer Hast direkt vor unseren Augen entstand, dass es während unserer Reise für uns erfunden wurde. Vielleicht lag es daran, dass ich Amerika nur aus Zeitungen und aus den kurzen Wochenschauen im Varietétheater in der Dame Street kannte, wohin meine Schwester Maud mich heimlich mitzunehmen pflegte. Jetzt kam es mir vor wie eine endlose Reihe von Bildern: Wassertürme, riesige, unerklärliche Anlagen entlang der Küste, eine grenzenlose Vielfalt von Hinterhöfen und Häusern, die ausgefransten Säume der Städte und der kleineren Ortschaften, an denen wir vorbeifuhren und deren Armseligkeit mir einen weiteren Schock versetzte, obgleich es für Eisenbahngesellschaften vermutlich am einfachsten war, ihre Schienen durch die Armenviertel zu verlegen. Ich schluckte das Schinkensandwich hinunter, das Tadg mir im Zug gekauft hatte, ich schluckte das seltsam staubige Wasser hinunter, ich schluckte die Luft mit ihrem leicht metallischen Nachgeschmack hinunter, schluck, schluck, schluck, wie ein Fisch in sauerstoffarmen Gewässern.

Mein Fremder behandelte mich mit grenzenloser Güte.

»Wir haben den Namen deines Cousins in New York, bei dem können wir's zuerst versuchen. Wir werden herausfinden, wo's die besten Aussichten auf Arbeit gibt. Nicht lange, und wir haben ein Zuhause, Lilly, verlass dich drauf. Ich habe den Krieg nicht überstanden, um hier zu versagen.«

Das gewaltige »Hier« rauschte an den Fenstern vorbei, seine massigen Formen und dunkelnden Farben unscharf und zerrissen.

»Wir haben einander«, sagte er. »Das wird unser Königreich sein. Außerdem sind wir nicht die ersten Menschen, die nach Amerika kommen. Bei Gott, das sind wir wirklich nicht.«

Er verstummte eine Weile, dann sagte er, vielleicht über mein Schweigen beunruhigt:

»Ich bin nur froh, dass wir nicht mehr auf dem Schiff sind. Meine Güte, ich dachte schon, davon erhol ich mich nie. Jesses.«

»Gott sei Dank«, sagte ich.

»Ja, ja«, sagte er, von meinen drei Wörtern plötzlich aufgeheitert. »Wir werden dieses Land erobern. Das wird uns nicht schwerfallen, Lilly. Harte Arbeit, Lilly, und die Sache ist geritzt.«

Ein weiterer großer Teppich ausgelöschter Nachtszenen und brennender Lichter sauste vorüber.

»Du wirst schon sehen«, sagte er. Dann fügte er mit großer Anstrengung hinzu: »Du wirst schon sehen – mein Schatz.«

Sein längliches Gesicht leuchtete im Waggon auf und hatte mit einem Mal etwas Schönes, wie das Gemälde eines Mannes. Es rührte mich zutiefst, und in dem Moment glaubte ich, alles würde gut werden. Ich glaubte es wirklich. Zwar glaubte ich nicht zu wissen, wer er war, aber ich hielt ihn für ehrlich und herzensgut. Und für verängstigt – genauso wie ich.

Die Ankunft in der Stadt war auf neue, ganz eigene Art furchterregend. Ich stand auf dem einigermaßen vertraut wirkenden Gehsteig vor dem Bahnhof und blickte nach oben, doch die gewaltigen Gebäude, die um uns her in die Höhe rauschten, bereiteten mir Kopfschmerzen. Ich musste auf meine Füße starren, sonst wäre ich in Ohnmacht gefallen. Zu ebener Erde litt ich unter Höhenangst.

Im Vertrauen auf seine größere Stärke ergriff ich wie ein Kind Tadgs Hand.

Jeder wäre geneigt gewesen, ihm zu vertrauen, so wie er die Führung übernahm, als wir tiefer in die Stadt eindrangen. Seine Hand umklammerte den Zettel, auf den mein Vater mit seiner Polizistenschrift in schwarzer Tinte den Namen meines

Cousins geschrieben hatte. Wie aller Welt vor uns verschlug die Stadt uns die Sprache. Wir waren Lachse in einem tiefen, dunklen Gewässer, am Grunde eines weit verzweigten Netzes von Flüssen, die sich so tief in die Erde gegraben hatten, dass der Himmel selbst nur mehr eine undeutliche Erinnerung war. Hätten menschliche Taten hier etwas ähnlich Düsteres? Beinahe musste ich lachen, als ich an die niedrigen Häuser in Dublin dachte, deren Dächer sich unterwürfig vor dem gebieterischen Regen neigten. Anfangs fiel es mir schwer, zu glauben, ein solcher Ort könne von Menschenhand errichtet sein. Wie konnte es Leitern geben, die lang genug waren, um Ziegelsteine in solche Höhen hinaufzuschaffen? Und jede Straße quoll über von einer reißenden Flut zorniger Droschken, rufender, brüllender, vorwärtsstürzender Menschen und gellender Hupen, die all den Lärm noch übertönten – das allein war eine Art Anschlag, ein Schrecken, an den man sich erst gewöhnen musste.

Mick Cullen stand auf dem kleinen Zettel meines Vaters. Ich glaube, es war irgendwo auf der Lower East Side, oder war's in der 8. Straße? Ich weiß es nicht mehr. Wir hatten zwei Adressen bekommen, diese und eine weitere in Chicago, einer Stadt, die nach allem, was wir wussten, ganz in der Nähe oder in weiter Ferne liegen mochte. Die erste Adresse war, um ehrlich zu sein, bereits zehn Jahre alt; es handelte sich um einen Bruder des – zumindest in unseren Augen – berühmten Waldhüters auf Gut Humewood, von dem man wusste, dass er in New York lebte und, wie mein Vater erklärt hatte, eine Art Holzhandelbetrieb, aber wie in solchen Fällen üblich, hatte es seit langer Zeit keinen Briefwechsel mehr gegeben. Dabei hatten er und Mick Cullen eine gemeinsame Großmutter.

»Ihr braucht nicht lange bei ihm zu bleiben«, hatte mein Vater in jenem anderen Leben, das bereits tausend Jahre zurückzuliegen schien, gesagt. »Nur bis ihr euch zurechtgefunden habt. Die Cullens sind anständige Leute.«

Canut Cullen war imstande gewesen, jeden Tag einen Morgen Haselruten abzuernten, konnte aber nur deswegen sow lange durchhalten, weil seine Söhne ihm große Kannen Buttermilch brachten. Das war eine Art Ruhm. Wahrer Ruhm.

Sie mochten anständige Leute sein, diese neuen amerikanischen Cullens, aber sie waren nicht da, es gab keinerlei Lebenszeichen. Wie Trottel standen wir mit unserem Zettel auf dem Gehweg herum und starrten auf ein altes Gebäude mit Wellblechdach und langem Eisenbalkon. Selbst dort, wo jemand, vielleicht sogar Mick Cullen persönlich, eines längst entschwundenen Tages die Türen verriegelt und den Eingang verrammelt hatte, war der Verfall so weit fortgeschritten, dass alles auseinandergebrochen war und die verrotteten Metallöffnungen sich öde und trostlos gegen den dunkelnden Himmel abzeichneten.

Sosehr die lange Schiffsreise uns erschöpft hatte – bis zu jenem Augenblick waren wir noch einigermaßen guten Mutes gewesen. Langsam steckte Tadg den Zettel wieder in seine Tasche und zog den anderen mit der Chicagoer Adresse hervor, wie ein Kartenspieler mit einem schlechten Blatt, der auf eine noch schlechtere Karte setzt. Denn bei dieser Adresse handelte es sich lediglich um die Freundin eines Freundes irgendeiner Cousine. Tadg stand auf der kopfsteingepflasterten Straße und lachte kurz. Bald würde es dunkel sein, doch in dem Augenblick, als mir dieser Gedanke durch den Kopf ging, begannen in wundersamer Abfolge die Straßenlaternen aufzuleuchten. Sangen sie gar, diese Laternen, sonderten sie winzige Geräusche ab? Nicht nur, dass ich eine angsterfüllte Frau war, ich war ein angsterfüllter Mensch. Die Zukunft, der kommende Tag, war ebenso finster wie der hohe Himmel, und mit einem Mal durchbohrte mich die Erinnerung an alles, was ich verloren hatte: meinen Vater, so streng und sonderbar er war, meine Schwestern, die eine ein buckliges Mädchen, das keiner heiraten wollte, die andere eine reizbare, empfindliche Person, die bald eine Braut sein würde wie ich. Seltsam, dass ich sie plötzlich in diesem Licht sah, bis dahin waren sie nur meine ewigen Schwestern gewesen. Selbst der Verlust des armen Willie, der mich in gewisser Weise in diese verlassene, grimmige Straße in New York gebracht hatte – all das schoss durch mich hindurch, wie ein überflutender Bergbach durch dichtes Stechginstergestrüpp schießt, an dessen mächtigen Wurzeln er zerrt und dessen Festigkeit er bedroht; und dort auf der Straße verzagte ich und schauderte, mein Reisemantel hielt mich plötzlich nicht mehr warm, und meine Beine gaben nach. Wieder so ein Moment, da mich Tadg mit Gewinn in die Arme hätte schließen können, aber was war er denn selbst? Doch nur ein Junge, der aus dem Krieg zurückgekehrt war und daheim merkwürdige Dinge getan hatte, ein Junge, dessen ganz gewöhnliche Träume von einer Todesdrohung zunichtegemacht worden waren und der nun dort in New York stand, mit einem Mädchen, das er nicht kannte und das ihn nicht kannte.

Verängstigt wie wir waren, besaßen wir nicht die Gelassenheit, ohne den Schutz von Bekannten oder Verwandten in New York zu verweilen – vielleicht hatte es mit jener DNA zu tun, von der Mr Dillinger mir erzählt hat. Ich erinnere mich, vor Jahren einmal ein Buch über Handlesekunst und Träume oder dergleichen gelesen zu haben, ich weiß nicht einmal, weshalb ich es las, es war ein Buch, das Cassie Blake gehörte. Ihr gefielen solche Dinge, Bücher über Kopfformen und was sich aus ihnen ablesen ließ, und Bücher über Träume, und dieses Buch behauptete, die Leute hätten eine Vorliebe für Zugfahrten, weil in einem Zug niemand stirbt, und wenn man von Zügen träume, träume man vom ewigen Leben. Vielleicht ist da etwas dran, denn wir kehrten eigentümlich gefasst zu dem riesigen Bahnhof zurück, dessen Haupthalle die Größe einer irischen Grafschaft hatte, und lösten mit einigen unserer letzten Dollars Fahrkarten für die Reise in den Westen, nach Chicago.

Sechster Tag ohne Bill

Und in gewissem Maße war Gott uns gnädig und vergab uns.

Meine Cousine in Chicago war zwar um einiges entfernter mit mir verwandt als Mick Cullen in New York, aber wenigstens trafen wir sie an. Sie war mit einem Mann verheiratet, der am Ufer des Sees arbeitete, und wenngleich die beiden keine zwei Cent erübrigen konnten, so hatten sie doch hinter ihren paar Zimmerchen einen Holzverschlag, der für Normalsterbliche im Winter zu kalt und im Sommer zu warm gewesen wäre, aber wir waren ja keine Normalsterblichen. Als Hannah Reilly mit ihrer großen amerikanisch aussehenden Schürze und ihrem erschöpften Gesicht sagte, wir könnten uns dort einnisten, war uns, als lächele uns der Himmel an. Und am folgenden Morgen zog Tadg zusammen mit ihrem Mann los und fand wie durch ein weiteres Wunder, auch wenn Arbeit damals weniger knapp war, eine vorübergehende Beschäftigung; ich glaube, es handelte sich um das Roden von Land, in das man Stützpfeiler für neue Bauten trieb – eine üble Plackerei, aber das störte Tadg nicht.

Alles war breiter als in New York. Man hatte die riesigen Gebäude weiter auseinandergeschoben und sie mächtiger und schwerer konstruiert, damit der Wind sie nicht davonblies.

Mein Vater hatte uns mit seinen eilends gefassten Plänen in Schwierigkeiten gebracht, weil sein amtlich aussehendes Schreiben uns als Bruder und Schwester ausgab, doch Hannah Reilly diesen Bären aufbinden zu wollen war sinnlos, da sie wusste, wer ich war. Aber ich konnte meinen eigenen Namen nirgendwo sonst verwenden, und wenn Hannah es nicht vergaß, nannte auch sie mich Grainne. Immerhin konnte Tadg sich als Tim Cullen einstellen lassen, obwohl wir die übereilte Entscheidung meines Vaters für den Namen Cullen bedauerten, denn der kam auch in unserer Familie vor. Wenn wir heiraten wollten, saßen wir also bereits in der Klemme, denn dem amtlichen Schreiben meines Vaters zufolge waren wir Geschwister, in Hannahs Augen aber eindeutig nicht – und teilten doch den kleinen Holzverschlag. Und sie bestand darauf, dass wir die Sache regelten.

»Weißt du, Lilly, wir sind anständige Leute, und selbst wenn ihr daheim, du weißt schon, Scherereien habt – wenn ihr hier einen neuen Anfang machen wollt, müsst ihr heiraten.«

»Das wollen wir ja auch«, sagte ich. »Wir müssen nur entscheiden, unter welchen Namen.«

»Warum hat dein Vater euch als Bruder und Schwester ausgegeben?«

»Das weiß ich auch nicht. In der Eile hat er es wahrscheinlich für eine gute Idee gehalten. Aber auf der Passagierliste des Schiffes standen ja ohnehin unsere richtigen Namen, und hier scheint uns niemand zu behelligen. Vielleicht können wir ja einfach als die heiraten, die wir sind.«

»Ich wüsste nicht, was dagegen spricht«, sagte Hannah.

Aber Tadg hielt den Vorschlag für unklug.

»Das können wir nicht«, sagte er am Abend. Ich hatte ihm ein paar erstaunlich große Würstchen gebraten, die er gierig verschlang, obgleich sie in Ermangelung von Kartoffeln auf dem Teller etwas verloren wirkten. »Die neuen Namen nützen uns auch nichts. Es wäre nicht ratsam, sie zu verwenden, womöglich denkt jemand noch, wir wären tatsächlich Geschwister. Und die alten Namen könnten unseren Tod bedeuten. Was wir brauchen, Lilly, ist ein dritter Satz Namen.«

»Und wo wollen wir den in Amerika herkriegen?«

»Es muss eine Möglichkeit geben, amtlich anerkannte Namen zu erhalten, darum werde ich mich kümmern müssen.«

Aber dafür hatte er wenig Zeit. Morgens um sechs ging er zur Arbeit und kam am kalten Abend zurück, und binnen weniger Wochen wurde er immer dünner und finsterer. Und fremder.

Wir hatten ein schmales Bett, darin lagen wir Seite an Seite im Dunkeln, und alles, was wir besaßen, hatten wir auf uns gehäuft, um uns gegen die Kälte zu schützen. Von Kanada blies der Wind über den See und durch die Bretter unseres Verschlags, umspielte unsere Gesichter und unsere Hände, stahl sich in unsere übereinandergezogenen Socken und tastete sich zu unseren anfälligen Zehen vor.

In der Zeit, als er um mich warb, hatten wir Küsse getauscht. Es schien so lange her zu sein, dass wir im trügerischen Sonnenschein des irischen Frühlings auf den Bänken im Stephen's Green gesessen und in der fadenscheinigen Hitze Händchen gehalten oder uns in den Schatten eines der Pavillons zurückgezogen hatten, um unser Glück in den Armen des anderen zu versuchen. Und ich hatte seine Küsse genossen und die große Wärme geliebt, die sie in mir aufblühen ließen – und wie wir im Sommer, soweit es einen gab, von unseren Küssen allmählich zusammenbuken und meine Brust an seiner schwitzte, was ganz und gar nicht unangenehm war.

Hier hingegen, in jenen ersten Wochen, mit dem Wind und den Geräuschen des Sees, der sich, in der Dunkelheit ein schmutziges Flintgrau, ungeheuer weit vor unserem Fenster erstreckte, und mit Hannah und ihrem Mann, die auf der anderen Seite der Wand schnarchten – in jenen ersten Wochen, als wir übereinander hätten herfallen können wie das erste Liebespaar auf Erden, lagen wir zwar dicht beieinander, aber so vollkommen getrennt, als hätte ein Pfarrer uns mit einem Fluch belegt.

Und dies, so glaube ich heute, war Teil des Schreckens: dass wir, obwohl wir haltlos und, soviel wir wussten, als Gejagte durch Amerika trieben – auch wenn Tadg *behauptete,* er sei zuversichtlich, dass wir den Häschern entschlüpft seien –, nicht mehr wie früher geeint, sondern durch das geradezu Bedrohliche dieser Intimität auf groteske Weise entzweit waren.

Mich persönlich hätte das vielleicht gar nicht so beunruhigt, denn er war zwar ein schöner, stattlicher Mann, doch in der ersten Zeit wie erstarrt und in einem unbekannten Plan gefangen. Das mag daran gelegen haben, dass er sich durch das über seinem Haupt schwebende Todesurteil in gewisser Weise schon ein klein wenig ermordet, zumindest aber in seinem Leben stark eingeschränkt fühlte. Er hatte nicht einmal Zeit gehabt, seine Mutter in Cork zu benachrichtigen, und ermutlich dachte er nicht gern an sie, die nichts über ihn oder sein Verschwinden wusste.

Ich glaube, das gefiel ihm ganz und gar nicht, und zu dem Zeitpunkt begann ich mich zu fragen, ob er bis zu einem gewissen Grad *mich* für unsere Misere verantwortlich machte oder ob ich vielleicht sogar dafür verantwortlich *war*. Der Umstand, dass ich aus Wicklow stammte, hatte seine Tätigkeit dort zu einer sehr persönlichen Angelegenheit gemacht. Er hatte die Anonymität eingebüßt, die Polizisten genossen, da sie fernab von ihrem eigenen Wohnbezirk eingesetzt wurden. Ich hatte seine Namenlosigkeit zerstört und etwas Schreckenerregendes in der Landschaft mit einem Namen versehen: einen vorbeifahrenden Lastwagen mit Waffen, vielleicht mit Gelächter und gewiss mit rücksichtslosen, ruinierten Seelen an Bord; dann der Hinterhalt und die Ermordung der ortsansässigen Jungs und die Tatsache, dass die Tans offenbar auf sie vorbereitet waren – meine Schuld, alles meine Schuld. Ich hatte Tadg nichts erzählt, trotzdem war es meine Schuld. Diese Dinge, ein hoffnungslos verknotetes Knäuel, waren es, die uns bei aller scheinbaren Nähe voneinander trennten, wenn wir notgedrungen Arm an Arm dalagen und seine bloße Körperwärme in der grausamen Kälte des Verschlags so begehrenswert war und sein roter Bart aufragte wie der einer Grabfigur in der Christ Church Cathedral.

Noch während ich dies schreibe, sehne ich mich danach, wieder dort zu sein, mich zu ihm umzudrehen, ihn zu halten und ihm zu beweisen, dass uns Menschenwesen wenigstens *eine* rettende Möglichkeit offensteht: Jeder Knoten lässt sich durch eine simple Geste lösen.

Das Dunkel eines Zimmers lässt sich durch eine einzige Kerze erhellen.

Ich wünschte, ich wünschte, wir hätten nicht so viel von unserer gemeinsamen Zeit vergeudet.

Aber dann löste sich doch etwas. Vielleicht waren die paar Dollars und Cents, die er für seine Arbeit bekam, verglichen mit seinem Sold bei den Tans, sehr wenig, aber mir kamen sie wie etwas Magisches vor, denn sie ermöglichten es uns, zu bleiben und uns allmählich etwas geborgen zu fühlen. Mein Vater hatte mir postlagernd einen Brief mit kostbaren Einzelheiten über Mauds Hochzeit mit ihrem Matthew geschickt, und obwohl sein Bericht, wie bei ihm üblich, karg und oberflächlich ausfiel, so fügte doch meine Fantasie das Fehlende hinzu, und inmitten all des Trubels glaubte ich, Mauds seltenes Lächeln zu sehen. Ich hoffte, sie würde sich dieses Lächeln zur Gewohnheit machen, denn bei aller Seltenheit war es ein schönes Lächeln, und obwohl ich davon gar nichts verstand und in jeder Hinsicht im Dunkeln tappte, hoffte ich, dass ihr Mann sie liebte.

Und als ich den Brief wieder und wieder las, verspürte ich eine stechende Traurigkeit, Heimweh und, ja, auch Neid.

Aber Tadg und ich begannen aufzutauen, und als Chicago sich aus dem Griff des Winters und des Frühlings löste, wurden auch wir gelöster.

»Ich bin drauf und dran zu sagen, dass mir dieses Plätzchen hier gefällt«, sagte er. »Es gefällt mir.«

Fraglos hatten wir es leichter, weil es an diesem Ort keine Geschichte gab. Allmählich dämmerte mir, dass ich nur, weil ich die Tochter meines Vaters war, als kleines Mädchen und als junge Frau gedankenlos eine bestimmte Art schmerzlicher Geschichte durchlebt hatte, wo die Dinge unentwegt kollidierten. Wo die Achtung meines Vaters für den König damit kollidierte, dass Tadgs Vater bei den Irish Volunteers war; wo Willies Auszug in den Krieg mit seinem Sterben kollidierte; wo selbst das Wicklower Leben mit dem Dubliner Leben kollidierte; wo das weiße Heidekraut, das der Bus uns brachte, damit kollidierte, dass es sich am Ende schwarz verfärbte und seine kleinen gedunkelten Blüten sagten: Zeit vergeht, Zeit verweht; wo die Tatsache, dass ich am Leben war, mit der Tatsache kollidierte, dass meine Mutter, indem sie mir das Leben schenkte, ihr eigenes verlor.

Ich wusste nur noch nicht, welche Dinge hier in Amerika miteinander kollidierten.

Tadg hatte nicht nur begonnen, Chicago zu mögen. Er hatte begonnen, das Wort »Zuhause« zu verwenden, womit er nicht mehr Cork oder Irland meinte, sondern den erbärmlichen Holzverschlag, in dem wir weiterhin wohnten und für den wir meiner Cousine inzwischen eine Art Miete zahlen konnten. Und nach und nach dehnte sich alles um uns her zu einer Art persönlichem Königreich aus, der ruhelose See, der sich für ein Meer hielt, die Gebäude, die sich in der Stadt zusammenballten und uns in Gesprächen und Träumen als Orientierungspunkte dienten.

Und dann geschah etwas Großartiges.

Eines Sonntagmorgens lagen wir Seite an Seite da, und wie auf Verabredung, aber ohne wirkliche Überlegung wandten wir uns, dem natürlichen Instinkt ganz gewöhnlicher Menschenwesen folgend, einander zu und küssten uns erst zärtlich, dann ungestüm wie erwachende Tiere, und ehe wir wussten, wie uns geschah, schienen wir richtig Fahrt aufzunehmen, wie einer jener plötzlich aufkommenden Stürme, die wir bei schwerem Wetter draußen auf dem See beobachtet hatten. Wir umschlangen einander, rissen uns die verdammten Kleider vom Leib und hielten uns umklammert, und dann war er in mir, und wir waren glücklich, glücklich und jung in dem

Verschlag am Wasser, und die Poesie, die jedem zugänglich ist, war endlich auch uns zugänglich, und wir atmeten einander ein, und in jenen Augenblicken wussten wir beide, dass wir am Ende doch noch heiraten würden, ohne dass darüber ein Wort verloren werden musste.

Ich erinnere mich an ein kaltes gelbes Licht, als Tadg und ich an jenem Sonntag, wiederbelebten Menschen gleich, in die Stadt schlenderten. In Wahrheit war die Wärme des Frühsommers vielleicht nur einen Schritt zurückgewichen, als sei sie sich ihrer selbst nicht gewiss gewesen. Wir aber liefen jubelnd, frohlockend Arm in Arm und nahmen kaum etwas wahr, es war uns ohnehin alles gleich.

Mit einem Mal steckte er voller Pläne. Es hatte den Anschein, als wäre ihm jetzt erst aufgegangen, dass er sich in Amerika befand, als hätte sich ihm Amerika unvermittelt als Hort der Sicherheit, der grenzenlosen Sicherheit offenbart. Als wäre ihm plötzlich eingefallen, dass er jung war und dass er, ganz unabhängig von seiner Verbannung aus dem eigenen Land, auch einfach so hätte nach Amerika kommen können, wie so viele andere Iren auch; und nun lag alles ausgebreitet vor ihm, vor uns – wie ein glitzerndes Kanaan.

Nie werde ich vergessen, wie glücklich er an jenem ganz gewöhnlichen Nachmittag in Chicago war, und ich danke Gott dafür.

Ich danke Ihm, ich danke Ihm.

Wir stiegen die breiten Treppe zum Art Institute hinauf. Einer der Kameraden, mit denen Tadg an den Stützpfeilern arbeitete, war ein Armenier, der in seinem früheren Leben als Armenier in Armenien an irgendeiner Akademie Malerei studiert hatte, bis sich sein Volk dank der Türken auflöste wie Zucker im Tee. »Er nannte sie *einsame* Akademie«, sagte Tadg. »Kannst du dir denken, was er damit gemeint hat? Er spricht das schönste, interessanteste Englisch. Oder besser gesagt,

Amerikanisch.« Aber seine Mutter, so erzählte mir Tadg, sei vor seinen Augen umgebracht worden, sie sei in seinen Armen gestorben. In Amerika, dort am Seeufer von Chicago, schwang er nun Spaten und Spitzhacke und hatte für Pinsel und Farben kein Geld. Aber er hatte Tadg von einem wunderbaren Gebäude in Chicago erzählt, wo man vollkommen umsonst – nicht einmal zwei Cent wurden verlangt –, Saal um Saal voller Gemälde betrachten konnte, *Fenster der Schönheit* nannte er sie. Normalerweise machte sich Tadg nicht viel aus solchen Dingen, und vielleicht hatte er auch aus Zuneigung zu seinem kleinen und leidenschaftlichen armenischen Freund beschlossen, an jenem Sonntag mit mir dorthin zu gehen. Überdies mag der ungeheure Optimismus eine Rolle gespielt haben, den unsere Liebesnacht in uns geweckt hatte.

Wir kamen in eine große Halle, die an sich schon wie ein Wunder auf uns wirkte. Sie hatte eine hohe Decke und war von Unmengen Männern in dunklen Anzügen und Frauen in hellen Kleidern bevölkert. Sie strömten durch die zahlreichen Türen, wie kleine Flüsse aus Schwärze und Helligkeit, die, so könnte man denken, der Neigung der Erde folgten. Dann sammelten sie sich wie Kaulquappen, die an Laichkraut knabbern, in kleinen Grüppchen vor einzelnen Bildern, die sie begafften. Es gab Kinder, die nach Kinderart umherlaschten, und ich erblickte da einen schwangeren Bauch und dort einen verhutzelten Mann, doch was uns beim Eintreten überwiegend entgegenschlug, war ein seltsames Gefühl von Heiterkeit und Erfüllung, als sei dieses große Gebäude eine Art Krankenhaus, in dem unbekannte und *unspezifische* alltägliche Seelenleiden kuriert wurden.

Und das spürten wir. Alle anderen Belange verflüchtigten sich. Hier erlebte ich einen Augenblick großer gedanklicher Klarheit, wie man ihn vielleicht nur drei, vier Mal im Leben hat. Wenn sich über dem Meer der Dunst auflöst und die blaue Weite sich wie eine Deutung offenbart. Ich liebte meinen

Vater, meine Schwestern und die Erinnerung an meinen Bruder und würde doch Irland höchstwahrscheinlich nie mehr wiedersehen. Jetzt aber gab es diese neue Leichtigkeit mit Tadg, dieses angenehme Umherschlendern, und bestimmt würden wir bald heiraten, und darauf freuten wir uns beide. In jener Sekunde, und so deutlich wie nie zuvor und nie danach, wusste ich plötzlich, wer ich war oder wer ich zu sein glaubte, und ich wusste, wer Tadg war, mein Ehemann, und Gott vergib mir, in meinen Augen war er ein prächtiger Ehemann – er leuchtete geradezu. In meiner vermeintlichen Klarheit hielt ich mich für einen Glückspilz. Ich fühlte mich wie ein Glückspilz. Und ich musste vor mich hingekichert haben wie eine Närrin.

»Was gibt's da zu lachen, Lilly?«, fragte Tadg ein wenig missbilligend.

Dann blieb er vor einem bestimmten Gemälde stehen. Zu diesem Zeitpunkt war gerade niemand in unserer Nähe. Er blieb stehen, und einen verrückten Augenblick lang bildete ich mir ein, dass alles stehen blieb, sein Herz, seine Geschichte, denn er schien sich zu bündeln, schien ganz stillzuhalten. Er betrachtete das Bild nicht einfach nur, er schien es mit Blicken zu verschlingen. Ich stand neben seinem linken Ellbogen und blickte erst auf ihn, dann auf das Bild.

»Was ist, Tadg?«, fragte ich.

»Schau dir das Bild an«, sagte er, »schau dir das verflixte Ding an.«

Es war das Porträt eines Mannes, recht jung, jedenfalls nicht sonderlich alt, das war schwer zu sagen, denn für meine Begriffe war es ziemlich grob gepinselt. Wir standen dicht davor, und daneben hing ein Schildchen, das es als Selbstporträt des Künstlers van Gogh auswies, mit Datum, Geburtsort und dem Namen einer ausländischen Stadt. Ich hatte von diesem Menschen noch nie gehört, und ich weiß nicht, ob Tadg ihn kannte, aber der Name van Gogh setzte sich in meinem Hirn fest, prägte sich mir mit denselben schwarzen Druckbuchstaben ein wie auf dem Schildchen. Ich lächelte Tadg an – nicht, dass er mich sah –, legte meine Hand auf seinen Ärmel und fragte noch einmal mit instinktiv gedämpfter Stimme, als spürte ich ein ungewöhnliches Geheimnis in ihm, diesem gequälten Mann:

»Was ist, Tadg?«

»Siehst du's denn nicht, Lilly, siehst du's denn nicht?«

»Was denn, Tadg?«

»Auf dem Bild, das bin ich.«

Ich sah genauer hin. Ich war bestürzt. Wovon redete er? Mag sein, dass da eine gewisse Ähnlichkeit bestand. Das Gesicht auf dem Bild hatte einen struppigen roten Bart, genau wie Tadg, das war schon richtig. Die seltsam bewegten Farbstriche des Gemäldes erschwerten eine genauere Bestimmung. Es war, als hätte dieser van Gogh sein Bild aus dicht an dicht gelegten Wollfäden gemacht, die er einem Stopfkörbchen mit bunten Garnresten entnommen hatte. Was immer ich darüber dachte, Tadg jedenfalls schien sein präzises Ebenbild zu erblicken. Er war wie gebannt. Er starrte und starrte.

Jetzt nahm ich aus dem äußersten Augenwinkel heraus rechts von mir eine Bewegung wahr. Wieder der reinste Instinkt, kein Gedanke schoss mir durch den Kopf. Und ich blickte in die Richtung, zu einem der Durchgänge, die zu den anderen Sälen führten. Eine Gestalt, eine unter vielen, hatte sich aus der Schwärze gelöst, und ich weiß nicht, was an ihr meine Aufmerksamkeit erregt hatte, vielleicht der lange Mantel, und das bei dem milden Wetter, aber es gab viele Männer in Mänteln. Dieser hier trug einen schwarzen Hut, aber auch das war nichts Außergewöhnliches, es war die Blütezeit der Hüte und Kappen, drinnen wie draußen. Vielleicht passte das Düstere, Hagere dieses Menschen ja zu einem Traum, den ich gehabt hatte, wie Cassie Blakes Buch über Träume behaupten würde. Ich weiß es nicht. Aber ich weiß, dass ich beobachtete, wie er sich über die Weite des roten Marmorbodens bewegte. Er näherte sich in dem gleichen Winkel wie eine noch kräftige Forelle, die eben angebissen hat und sich, wenn der Fischer Druck ausübt, nicht dazu herablässt, in gerader Linie eingeholt zu werden. Es war, als erschiene der Fußboden dem düsteren Mann leicht geschrägt und als rutschte er fast unmerklich diese Schräge hinab, was ihn immer näher zu uns heranführte.

Ich zupfte Tadg am Ärmel.

»Tadg, Tadg«, sagte ich. »Tadg, Liebster.«

»Aber Lilly«, sagte er. »Wie kann es hier drinnen ein Bild von mir geben?«

»Ich glaube kaum, dass es ein Bild von dir ist, Tadg, schau doch auf das kleine Schild, das Bild stammt aus Holland oder dergleichen.«

»Ich war noch nie in Holland«, sagte Tadg, als halte er eine unumstößliche Tatsache fest, die ich ebenso unumstößlich widerlegen könnte. »Lilly, da war ich doch noch nie, oder?«

Der Mann im schwarzen Mantel hatte sich uns bis zur Hälfte des Saales genähert. Ich weiß nicht, ob ich in diesem Augenblick Angst hatte. Doch schon im nächsten hatte ich den Eindruck, dass er eine seltsame Bewegung machte, als würde er in den Falten seines Mantels nach etwas angeln, denn jetzt sah ich, dass seine Arme nicht in den Ärmeln steckten, möglicherweise hatte das meine Aufmerksamkeit erregt; eine Hand diente ihm als Spange und hielt die beiden Seiten seines Mantels vor der Brust zusammen, die andere aber war unsichtbar, abgesehen von jener abfallenden Bewegung und von einem abgewinkelten Bein, eine leicht gebeugte Haltung, als greife er nach etwas, ziehe etwas heraus.

»So etwas habe ich noch nie erlebt, Lilly. Ich weiß nicht, was hier vorgeht. Gott steh uns bei, Lilly.«

»Tadg, Tadg, ich fürchte mich«, sagte ich.

»Nein, nein«, sagte er. »Das brauchst du nicht. Es ist ein Wunder. Nichts Furchterregendes.«

»Aber Tadg, ich fürchte mich vor dem Mann dort, da kommt ein Mann auf uns zu, ich habe Angst vor ihm, ganz schreckliche Angst.«

»Was, Lilly? Die wollen bestimmt nicht, dass ich es berühre. Aber mir ist, als könnte ich die Hand austrecken und die Wärme in diesem Gesicht spüren. Siehst du? Atmet es nicht? Und hier, genau hier, wo ich stehe, kann ich den Burschen spüren, der es gemalt hat, er steht genau an dieser Stelle, so, mit ausgestrecktem Arm«, und er streckte die Hand aus und berührte sachte die Farbe, womit er zweifellos gegen irgendeine heilige Regel verstieß – »und spürst du ihn nicht, Lilly, seinen Ingrimm? Ich spüre ihn, mein Gott, Lilly, mein Gott, sein Gesicht und mein Gesicht, diese beiden Gesichter, und seins ist fort, und meins hier an seinem Platz, und…«

»Bitte, bitte, Tadg, ich flehe dich an, lass uns gehen, lass uns gehen. Da kommt ein Mann auf uns zu.«

»Was?« Endlich riss sein Blick sich von dem Gemälde los, und er schaute auf mein Gesicht herab. »Was für ein Mann?« Und in seiner Stimme vernahm ich den ernsten Tonfall des Polizisten. Inzwischen war der Mann nur noch einen Meter entfernt, einen Meter von seinem Hinterkopf entfernt, da er mir das Gesicht zugewandt hatte, und ich verfiel in schreckliche Panik, denn ich dachte, was kann Tadg tun?, er kann uns nicht schützen. Ich umklammerte

seinen Arm, zerrte an ihm, wollte, dass er rannte, rannte, hinaus ins freie Licht Chicagos.

Schließlich drehte Tadg seinen Kopf. Er hatte an tausend Orten Ausschau nach Gefahr gehalten. Wir waren seit Wochen, seit Monaten in Amerika. Ich bin sicher, es hatte Tage gegeben, an denen er vorsichtig die Straßen entlanggeschlichen war und gerätselt hatte, ob sich Feinde gegen uns zusammenrotteten, ob es Briefe, Worte oder Gemunkel gab. Er hatte die hiesige Polizei nicht um Schutz gebeten, denn er wusste nur zu gut, dass viele der Beamten Iren waren, und wie sollte er beurteilen, welcher

Seite sie angehörten? Nachforschungen anzustellen wäre zu gefährlich gewesen. Lieber still und achtsam in unserem kleinen Verschlag sitzen und seiner anonymen Arbeit nachgehen. Jetzt hingegen, in diesem eindeutigen Fall von möglicher Gefahr, wirkte er beinahe gelöst, und ich sah sogar, wie sich auf seinem Gesicht ein Lächeln ausbreitete, als erwarte er, von dem Mann, der jetzt direkt vor uns stand, freundlich gegrüßt zu werden.

Ehe ich ganz erkennen konnte, was geschah, ehe ich die verschiedenen Schattierungen von Schwarz entwirren konnte, den schwarzen Mantel, den Hut, die entsetzliche Düsternis des Gesichts unter dem Hut, das *mir* ganz gewiss kein Lächeln entlockt hätte, gab es ein gewaltiges Geräusch, ein gewaltiges, gewaltsames Geräusch, das jede Nische und jede Tür des Saales ausfüllte, das in unendlicher Geschwindigkeit anschwoll, das auf mich einhämmerte, das für einen Augenblick den Raum auzulöschen schien, wie so viele Jahre später die Atombombe – im einen Augenblick Leben, Gebäude und atmende Seelen, im nächsten schon Staub, Verbrennung und Verwüstung –, dann war der Raum wiederhergestellt, und obwohl mir von dem Lärm die Ohren klingelten, sah ich etwas sonderbar Weißes und Rotes aufflammen, als hänge es mit dem Lärm gar nicht zusammen, in Wahrheit aber doch, denn die Flammen und der Lärm drangen aus einem Pistolenlauf, existierten nur für einen atemlosen Augenblick und verschwanden, und verschwanden doch nie mehr, verschwanden nie wieder; ein einziges Durcheinander, die Pistole in der Hand des Mannes und eine Kugel, die in meinen Tadg einschlug, in die Seite, wo sein Herz verborgen lag, sodass sein ganzer Körper gegen die Wand geschleudert wurde, direkt unter das verhängnisvolle Porträt, als hätte ein Lastwagenfahrer einen Sack loses Getreide auf den Boden geworfen. In der Taille knickte er ein, und unter dem Ärmel seines armen Jacketts war überraschenderweise ein Loch zu sehen, vielleicht ein Einschussloch und eine Blume aus

Blut, ich wusste es nicht, und in diesem Sekundenbruchteil, in diesem unbeholfenen, gnadenlosen Fallen, sah ich das Leben aus ihm weichen, sah sein Gesicht äschern und dunkel werden. Ich warf mich auf seinen Körper, ich hielt sein Gesicht, ich küsste sein Gesicht, ich flehte ihn an, zu mir zurückzukommen, ich bettelte und bettelte, aber er konnte es nicht.

In dem darauf folgenden Augenblick rechnete ich mit der für mich bestimmten Kugel, mein Hinterkopf spannte sich an, um sie zu empfangen, ich war mir nicht sicher, ob ich Angst davor hatte, ich dachte einfach, sie würde kommen, sie würde kommen, doch sie kam nicht.

Danach schien ich wirklich in ein anderes Land überzusetzen. Das Land ohne Tadg war nicht jenes erste Amerika, das durch seine Gegenwart zu einem sicheren, wenn auch ungewissen Hafen geworden war. Es war ein anderes Amerika. Nichts hätte mich darauf vorbereiten können. Als ich neben ihm kniete, öffnete sich unter mir ein verborgener Abfluss der Welt, und ich wurde in seine Finsternis hinabgesogen. Wie überleben wir? Warum werden wir nicht zermalmt? Der Druck des Kummers ist so, als hätte man uns in den Kern der Erde verbannt. Warum verbrennen wir dann nicht?

Ich stand auf. Er war so tot, dass der Rest der Welt mit ihm gestorben zu sein schien. Die Wände sahen so aschfarben aus wie sein Gesicht, als wäre ein Feuerball durch das Museum gerast. Vielleicht lag es an meinen Tränen, aber ich kann mich nicht daran erinnern, geweint zu haben. Ich starrte auf dieses Bild des jähen und zerstörerischen Todes. Nur das Porträt van Goghs leuchtete unverändert, still und teilnahmslos, darunter jetzt mit einem grausigen Schildchen über einen vernichteten Menschen versehen; das eine Gesicht gequält, aber unsterblich, das andere unter ihm von einer letzten Welle Schmerz verzerrt. Als die Sonntagsausflügler zu dem Schluss gekommen waren, dass der Mörder geflüchtet war, scharten sie sich um uns und starrten uns an. Ich glaube, sie hielten auch mich für eine bedrohliche, gefährliche Gestalt. Vielleicht gab es keine oder nur wenige Zeugen für die Tat. Ich bin sicher, dass sich nur schwer beschreiben ließ, was sich abgespielt hatte. Ich kann nicht behaupten, selbst übermäßig viel gedacht zu haben. Doch einen Gedanken hatte ich, ob er nun richtig war oder falsch – ich konnte nicht bleiben. Dabei wollte ich unbedingt bei Tadg sein. Aus irgendeinem verrückten Grund war alles, woran ich sonst noch denken konnte, die Aufgabe, ihn zu entkleiden, seinen Leichnam zu waschen und ihn zu begraben. Ich frage mich, wo er wohl begraben liegt. Ich hätte schon vor langer Zeit nach ihm suchen sollen, er müsste im Chicagoer Stadtarchiv verzeichnet sein. Hier liegt … wer? Kannten sie seinen Namen? Vielleicht hatte er etwas in seiner Brieftasche, das ihn identifizieren konnte, alte Fahrscheine oder dergleichen.

Ich wirbelte herum, um wegzukommen, eine Menschenmenge versperrte mir den Weg, aber wie eine Frau, die Saat ausstreut, streckte ich einen Arm aus und stürzte mich in die Menge und durch sie hindurch, erreichte die riesige, vom bereits geernteten Sonnenlicht hell erleuchtete Eingangstür und durchquerte dieses Licht, als wäre auch dieses ein fester Körper. Dann blieb ich stehen und starrte mit hängendem Kopf auf die riesigen Steinplatten unter meinen Schuhen. Wie konnte ich ihn dort zurücklassen? Gab es etwas, das ich tun oder sagen musste? Der große Sog jenes sonderbaren Bürgersinns, der uns allen zu eigen ist, hatte mir Einhalt geboten. Doch als ich an mir herabblickte, sah ich das Blut auf meiner Kleidung – ein ganzer Kontinent, groß und zerfranst wie ein Elefantenohr, unendlich sauber, dunkel, glänzend und glitschig. Einen solchen Fleck hatte ich als kleines Kind auf der Schürze meiner Tante gesehen, als sie in Wicklow das Schwein ausblutete. Das arme, einsame Schwein, in der Scheune an den Füßen aufgehängt und mit aufgeschlitzter Kehle, und in den untergestellten Kübel tropfte all das schwarze Blut, aus dem die Blutwurst gemacht werden würde. Ihr Schoß war davon so glitschig, dass ich sie in dem Moment am liebsten gefragt hätte, ob ich auf ihre Brust klettern und auf dem Fleck herunterrutschen durfte. Und später am selben Tag, in einer frischen Schürze, die von der Sonne auf den Sträuchern getrocknet worden war, molk sie die Kuh, verdrehte die Zitzen und bespritzte mich mit Milch, und so hatte ich einen Tag voller Schwarz und voller Weiß und…

Verrückte Gedanken. Aber dieser Schmerz, vermischt mit Entsetzen, war verrückt. Dass ein Mann, ein lebender, atmender Mann, der selbst das unerhörte Glück hatte, am Leben zu sein, der das Geschenk des Lebens besaß, einen großen Saal durchschritten und meinem Tadg das Leben genommen hatte. Unvorstellbar, auch wenn es genau das war, wovor wir uns gefürchtet hatten. Kein Gedanke, den wir uns darüber gemacht hatten, kein Gespräch, keine Meinung, die seit dem Todesurteil geäußert worden war, stand in irgendeinem Verhältnis zu dem, was geschehen war. Denn die eine Zutat, die wir übersehen hatten, war die ungeheure Gewaltsamkeit des Ganzen, das Herausgerissenwerden, die kraftvolle, unaufhaltsame Entschlossenheit, Tadgs Ablenkung durch das Porträt, der Anblick des Mörders, mein Versuch, Tadg zu warnen, und dann der zutiefst kriegerische Akt, die Plötzlichkeit, die Endgültigkeit, die unermessliche Unnachsichtigkeit und der unerbittliche, unabänderliche Hass – dass sie nicht von uns lassen konnten, unsere Sünden nicht vergeben wollten. Dass sie uns nicht gestatteten, nach Kanaan überzusetzen, sondern uns durch den Fluss hindurch folgten, um ihn in Kanaan zu morden. Dem Land der Zuflucht.

Alle diese Gedanken hatte ich damals sicher nicht. Heute habe ich sie.

Ich raffte meinen besudelten Rock und Mantel, hob sie ein wenig hoch und rannte los. Ich wusste nicht, ob ich vor etwas davon- oder auf etwas zurannte. Aus der Gefahr in Sicherheit oder aus der Gefahr in die Gefahr. Ich wusste es nicht. Ich begann zu rennen, und bald nahmen mich Straßen auf, die nichts von dem ahnten, was geschehen war, voll nichtsahnender Augen und Gesichter und Hüte und Mäntel. Aber es mag sein, dass man sich doch ein wenig wunderte über den Anblick einer gehetzten jungen Frau, die vorn ganz mit Blut befleckt schien. Es *war* Blut. Das Blut eines Mannes, der mein Geliebter geworden war, bevor er von mir ging.

Es ist sehr spät. Als ich eben aufblickte, ging die Sicherheitsleuchte an, und ich glaubte schon, jemand laufe durch meinen kleinen Garten. Ein sanfter Wind harkte die winzigen neuen Kartoffelschösslinge auf Yastrzemskis Acker, und die langen, unbewegten Dünen in der Dunkelheit dahinter zeigten ihre Walfischrücken, dann der abkühlende Sand und dann das Meer. Mr Dillinger sagt, in den zwanziger Jahren habe sich der Ku-Klux-Klan dort am Strand versammelt und seine Kreuze in Brand gesteckt, nicht so sehr der Schwarzen als der Polen wegen…

Ich dachte, es wäre jemand im Garten, doch als ich aufstand und mit meinem von der Vergangenheit noch ganz benommenen Kopf hinaussah, war es nur ein schleichender, schnürender, stolzierender großer Fuchsrüde. Im Vorüberlaufen blickte er eine Sekunde lang zu mir herüber. Ich war ihm eigenartig dankbar für diesen Blick.

Ich bin müde. Ich werde zu Bett gehen – mich in die Falle hauen, wie mein Vater immer sagte. Ich bin müde, aber für einige wenige Augenblicke war ich wieder in Tadg Bere verliebt. Wie sonderbar, wie sonderbar. Wir mögen immun sein gegen Typhus, Tetanus, Windpocken und Diphtherie, nie aber gegen die Erinnerung. Gegen sie gibt es keine Impfung.

Siebter Tag ohne Bill

Heute ist ein Tag, an dem der Regen auf das Land geradezu einprügelt. Millionen und Abermillionen kleiner Explosionen auf den Feldern, die die Erde emporschnellen lassen. Ich bin sicher, die Wurzeln sind begeistert, sofern sie dabei nicht umkommen.

Ich ging hinüber zur anderen Seite des Teichs, um Dr. Earnshaw aufzusuchen, denn auch wenn mein Aufenthalt auf Erden nicht mehr lange währt, musste ich doch etwas gegen die Verstopfung unternehmen, die mich plagt. Ich hatte meinen Schirm dabei und trug meinen langen Plastikmantel, aber der Wind behandelte mich sehr respektlos und blies mir den Regen über den ganzen Körper, sodass ich völlig durchnässt in der Praxis ankam.

»Mrs Bere, sind Sie in den Teich gefallen?«, fragte die Rezeptionistin mit der blonden Stachelfrisur. Angesichts der mutmaßlichen Eintönigkeit ihrer Arbeit ist es mir ein Rätsel, wie fürsorglich sie einen tröstet. Doch offensichtlich ist sie ganz zufrieden mit der Welt und findet ihren Platz darin akzeptabel, und es scheint ihr Freude zu machen, die Patienten ihres Arbeitgebers in Empfang zu nehmen. Aber das zeichnet kleine amerikanische Ortschaften im Allgemeinen aus. Es ist eine der Segnungen Amerikas.

»Nein, Mrs Pilat«, sagte ich.

»Sind Sie unter Ihrem Mantel nass geworden, Mrs Bere?«

»Es geht schon. Ich habe ihn auf der Veranda ausgeschüttelt.«

Dann ging ich zu Dr. Earnshaw hinein. Er gehört zu den alteingesessenen Presbyterianern von Bridgehampton, seine Familie kam vor hunderten von Jahren hierher. Es müssen englische Siedler gewesen sein, und ich finde, er hat noch immer etwas leicht Englisches an sich. Aber er ist sehr nüchtern und sieht immer deprimiert aus, und er lächelt niemals. In ärztlichen Angelegenheiten allerdings kann man zu einem solchen Mann Vertrauen haben.

Er steckte mir das Thermometer unter die Zunge, was mich zwangsläufig an meine Kindheit erinnerte und an meinen Vater, wie er besorgt neben meinem alten Bett stand, prüfte meinen Blutdruck und schaute mir in den Rachen, und als ich meine Darmträgheit erwähnte, nickte er auf seine betrübte, aber neutrale Art und bat mich, auf die Liege zu steigen. Dort zog er meinen Rock ein paar Zentimeter nach unten und betastete unter fortwährendem Kopfschütteln meinen Bauch. Man hätte meinen können, er sei im Begriff, einem eine zutiefst erschütternde Mitteilung zu machen.

»Bestens«, sagte er. »Alles bestens. Ich werde Ihnen ein Rezept ausstellen. Sie haben eine leichte Verstopfung. Nur eine ganz leichte. Das hier wird Ihnen helfen.«

Dann setzte er sich hin und notierte mit seinem schwarzen Füllfederhalter etwas auf seinem Block.

»Ein mildes Mittel«, sagte er. »Keine Sorge.«

»Vielen Dank«, sagte ich. »Es schläft sich nur so schlecht, wenn man verstopft ist.«

»Natürlich. Ganz Ihrer Meinung.«

Und damit reichte er mir den Zettel.

»Und wie fühlen Sie sich sonst, Mrs Bere?«

»Es geht mir gut.«

»Sie sollten wissen«, sagte er bedächtig und drehte sich auf seinem Stuhl ein wenig zu mir hin, wie um etwas nicht aufzuschrecken, etwas nicht zu ängstigen, das unendlich kleine Vögelchen unseres Beharrens nicht aus dem Garten zu scheuchen, »dass wir auf Ihren Enkel sehr stolz sind. Er war nicht verpflichtet, zu gehen. Vor seiner Abreise habe ich ihm alle nötigen Impfungen gegeben. Ich glaube, kein Mensch ist je aus so lauteren Beweggründen, aus so tiefer Liebe zu seinem Land in den Krieg gezogen. Wie alt war er, als zu er Ihnen kam?«

»Er war zwei, Dr. Earnshaw.«

»Er war kein kräftiges Kind, oder? Ziemlich mager sogar, aber es hat ihn überhaupt nicht gestört, was ich mit ihm angestellt habe. Einmal, als er eine Lebensmittelvergiftung hatte, habe ich ihm geradezu eine Pferdespritze verpasst, ich kann mich noch sehr gut daran erinnern. Der arme Kerl, ich musste ihm schnell was verabreichen. Es tut ziemlich weh, wenn man in den Muskel spritzt. Er hat nicht mal mit der Wimper gezuckt. Daran kann ich mich noch gut erinnern.«

Ich lachte. Das stimmte tatsächlich.

»In meiner Generation mussten wir nach Korea, das war mein Krieg, Mrs Bere. 1950 war ich achtzehn. Nun ja! Der Koreakrieg galt als ein kurzer Krieg, aber der Krieg von Ihrem William war noch kürzer. Monate? Sie müssen wissen, Mrs Bere, dass ich sehr stolz darauf bin, ihn gekannt zu haben. Was soll ich sagen? Verzweifelt stolz. Wirklich.«

»Als kleiner Junge ist er immer gern zu Ihnen gekommen. Ihm haben die Lutscher geschmeckt.«

»Ah, die Lutscher. Heute noch eine Institution. Ohne die könnte ich meine Arbeit gar nicht machen.«

Auf der Veranda half mir Mrs Pilat wieder in meinen Mantel und schüttelte heftig den Regenschirm aus. Dabei lachte und lachte sie, lachte fröhlich.

Mit meinem Rezept ging ich den Bürgersteig entlang.

Herr, wir wissen nicht, was wir beten sollen, wie sich's gebührt. Das stammt aus dem Brief an die Römer. Bill hat es immer gern zitiert. Oft sprach er über irgendetwas, versuchte, mir einen Gedanken mitzuteilen, und kam mit dem Gedanken nicht recht voran. Und eigentlich wollte er damit nur sagen: *Weißt du, was ich meine, Großmutter?*

Gott ist hier, der da gerecht macht. Auch das steht im Römerbrief. Ich nehme an, dass Petrus, als er seinen Brief verfasste, bestimmte Dinge im Sinn hatte und sie auf eine bestimmte Weise formulierte, da er nach Rom schrieb, wo er selbst herstammte. Lillys Brief? Aber an wen? Während die Tage verstreichen und ich hier sitze, habe ich manchmal das Gesicht meines Vaters vor Augen (oder hinter den Augen), mitunter auch, unpassenderweise, Mr Dillinger, oft aber, immer häufiger, das Antlitz Gottvaters mit Bart und allem, vermutlich von irgendeinem Bild in einem Buch, das man mir in frühester Kindheit gezeigt hatte. Ich weiß, ich liebe Gott, denn ich liebe die Welt, die Er geschaffen hat. Meine Sünde besteht darin, dass ich ohne Bill nicht länger darin verweilen will. Ich glaube nicht, dass mir der Teufel diese Sünde eingegeben hat. Ich bin ein ungebetener Gast beim Festmahl des Lebens; ich esse und trinke, was für ihn bestimmt war.

Dieses Würgen im Hals. Erst geht es einigermaßen, ich bin bekümmert, aber es geht. Dann plötzlich ein riesiger Trauerkloß in meiner Kehle, sodass meine Stimme, wenn ich in diesem Augenblick reden müsste, hoch und piepsig klänge. Ich komme mir töricht vor, denn wenn wir klein sind, bringt man uns bei, dass Tränen töricht sind. Mitunter ist Trauer tatsächlich komisch. Ein neunundachtzig Jahre altes Weib mit einem Kloß im Hals. Ich glaube nicht, dass das sehr anmutig wirkt. Aber ich bin mit dieser Torheit im Reinen. Um Anmut sorge ich mich nicht mehr.

Ein Bild mangelnder Anmut bot ich schon damals, als ich, neunzehn Jahre alt, in einem blutbefleckten Kleid durch Chicago rannte, so verängstigt, dass ich mich vollgepinkelt hatte, der Urin mir an den Beinen herablief und aller Anstand gänzlich dahin war.

Auch das schonungslose Sonnenlicht trug zu meinem Entsetzen bei. Wie nackt ich mich fühlte dort draußen in dieser eleganten Stadt, reduziert auf etwas nicht ganz Menschliches, jedenfalls nicht ganz Zivilisiertes, durch einen Mord, dessen Zeugin ich geworden war. Vor meinem inneren Auge sah ich Annie und Maud, die mich erschrocken anstarrten. Aber damals war mein inneres Auge nicht sonderlich scharfsichtig. Ich hetzte weiter und hielt auf den heruntergekommenen Stadtteil zu, in dem wir wohnten. Lebhaft stellte ich mir die Polizeiautos vor, die vor dem Art Institute hielten, das Durcheinander von hundert schemenhaften Dingen und vor allem den finsteren Mann, der noch vor mir hinausgerannt war, womöglich in dieselbe Richtung, und der mich jetzt womöglich im Blick hatte und mir auf den Fersen war. Die meiste Zeit aber sah ich Tadg, der vor der blutbespritzten Wand zusammengeknickt war wie ein riesiger Dachdeckerwinkel.

Als ich erneut den Fluss überquerte, ertastete der Wind alle durchnässten Teile meines Körpers, und obwohl ich so schnell rannte, spürte ich, dass mir eine schreckliche Lungenentzündung drohen könnte. Meine Augen, die sich anfühlten, als wären sie aus Metall gemacht, kleine Pfannen, in denen etwas Schmerzhaftes und Fremdartiges brannte, schienen ihre Sehkraft zu verlieren. Die schönen Gebäude waren ganz verwischt und verschwommen, und ich hatte Mühe, mich auf den unvertrauten Straßen und Wegen zurechtzufinden. Währenddessen verfolgten mich die verschiedensten Wölfe: der Gedanke an den Mörder, der Anblick meines Tadg, zweifellos auch die vier Tiere und die vierundzwanzig Ältesten der Apokalypse, die sich an meiner gottlosen und schuldbeladenen Person rächen wollten.

Die gute Hannah Reilly, mit ihrer klaren, wohlmeinenden Miene, war, um ehrlich zu sein, ein wenig auf Abstand zu mir gegangen, weil Tadg und ich nicht so heiratsentschlossen schienen, wie sie es sich gewünscht hätte. Als Cousine meines Vaters hätte sie uns niemals im Stich gelassen oder fortgeschickt. Aber ich wusste, dass sie sich mit dem Gemeindepfarrer herumschlagen musste, und im Gegensatz zu uns, die wir darauf bedacht waren, unauffällig zu bleiben, nahm sie jeden Sonntagmorgen an der Messe in der Kirche am See teil und wollte ihre Aussichten auf ein hübsches Plätzchen im Himmel dadurch verbessern, dass sie die Räume des Pfarrhauses auf Hochglanz brachte. Und so wurden wir allmählich zu Verwandten, die man eher versteckte als erwähnte, zumal mein Vater die Umstände unserer Flucht aus Irland nur angedeutet hatte. Falls Hannah politische Überzeugungen hatte, so weiß ich allerdings bis heute nicht, welche.

Darum musste ich lautlos ihr Haus betreten, meinen kleinen Holzverschlag aufsuchen, die Tür versperren und keuchend auf den nackten Brettern stehen bleiben, ohne auch nur im Geringsten zu wissen, was zu tun war. Ich glaube, zum ersten Mal in meinem Leben war ich wirklich allein, ohne jede Aussicht, einer anderen Menschenseele zu begegnen, die bereit war, mir zu helfen. Wie ich so dastand, war mir, als sei mir mein Leben tatsächlich aufgekündigt worden, als habe in irgendeinem Himmelssaal eine sonderbare Annullierung stattgefunden, und nun gelte es, sich meiner in einem erbarmungslosen Willkürakt zu entledigen. Immer wieder fragte ich mich, ob es nicht besser gewesen wäre, an Tadgs Seite zu bleiben. Hätte die amerikanische Polizei mir nicht geholfen – auf eine Weise, die ich weder ausdrücken noch ergründen konnte? Ich wusste, dass Tadg tot war, dass sein Todesurteil offenbar über viertausend Meilen Atlantischen Ozean hinweg vollstreckt worden war. Ich vermutete, dass meine eigene Ermordung fieberhaft geplant wurde und unmittelbar bevorstand; aber in Wahrheit konnte ich mir nicht vorstellen, wie meine Geschichte weitergehen würde, nun da ich mit meinem neuen Zustand des Alleinseins konfrontiert wurde und allem, was da kommen sollte, allein begegnen musste.

Jedenfalls zog ich mir das Kleid und die durchnässte Unterwäsche aus. Ich weiß noch, wie ich, splitternackt, das Kleid auf den Boden legte und die Ärmel säuberlich ausbreitete. Der Blutfleck hatte die Umrisse eines unbekannten Landes. Tagds Blut. Es war mein allerbestes Kleid, aber ich wusste, ich würde das Blut nicht herausbekommen, nicht ohne gewaltigen Waschtagaufwand, bei dem man das Kleid im Kessel kochte, bis es um Gnade schrie, und es anschließend auf einem segensreichen Wicklower Strauch ausbreitete – etwas, das nie wieder geschehen würde. Auch auf meinen Armen und Schuhen war Blut. Vielleicht auch in meinem Gesicht. Ich spähte in den zerbrochenen kleinen Spiegel, den wir uns in dem armseligen Verschlag geteilt hatten. Ich wusste nicht, wer diese Frau war, deren Gesicht nicht nur mit Blut, sondern auch mit langen schwarzen Schmutzschlieren beschmiert war, wovon, wusste ich auch nicht. Und mein Haar sah zerzaust und brüchig aus, wie Stechginster nach der Blüte. Ich merkte, dass ich mich würde herrichten müssen. Ich würde mir einen Anschein von Ordnung geben müssen, wenn ich es riskieren wollte, mich je wieder aus diesem Verschlag hinauszuwagen.

Und so machte ich mich ans Werk.

Als die Abenddämmerung den kleinen, ungefügen Stadtteil erfasste, hatte ich mich, so gut es ging, gesäubert, meine zweitbesten Sachen angezogen und alles, was sonst noch brauchbar erschien, in einen der Kleiderbeutel gestopft. Der Gedanke, Tadgs Tasche zurückzulassen, bekümmerte mich mehr, als man glauben würde. Aber es war wie ein Beweis, dass er nicht mitkommen würde. Auch seine wenigen Hemden und seine Ersatzhose musste ich aufgeben. In gewisser Weise hatte ich das Gefühl, ihn zu verraten. Dass ich seine Habe zurückließ, war ein Vorwurf, dass ich ihn nicht hatte retten können, um ihn der Geschichte seines Lebens zu erhalten. Es ließ sich nicht ändern, dass Hannah diese Überbleibsel unseres gemeinsamen Lebens finden würde. Bestimmt würde sie alles mitsamt der blutigen Sachen zusammenschnüren und entsorgen und den Verschlag scheuern, als hätten sich dort nur Ratten eingenistet.

Und in ihrer schuldlosen Erinnerung würden wir hoffentlich verblassen und zu einer leicht verworrenen Geschichte werden, einer von Millionen windzerzauster Geschichten Amerikas, zahllos wie die Sterne.

Zweiter Teil

Achter Tag ohne Bill

Diese Erinnerungen sind wie eine Art Fernsehen. Dabei besitze ich gar keinen Fernseher mehr, seit ich das Schwarz-Weiß-Gerät vor ewigen Zeiten unter die Veranda gestellt habe, weil ich die Nachrichten über Vietnam nicht sehen wollte. Als kleiner Junge zeigte sich Bill sehr großmütig und tat so, als brauche er keinen Fernseher; aber ferngesehen hat er doch, bei seinen Freunden.

Einige dieser alten Dinge sehe ich tatsächlich vor mir. Ich sitze hier an meinem Tisch, aber zugleich kämme ich mir in dem kleinen Zimmer, das ich mir damals drüben in Cleveland mit Cassie Blake teilte, die Haare. Ich benutze ihren geliebten Stielkamm. Sie liebte Sweet Georgia Brown Haarpomade, und jetzt, sechzig Jahre später, sitze ich hier und rieche sie noch immer. Und der Duft zaubert die hübsche Cassie herbei, die mit hochgerecktem Hintern in ihrer ramponierten Truhe nach irgendeinem schwer zu findenden Kleidungsstück wühlt.

Als ich noch klein war, schenkte mir mein Vater eine Halskette meiner Mutter. Und was ist das Erste, was ein Kind mit der Halskette einer Erwachsenen anstellt – es zerreißt die Schnur. Die kleinen Zuchtperlen sprangen über den Fußboden und kullerten in die Ritzen zwischen den Holzdielen. Mein Vater konnte nur ein halbes Dutzend davon retten und fädelte die armen verlassenen Dinger wieder auf.

Die übrigen müssen noch dort im Dunkeln liegen, ein seltsames Andenken für meine Mutter und mich.

Eine lange Schnur und sechs verschämt wirkende Perlen. Vielleicht ist ja auch mein Leben so.

Cassies Vater war Farmpächter in Virginia gewesen und hatte sich, als es um sein Auskommen allmählich immer schlechter stand, nach Norden gewagt und auf den großen

Frachtschiffen, die den Eriesee befuhren, Arbeit gefunden. In seinen besten Jahren war er laut Cassie fast zwei Meter groß gewesen. Später wurde er krank und schrumpfte ein wenig. Er war ein berühmter Panflötenspieler. Ich glaube nicht, dass ich je auch nur ein Wort von dem verstanden habe, was er von sich gab, wenn er mit Cassie redete; damals sprach er ein wunderliches Kauderwelsch, genau wie sie, aber wenn ich dabei war, erbarmten sie sich meiner und sprachen Englisch. Er wohnte in einer Herberge am Seeufer, und hätte er woanders gewohnt, wären wir, Cassie und ich, einander nie begegnet, und sie hätte mich nie gerettet.

Sie rettete mich, aber Joe Kinderman einige Jahre später hat sie, wie man so sagt, nicht kommen sehen. Doch vor dem hätte sie mich auch gar nicht retten können, weil sie ja selbst in großen Schwierigkeiten steckte, und…

Aber ich presche vor. Mr Dillinger würde das nicht gutheißen. Er hat seine Bücher bestimmt besser unter Kontrolle. Heute Morgen ist mein Kopf wie ein Pony, das nicht eingeritten ist und wild umhertollt.

Das mag daran liegen, dass Mrs Wolohan und Mr Dillinger vor einer halben Stunde beide auf einmal bei mir waren – was für ein Tumult! Sie kamen, und das war gewiss nicht geplant gewesen, gleichzeitig vorgefahren und brachten eine wahre Sintflut an Gesprächen mit. Mrs Wolohan verulkte Mr Dillinger, wie sie es so gerne tut, und Mr Dillinger ließ es mannhaft über sich ergehen. Mich beachteten sie dabei gar nicht, aber das war mir ganz recht. Mr Dillinger äußerte sich besorgt über die Notlage der Shinnecock-Indianer, die nicht weit von hier leben. Mrs Wolohan, die vor Mr Nolan einen Angehörigen dieses Stammes für ihre Gartenarbeiten beschäftigt hatte, bezweifelte eine solche »Notlage« zwar, hörte Mr Dillinger jedoch mit ausgesuchter Höflichkeit zu und streute nur gelegentlich ihre Frotzeleien ein. Sie fragte Mr Dillinger, weshalb er den Shinnecock nicht seinen Garten zurückgegeben habe, da dieser doch an ihr Reservat grenze. Mr Dillinger entgegnete, er sehe ja durchaus ein, dass sie übertreiben müsse, um seine Argumente zu entkräften. Ich hatte den Eindruck, als wäre es ihm in der Tat am liebsten, wenn alle anderen, Polen, Iren, Altmethodisten, Millionäre und der ganze Rest, verschwänden und Long Island den Indianern zurückgegeben würde. So flogen die Argumente hin und her, und beide lachten viel. Mrs Wolohan schien die Runde mehr oder weniger zu gewinnen. Dann gingen sie aus dem Haus, stiegen in ihre Autos und fuhren davon. Ihre Freundschaft war völlig intakt. Was immer ein jeder von ihnen mir hatte sagen wollen, war in dem Scharmützel wohl in Vergessenheit geraten.

Hinterher dauerte es ein paar Minuten, bis sich der Lärm aus meinem Zimmer verzogen hatte. Und ich saß nur still da. Dann gingen mir wieder die alten Geschichten durch den Kopf.

Cassies wohlgeformter Hintern und so weiter.

In jener Schreckenszeit kam ich mit dem Nachtzug aus Chicago in Cleveland an. Ich hatte keine große Wahl, denn nur diese beiden Züge standen abfahrbereit. Der andere fuhr nach New York, und ich konnte mir nicht vorstellen, dorthin zurückzukehren.

Mit meinem hübschen Mantel und meinem Stoffbeutel sah ich jetzt immerhin einigermaßen präsentabel aus. Gottlob hatte ich noch die paar Dollars, die Tadg in einer alten Blechbüchse unter den Dielenbrettern versteckt hatte. Ich gab mir alle Mühe, nicht die Spätausgaben der Zeitungen zu überfliegen, die überall in der Bahnhofshalle auslagen, für den Fall, dass mich mein eigenes Foto anstarrte – was höchst unwahrscheinlich war, da es nirgendwo auf der Welt ein Bild von mir gab. Aber verlassen konnte ich mich darauf nicht.

Bei jedem Schritt, den ich tat, glaubte ich, die Schritte des Mörders hinter mir zu hören. Ich wusste, wenn ich stehen blieb, blieb auch er stehen, und mich umzudrehen und ihn tatsächlich dort zu sehen, hätte ich ohnehin nicht verkraftet. Solange ich mich nicht umdrehte, konnte ich ihn zum Phantom erklären.

Lächerlich.

Ich floh, als wäre ich selbst für den Mord verantwortlich, das war mir bewusst. Aber ich glaube bis heute nicht, dass es unklug war. Wäre ich geblieben, hätte man mich sicher irgendwann fotografiert, und mein Gesicht wäre nicht nur den gleichgültigen Chicagoer Massen bekannt gewesen, sondern auch den namenlosen, im Geheimen wirkenden Männern, die Tadg erledigt hatten. Mochte ich auch lange Zeit still und unbehelligt vor mich hinleben – wenn ich mich gerade in Sicherheit wähnte, würden sie mich aufspüren, wie sie Tadg aufgespürt hatten. So malte ich es mir jedenfalls aus, so spielte sich die Geschichte in meinem Kopf ab. Und unwahrscheinlich kommt es mir nicht gerade vor. Ich glaube nicht, dass ich noch leben würde, wäre ich nicht wie verrückt gerannt. Dann hätte es keinen Ed gegeben und letztlich auch keinen Bill. Und vielleicht hängt jedes Menschenleben in Amerika von solchen winzigen unerklärlichen Vorgängen ab.

Die lange metallene Schlange wand sich durch South Bend, durch alle Ortschaften östlich des Michigansees, durch die sonderbar düstere Stadt Toledo, und allmählich tauschte ich einen See gegen den anderen ein. Und während ich, den Beutel an mich gepresst, auf der verstaubten Sitzbank saß, hörte ich die Räder unentwegt wiederholen: »*Jetzt wirst du sicherer sein, jetzt wirst du sicherer sein, jetzt wirst du sicherer sein…*« Und falls es nicht der Zug war, dann mein eigenes Herz, das zu mir heraufflüsterte.

Ich kam allein in einer neuen Stadt an, ein paar traurige Dollars in der Tasche. Schon war ich eine Gefangene in der offenen Anstalt der Welt. Meine Verlassenheit war fast vollkommen. Als ich aus dem Zug stieg, wusste ich, dass die Bürger von Cleveland meine Angst schon riechen konnten – ein Geruch, der menschliche Hilfsbereitschaft abstößt. Ich wusste nicht, welches Kapital ich außer den paar Dollars besaß. Meine Kleider waren abgetragen und blankgewetzt, und meine früher einmal eleganten guten Schuhe, die ich mit Annie in der Grafton Street ausgesucht hatte und die auf den Dubliner Gehsteigen so bewundernswert geklackert hatten, machten einen altertümlichen Eindruck. Mein größter Besitz war meine Jugend, aber die blieb meinen Blicken natürlich verborgen.

Einige halb vergessene Tage lang irrte ich umher. In den Straßen Clevelands gab es hunderte solcher irrlichternden Seelen. Mein letztes bisschen Geld war rasch aufgebraucht.

Die erste Nacht verbrachte ich zusammengerollt auf einer Brache hinter einem gewaltigen Stahlwerk, das die ganze Nacht hindurch seinen Rauch ausspie. Die Luft, die Flüsse, die Gärten – auf allem lag Stahlstaub. In den ersten Tagen hätte ich nicht sagen können, ob ich mich unter Engeln oder Teufeln befand. Mein Körper wurde schwer, als wäre ich ein Raumfahrer, der auf einem Planeten mit hoher Gravitation festsitzt. Als wäre ich gestorben und in einem sonderbaren Jenseits gelandet. Oh, täglich kamen in Cleveland Menschen um. An einem dunstigen Morgen sah ich zwei junge Polizisten in einem Park die Leiche eines alten Penners aufsammeln, der dort seinen letzten Atemzug getan hatte. Sorgfältig wickelten sie ihn in eine alte Abdeckplane und warfen ihn auf einen Müllwagen.

Ich war ja selbst eine junge Pennerin. Es kam mir nicht einmal in den Sinn, zu betteln, obgleich es von Bettlern wimmelte. Wäre ich damals ermordet worden, niemand hätte es bemerkt.

Wie gesagt, ich hatte meine Jugend. Die war etwas wert. Für meinen Körper hätte ich ein paar Dollars bekommen können, aber so weit war ich noch nicht. Es gab da Männer, keine Streuner, sondern wohlhabende Männer, die auf mich zukamen und mich bedrängten. Und auf jedem Bürgersteig fanden sich willige Mädchen und Frauen, die in allen Sprachen redeten, die Gott ersonnen hatte. So weit war ich noch nicht, doch stand es mir zweifellos bevor.

Diese Erinnerung endet in vollständiger Leere.

Ich erwachte in einem unbekannten Zimmer und hörte Stimmen, und kurz darauf konnte ich zwei in einem Fensterrahmen stehende Gestalten ausmachen, auf deren Köpfen helles Sonnenlicht glänzte. Einen kurzen Augenblick lang glaubte ich, wieder im Dublin Castle zu sein, in der Obhut meiner Schwestern und meines Vaters.

Ich war vor dem Gebäude zusammengebrochen, in dem Cassies Vater Mr Catus Blake logierte, und der hatte mich gegen seinen Instinkt hineingetragen. »Ich wollte dich gar nicht hier haben«, sagte er später auf seine eigenartig kühle, freundliche Art. Er hatte mich auf sein Bett gelegt, »du hast mir alles vollgestänkert«, und befunden, dass ich dort für eine Weile gut aufgehoben wäre. »Es wäre mir egal gewesen, wenn du gestorben wärst«, sagte er und war doch den ganzen Weg nach Shaker Heights gelaufen, um seine Tochter von ihrer Arbeitgeberin Mrs Bellow loszueisen. »Und ich sage dir«, erzählte Mr Blake, »die wollte Cassie nicht gehen lassen. Die zahlte Cassie doch nicht vier Dollar die Woche, damit sie mit ihrem Daddy spazieren geht.«

Aber Cassie war sofort in der Straßenbahn mit ihm nach Hause gefahren, hatte gemerkt, dass ich am Verhungern war, und mir zu essen gegeben. Lautes Pfannengeklapper auf Mr Blakes bescheidenem Gaskocher.

Dann erbrach ich mich. Ich wusste nicht, wo ich war, und klammerte mich an Cassie, als wäre ich Greta Garbo in *Königin Christine.*

Sie gab mir wieder zu essen, diesmal sparsamer.

Ich glaube, dann schlief ich für lange, lange Zeit.

Ich hörte Catus Black auf seiner Panflöte spielen.

»Alte Weisen aus Virginia«, sagte er.

»Ich weiß nicht, ob ich Irinnen trauen kann«, sagte Mrs Bellow. Wir standen in ihrer Küche, Cassie, Mrs Bellow und ich. »Vertrauen spielt bei Dienstmädchen eine große Rolle. Das letzte Mädchen hat an der Hintertür mein Leinenzeug verkauft. All mein Leinenzeug ist feinstes irisches Linnen. Dafür hat sie bestimmt einen guten Preis erzielt.«

Mrs Bellow trug ihr unmodisches Kleid wie eine Rüstung; ein teurer, aber eigentümlich dicker Stoff, wie eine Wärmedämmung. Sie war Cassies Dienstherrin, und Cassie bemühte sich, mir zu einer einträglichen Anstellung zu verhelfen.

»Ich kann nicht jede Streunerin in Cleveland beschäftigen. Wenigstens hast du den Vorzug, Cassies Streunerin zu sein. Ich habe durchaus Achtung vor Cassies Menschenkenntnis. Die habe ich. Anständige reiche Leute findet man überall, aber anständige arme Leute, von der Sorte, die man im Haus haben möchte, sind sehr selten.«

Während sie so redete, lächelte Cassie in einem fort, und ihr breites Gesicht wirkte zufrieden und belustigt. Aber sie gab keinen Mucks von sich. Ich vermute, sie kannte ihren Fluss ebenso gut wie die Fische darin.

»Nun gut«, sagte Mrs Bellow. »Ich will dir helfen, einen Anfang zu machen. Auf Probe. Ich kann mir vorstellen, dass dir die Arbeit nicht leichtfallen wird. Du bist sehr klein und siehst nicht gerade kräftig aus.«

Mit dieser Einschätzung zog sie sich in den Hauptteil des Hauses zurück. Cassie packte mich mit beiden Händen an den Schultern, ihre unerhört kräftigen Finger taten meinen Knochen weh. Sie wiegte den Kopf hin und her.

»Dem Herrn sei Dank«, sagte sie.

Dann zeigte sie mir unser Zimmerchen über der Remise. Ein großes eisernes Bett, die Wände hier und dort mit Cassies wenigen Besitztümern behängt; ein Hausmantel, ein paar interessante Hüte, eine Waschschüssel mit einem großen Krug und einem groben Stück Karbolseife, ein kleiner, klappriger Tisch mit Krimskrams und Schnickschnack, ihre unergründliche Truhe. Im Großen und Ganzen war der Raum blitzsauber, doch einen Pinsel hatte er meiner Ansicht nach seit seinem ersten cremefarbenen Anstrich vor hundert Jahren nicht mehr gesehen. Ich bemerkte, dass mehrere Löcher in der Wand mit Lumpen zugestopft waren, zweifellos, um im Winter das Eindringen der Kälte zu verhindern. Cassie besaß einen kleinen goldgerahmten Spiegel, dessen Goldfarbe abblätterte wie Herbstlaub.

Sie zeigte mir, wie man die Wäschekessel zum Sieden brachte, die Leinentücher auskochte und sie wie Leichen in die Waschbottiche wuchtete, wie man die Seifenlauge zu einem festen Schnee aufschäumte, die Wäsche anschließend zum Ausspülen in die große Kaltwasserwanne hievte und die Seife aus dem Gewebe klatschte und walkte, und dann bedienten ihre mächtigen Arme die Mangel wie ein schweres Armeegeschütz, und sie zwängte die armen Laken durch die Rollen, dass das eisige Wasser nur so herausströmte. Schwerstarbeiterinnen im Reich der heiligen Veronika, der Schutzpatronin der Waschfrauen. Dabei erzählte sie mir ihre Geschichte, so wie Liebende es bei ihrer ersten Begegnung tun, von ihrer Kindheit in Norfolk, wo der alte Catus als Farmpächter tiefer und tiefer in Schulden geriet und sich schließlich in den Norden flüchtete, wie ein Kind, das sich aus dem Schwitzkasten eines Schulhoftyrannen befreit.

»Ein Kind weiß von alledem nichts. Mit gefiel es einfach in Virginia. Die Hühner, die in unser kleines Wellblechhaus kamen, Scharen von Vögeln jeder Farbe und Größe, und all die Geschöpfe, die im Lauf des Jahres kommen und gehen, das ist wie eine große Uhr der Dinge, Lilly, und herrliche Felder, die sich in alle Richtungen erstrecken, so was hast du noch nie gesehen.«

Dann drehte sie mit ihrer endlosen, unbändigen Kraft die Kurbel.

»Meine Mamma wurde von ein paar vagabundierenden Schlägern umgebracht. Sie fingen sie auf einer Nebenstraße ab, als sie mit Hühnerfutter aus der Stadt kam. Dort fand Catus sie in dem ganzen gelben Durcheinander aus der Tüte, die sie aufgerissen hatten, als sie sich an ihr vergingen. Aber davon hat er mir damals nichts gesagt, nur dass sie jetzt ihren Lohn im Himmel bekommen hat, was sich nicht ganz so schlimm anhörte, auch wenn ich sie sehr vermisste. Ich war erst fünf und ahnungslos. Und ich glaube nicht, dass Catus seither eine andere Frau auch nur angesehen hat.«

Ich genügte Mrs Bellows Anforderungen, und dank Cassies erstaunlichen Kochkünsten wurde ich kräftiger und wuchs in die häuslichen Pflichten hinein. Cassie konnte welkes Gemüse zu neuem Glanz erwecken. Lebensmittel liebten sie, standen geradezu stramm und salutierten, wenn sie die Küche betrat.

Es gab keinen Zoll an ihr, der nicht schön war. Wenn man mit einem Menschen ein Zimmer teilt, sieht man unweigerlich jeden Zoll an ihm. Die innige Geborgenheit, die ich empfand, wenn ich neben ihr schlief oder im Haushalt ihre Anweisungen entgegennahm, erfüllte mich mit tiefer Dankbarkeit. Erst durch meine Liebe zu Cassie begann ich Amerika wirklich zu lieben. Vielleicht war Cassie für mich Amerika, und ich glaube, wenn Tadgs alter Freund, der Armenier, sie gesehen hätte, wäre er stolz gewesen, sie malen zu dürfen. Sie war eine üppige, eine sehr üppige Frau, und wir konnten von Glück sagen, dass an mir nicht viel dran war, sonst hätten wir niemals in das Eisenbett gepasst. Cassie schwitzte allnächtlich unter den Decken, aber das machte mir nichts. Sie brodelte wie die American Falls.

Schließlich traute ich mich, ihr auch meine Geschichte zu erzählen. Von dem Tag an suchte sie gleich im ersten Morgengrauen und als Letztes vor dem Zubettgehen den Gehsteig nach verdächtigen Gestalten ab.

Mrs Bellow war nicht schön, wie Cassie. Sie war eine Frau, die nichts sah und nichts begriff, aber schließlich war sie mit einem geistlosen Mann verheiratet, und so will ich ihr keine

Vorwürfe machen. Ihr Geld stammte von einem Stahlwerk unten am See. Mitunter hörten wir nächtliche Schreie, und dann zog sich Cassie immer das Laken bis ans Kinn, hielt sich die Ohren zu und brummelte irgendetwas Unsinniges in sich hinein, um nichts hören zu müssen.

Einmal erzählte mir Mrs Bellow, ihren Vorfahren habe das erste Haus am Ufer des Cuyahoga gehört. Sie hatte eine Landkarte, die hunderte von Jahren alt war, darauf konnte man es sehen, ein kleines quadratisches Haus mitten in der Wildnis. Also war vielleicht auch sie ein Abbild Amerikas.

Fünfzehn Jahre lang blieb ich bei Mrs Bellow, lange genug, um Cassies gesammelte Rezepte zu lernen.

Die Welt birgt eine Vielzahl von Schrecken, und bei aller Lebensfreude hatte Cassie ihre eigenen Schrecken zu erdulden, in Gestalt von Mr Bellow. Bei jeder Gelegenheit drängte er sie in Schränke und leere Zimmer des Herrenhauses.

Was ist ein Leben? Was ist ein Bürger? Wie konnte es sein, dass ein Mann wie Mr Bellow mit Cassie machen konnte, was er wollte, und nie jemand auch nur ein Wort gegen ihn sagte? Erst nach und nach dämmerte mir, dass etwas nicht stimmte. Schließlich, als Cassie im Bett einmal weinte und ihre eigenen kleinen Schreie ausstieß, flehte ich sie an, mir zu sagen, was sie bedrückte.

Und so erzählte sie es mir.

»Und ich weiß, wenn ich es Mrs Bellow sage, dann ist Schluss mit uns, Lilly, dann landen wir auf den staubigen Straßen Amerikas.«

»Liebe Cassie, es ist nicht recht, was er mit dir macht. Er kann dich nicht dazu zwingen. Wollen wir nicht zum Priester gehen, damit er etwas dagegen unternimmt?«

Denn Cassies Angehörige in Norfolk, Virginia, waren Katholiken.

»Dagegen unternimmt kein Priester was«, sagte sie. »Das verstehst du nicht, Lilly.«

»Wieso verstehe ich das nicht, Cassie?«

»Es ist einfach so, Lilly, das verstehst du nicht.«

»Er ist eine erbärmliche kleine Laus von einem Mann«, sagte ich fassungslos. »Ich sage dir, er ist ein Teufel zehnten Grades.«

»Na ja, mag sein«, sagte Cassie und musste trotz allem lachen.

In manchen Nächten krochen die riesigen Rauchschwaden von den Fabriken weit unten am See auf unsere Anhöhe, suchten uns auf und verdrängten die frische Luft. So auch die dichten Nebelschwaden vom See selbst. Im tiefsten Winter gefror alles siebenfach, und das Jahr wurde so hart, dass man glaubte, es werde nie wieder auftauen. Dann aber brach der gesamte Distrikt in Frühling aus, plötzlich waren die armen zusammengekauerten Bäume wie tausend Mädchen, ganz goldenes Haar und Schleifen, und die endlosen Reihen blühender Bäume in den Straßen schüttelten ihre Farben in die Luft.

Einmal, den genauen Zeitpunkt weiß ich nicht mehr, riskierte ich einen Brief an Annie in Dublin, nur um sie wissen zu lassen, dass es mir gut gehe und sie sich keine Sorgen machen solle, und ich gab ihr die Nummer eines Postfachs, an das sie ihre Antwort schicken konnte. Nun, es kam ein Brief auf blau liniertem Papier – ich glaubte sogar zu wissen, in welchem Geschäft sie es gekauft hatte – und in ihrer unleserlichen Handschrift, wie eine Kolonne Ameisen, die von einem Hindernis aufgehalten werden, und sie wählte zwar liebevolle und gütige Worte, musste mir aber auch mitteilen, dass unser Vater gestorben war. Sie schrieb, er sei in einem Heim in Baltinglass gestorben und habe einen friedlichen Tod gehabt, obwohl er geistig »leicht verwirrt« gewesen sei. In der Stunde seines Todes habe sie nicht bei ihm sein können. Man habe ihn unter den Ahornbäumen auf dem kleinen Friedhof des Krankenhauses begraben und ihm einen recht armseligen Grabstein errichtet, da er nur eine winzige Pension bezogen hatte und keine weiteren Mittel vorhanden waren, um seiner zu gedenken. Ich fand, es war ein trauriger Brief. Ich fand es sehr traurig, dass mein Vater unter solchen Umständen gestorben war. Ich erinnere mich, wie ich dasaß, den Brief durchlas und das Gefühl hatte, mir sei etwas ungemein Bedeutsames zugestoßen, um das ich mich unbedingt hätte kümmern müssen, was mir wegen meines elenden Exils jedoch verwehrt war.

Mein elendes Exil.

Briefeschreiben. Namen, Poststempel, Ortsangaben. Feindselige Augen.

Und schon bald darauf hatte ich Anlass, mich zu fragen, ob es wirklich so klug gewesen war, zu schreiben.

Ich wurde jeden Tag in die Main Street geschickt, um die Lebensmittel einzukaufen, die Mrs Bellow aufgelistet hatte. Es kommt mir sehr seltsam vor, dass ich das so lange getan habe, von einer Jahreszeit zur anderen.

Das Herrenhaus lag am Ende der Straße, und die war eine Sackgasse. Autofahrer verfuhren sich oft und mussten dann in dem kleinen Bogen vor der Toreinfahrt zum Haus der Bellows wenden. Jedes Haus hatte eine Remise und Parkplätze für Lieferanten. Am Gehsteig parkte nur selten einmal ein Auto, darum fiel mir, als ich an jenem Tag mit meinen schweren Tüten heimkehrte, eine alte Blechkiste auf, die unter den Eichen, die den Ausblick abrundeten, am Bordstein stand. Und an der fraglichen Blechkiste lehnte ein Mann. Ich weiß nicht, was er bis dahin getrieben hatte, aber mir schien, dass er, als er mich aus der Ferne kommen sah, ziemlich hastig den Motor ankurbelte, sich in sein Fahrzeug setzte und die dünne, wackelige Tür zuschlug. Den Rest meines Weges sah er nicht mehr zu mir hin, sondern wandte das Gesicht den verkrüppelten Eichen zu, als nähmen ihn diese ganz und gar in Anspruch. Als ich leicht zitternd das Grundstück erreichte, die große Klinke herunterdrückte und das riesige Eisentor gerade weit genug aufstieß, um hindurchschlüpfen zu können, drehte er sich noch immer nicht nach mir um.

Ich sah, wie er eine kleine Bewegung machte und sich zum Beifahrersitz duckte. Warum mich das so erschreckte, weiß ich nicht, aber die Angst fuhr in mich wie ein großes Rudel Ratten, das in ein warmes Haus eindringt. Der Augenblick ist gekommen, dachte ich, gleich wird er sich umdrehen, aussteigen und die Waffe auf mich richten, und ich werde sterben. Ich presste mein ganzes Gewicht gegen das Tor, und selbst die winzige Lücke, durch die ich hineingeschlüpft war, schien ewig zu brauchen, bis sie sich schloss. Mit einem Mal spürte ich, wie verletzlich ich war, wie verletzlich jedes menschliche Geschöpf ist, nichts als Fleisch und Knochen, die eine Kugel mühelos durchschlagen kann. Ich versuchte, das Tor zu schließen, und weiß nicht warum, er hätte ein Dutzend Mal herausspringen und mich erschießen können. Warum bin ich nicht einfach wie besessen losgerannt? Das menschliche Gehirn folgt keiner Logik.

Es war dunkel unter den Eichen. Das großzügige Junilicht, dessen Finger durch die trockenen Blätter strichen, vertiefte die Schatten nur noch. In einer seltsamen Zeitlupenbewegung schloss ich das Tor, blieb dann stehen und blickte zurück. Ich dachte: Ist das der Mann, der mir Tadg genommen hat? Plötzlich konnte ich nur noch an Tadg denken. Seine Existenz, was er von sich in mir hinterlassen hatte, wie er in meinem Herzen fortlebte, all das tilgte meine momentane Angst. Liebe zu Tadg stieg in mir auf.

Meine Päckchen, meine »Botschaften«, wie man in Dublin sagt, waren mir aus den Armen geglitten. Ich hatte es nicht einmal bemerkt. Sie lagen zu meinen Füßen, aber außerhalb des Tores: Mohrrüben, Zucker, Kaffee, was immer es gewesen sein mochte. Der Mann stieg aus dem Wagen und stand im Zwielicht. Sein unauffälliger Hut warf einen zusätzlichen Schatten auf sein Gesicht und seine Augen. Dann sagte ich etwas, das keinen Sinn ergab und das bis heute keinen Sinn ergibt.

»Bin ich es?«, fragte ich. Das war alles. Mit übernatürlicher Geduld wartete ich auf seine Antwort. Sein Gesicht konnte ich nicht erkennen, aber ich spürte, dass er mich ansah. Ich trug mein einziges Sommerkleid, mit dem Muster aus Oliven und Blättern, daran erinnere ich mich genau. Cassie liebte dieses Kleid, auch wenn es ein billiges Teil vom Ungarischen Markt war. Aber als er mich jetzt betrachtete, begann ich mich nackt zu fühlen, wie in dem Traum, den ich als Schulkind oft hatte, dem Traum, dass ich im Klassenzimmer an mir heruntersah und feststellte, dass ich vergessen hatte, mich anzuziehen. Ich fühlte mich seltsam fehl am Platz, unbeholfen. Ich weiß nicht, wie ich das Gefühl beschreiben soll. Es fühlte sich an, als würde ich vor seinen Augen sterben.

Falls er eine Waffe in der Hand hielt, und ich konnte nicht erkennen, ob es so war, feuerte er sie nicht ab. Er drehte sich abrupt um und stieg wieder in sein verbeultes Auto. Als er davonfuhr, sah ich, dass er ein 1923er Nummernschild aus Tennessee hatte, das immerhin registrierte ich inmitten meiner zutiefst demütigenden Panik. Er musste mit seinem Modell T betrunken durch die Wälder gefahren sein, um es in nur sieben oder acht Jahren dermaßen zuzurichten. Meine Arme gehorchten mir nicht, ich konnte meine Päckchen kaum aufheben. Meine Futteralien, wie Cassie sagen würde.

Aber ich ging zurück ins Haus und versuchte mich zu sammeln, mich wieder für die Arbeit herzurichten. Ich glaube, Mrs Bellow hätte es nicht einmal bemerkt, wenn ich ohne Kopf in die Küche gekommen wäre. Vielleicht war sie einfach keine Frau, die Dinge bemerkte. Ich war sogar überrascht, sie in der Küche anzutreffen, denn dort war sie selten um diese Tageszeit, die sie gewöhnlich mit fest zugezogenen Vorhängen in ihrem Schlafzimmer verbrachte. Sie blieb jedoch den ganzen Nachmittag dort, um mit Cassie drei Kuchen für einen Wohltätigkeitsbasar zu backen, und so konnte ich Cassie erst am

Abend von dem Vorfall berichten. Bis dahin blubberte ich wie eine unzulänglich verkorkte Sprudelflasche unnütz vor mich hin. Der Vorfall lag jetzt lange genug zurück, um seine volle Wucht zu spüren. Beim Abendessen rührte ich keinen Bissen an, keinen einzigen Bissen. Ich war schweigsam wie eine Benediktinernonne. Was mir überhaupt nicht ähnlich sah, denn was immer in unserem Leben vorgefallen war, Cassie und ich unterhielten uns gern, es machte uns Spaß, die Funken fliegen zu lassen, einander zum

Lachen zu bringen. Normalerweise waren wir die Königinnen des Lachens.

Inzwischen war die Dunkelheit längst hereingebrochen, unsere Hausarbeit für den Tag erledigt, und wir lagen Seite an Seite in dem großen Bett. Cassies Gewicht erzeugte eine tiefe Mulde, sodass ich immer etwas schief dalag, wie das Dach eines Anbauschuppens in Wicklow. Da also erzählte ich ihr meine kleine Geschichte. Und nun war sie es, die unbedingt zur Polizei gehen wollte.

»Das wird Mrs Bellow nicht gefallen.«

»Ich glaube nicht, dass es ihr recht ist, wenn ein Fremder hier herumlungert, Lilly, wirklich.«

Tatsächlich bat sie Mrs Bellow am nächsten Morgen um Erlaubnis, das Telefon im Hausflur benutzen zu dürfen, und ließ sich zur Wache durchstellen.

Noch am selben Nachmittag fuhr ein Polizeiwagen durchs Tor und hielt unter den blühenden Rhododendren.

Ich war in keiner guten geistigen Verfassung. Ich hatte nicht gewollt, dass Cassie die Polizei benachrichtigte, und je länger ich darüber nachdachte, umso mehr beunruhigte mich, dass sie es getan hatte. In Chicago war ich vom Tatort geflüchtet. Deshalb durfte ich lediglich angeben, ein Fremder habe sich verdächtig benommen, was nicht sonderlich alarmierend klang. Falls er wirklich ein Attentäter war, wäre das Spiel ohnehin aus. Bestimmt würde er wiederkommen, und angesichts der

Brutalität, die er in Chicago bewiesen hatte, glaubte ich nicht, dass irgendein Polizeibeamter ihn aufhalten würde.

Das alles wirbelte mir im Kopf herum, und dann kommt dieser Hüter des Gesetzes in seiner Uniform herein.

Da wusste ich natürlich noch nicht, dass es Joe Kinderman war.

Er nahm die Sache ernst, sehr ernst. Ich saß allein mit ihm im Empfangszimmer zur Linken und gab eine Personenbeschreibung des Mannes ab. Cassie hatte ich nicht dabeihaben wollen, ich wollte nicht, dass sie sich einschaltete, denn aus Sorge um mich verriet sie womöglich zu viel.

»Sie kannten diesen Mann nicht«, sagte der Beamte. Er hatte ein kleines Notizbuch und einen Zimmermannsbleistift mit dicker Mine, die er, bevor er etwas aufschrieb, immer anleckte, flink, flink, schlangengleich. Er hatte einen vollen Mund mit einem strichdünnen Schnurrbart über der Oberlippe, wie Cesar Romero. Cassie und ich hatten Cesar Romero in einem Samstagsfilm im Kino gesehen. Wären wir zwei Eiscremes gewesen, wir wären auf den Sitzen dahingeschmolzen.

»Ich konnte sein Gesicht nicht erkennen«, sagte ich und verspürte plötzlich die Macht der Kindheit, in der es eine beängstigende Sünde gewesen war, zu lügen. Ich hatte ziemliche Angst vor diesem Mann mit seiner eng anliegenden Uniform und seinem ausdrucksstarken Gesicht. Der Fremde hatte eine Waffe gehabt, und dieser Mann hatte ebenfalls eine Waffe. Es war eigenartig, in Mrs Bellows rosa-grünem Sessel zu sitzen, neben sich Joe Kinderman in einem dazu passenden Sessel, und zu versuchen, die Wahrheit zu sagen, ohne dabei die Vergangenheit zu erwähnen. Ich wollte ihm sagen, dass mein Vater den gleichen Beruf gehabt hatte, aber das ging natürlich nicht. Und natürlich war auch Tadg eine Art Polizist gewesen. Zwar glaubte ich nicht, dass der Mann vor mir Ire war, aber riskieren konnte ich es trotzdem nicht. Vielleicht kannte er sich gar nicht aus mit Irland und irischer Politik. Ich bemühte mich, sparsam mit der Wahrheit umzugehen. Als er erfuhr, dass ich Irin war, freute er sich wie ein Schneekönig, ich weiß nicht, warum, schließlich gab es in Cleveland tausende irischer Hausmädchen, zehntausende.

Er war ermutigt, als ich ihm sagte, ich hätte das Nummernschild aus Tennessee gesehen.

»Herzchen, wenn Sie sich an die Nummer erinnern, haben wir gute Chancen, den Kerl zu schnappen.«

»77170«, sagte ich. »Ein 1923er, glaube ich.«

»Die Marke können Sie mir wahrscheinlich nicht nennen? Normalerweise achten Frauen auf so etwas nicht.«

»Modell T«, sagte ich.

Er stieß einen leisen Pfiff oder doch Beinahe-Pfiff aus, begleitet von einem unbeabsichtigen Speichelschweif.

»In den letzten beiden Jahren hatten wir sieben Frauenmorde, über ganz Cuyahoga County verteilt«, sagte er, bestimmt auch, um sich zu fangen. »Geben Sie gut auf sich acht.«

In dem Moment fiel mir etwas an seinem Gesicht auf, es war leicht aschfarben, wie ich es einmal bei den Stahlarbeitern gesehen hatte, als sie heraufgekommen waren, um mit Mr Bellow zu sprechen. Die Hochöfen buken den Staub in ihren Poren fest. Sie waren menschliche Kessel, die den ganzen Tag über befeuert wurden, und das hinterließ seine Spuren. Doch Joe Kinderman war kein Stahlarbeiter.

»Gewöhnlich ist es sehr still hier«, sagte ich. »Keine Menschenseele. Darum hat er mir ja auch einen solchen Schreck eingejagt.«

»Sicher. Und richtig schön ist es hier oben. The Heights. Jawohl. Ich würde liebend gern hier oben wohnen.« Und er lachte, als wäre das in etwa so wahrscheinlich wie Eisen, das sich in Gold verwandelt. »Eine sehr heilsame Gegend«, sagte er und verlieh seinen Worten Nachdruck.

Ich ertappte mich dabei, dass mir sein ausgefallener Ausdruck gefiel. Er hätte von meinem Vater stammen können.

Überhaupt gefiel er mir, auch wenn ich mich vor ihm fürchtete. Ich lächelte ihn vorsichtig an, wie er so dasaß, mit dem Kopf nickte und sich die Knie rieb. *Unbekümmert,* dachte ich.

Dann stand er auf und ging davon, selbstsicher und mit aschfarbenem Gesicht.

Seine Stiefel waren so blank poliert, dass ich Mrs Bellows Fenster mitsamt Gardinen darin erkennen konnte.

Neunter Tag ohne Bill

Nun, Joe Kinderman fand den Namen des Autobesitzers heraus, ein gewisser Robert Doherty, aber der wohnte eigentlich weit, weit weg in Tennessee, zwei Staaten entfernt. Inzwischen vermutete er, der Mann sei nichts weiter als ein Herumtreiber auf der Suche nach leichter Beute gewesen. Amerika, sagte er, sei jetzt voll von entwurzelten Männern, ganzen Familien. Cleveland fülle sich geradezu mit denen – eine Stadt, meinte er, die es niemandem leicht mache. Aber er habe einen Namen, und er werde alles tun, um sicherzustellen, dass Robert Doherty sich nicht länger in Ohio aufhalte.

Das alles erfuhr ich, weil er eines Nachmittags einfach so zurückkam und mich in den Luna Park einlud. Wenn ich wolle, könne ich Cassie mitbringen, sagte er. Er hatte seinen Wagen abgestellt und sich in bester Polizeimanier hinten zur Küche hereingeschlichen, um sich zu vergewissern, dass Mrs Bellow fort war.

Wir hatten nur einen freien Tag im Monat, und für gewöhnlich geisterten wir dann einfach auf den Gehsteigen vor den zahlreichen Geschäften in Shaker Heights herum und betrachteten die Blumen in den Parks, was Cassie ganz besonders liebte. In einigen dieser Läden war Cassie nicht willkommen. Aber wir wuschen uns immer gründlich, zogen unsere besten Sachen an und machten uns mutig auf den Weg.

Ein Mann, der uns zum Luna Park ausführte, das war etwas ganz anderes. Ich musste lächeln, weil mir erst in dem Augenblick so richtig aufging, dass Cassie noch nie einen Verehrer gehabt hatte. Es beunruhigte Cassie, dass sie ebenfalls eingeladen war. Sie wollte nicht, dass Joe Kinderman ihretwegen irgendwelche Schwierigkeiten bekam. Aber den kümmerte es überhaupt nicht. In seiner Zivilkleidung war er ganz Funke und Wirbelwind.

Aber als wir zusammen in die Straßenbahn stiegen und uns anschickten, auf den vorderen Sitzen Platz zu nehmen, um unterwegs alles gut sehen zu können, nahm der Wagenführer Joe beiseite und fragte ihn, ob wir nicht lieber im hinteren Teil sitzen wollten.

»Keine Sorge«, sagte Joe und zeigte dem Mann seine Polizeimarke, die er in der Brusttasche aufbewahrte. »Ich begleite die Damen. Sie haben es mit waschechten Aristokratinnen zu tun. Das hier«, sagte er und zeigte auf die bedauernswerte Cassie, »ist die Gemahlin des Vizekönigs der Goldküste.« »Das ist ihr Haus«, sagte er und deutete auf eines der Herrenhäuser, an denen wir gerade vorbeifuhren, »das ist ihr *Palast,* gleich dort drüben.«

»Nach 'ner Königin sieht die mir aber nich' aus«, entgegnete der Wagenführer, warf aber noch einmal einen Blick auf Joes Dienstmarke. »Ausnahmsweise, sag ich mal. Allgemein is' das hier aber nich' die Goldküste. Die Leute lassen sich hier allgemein nich' gern Neger vor die Nase setzen.«

Was immer der Wagenführer über die Leute gesagt hatte, außer uns saß überhaupt niemand in der Straßenbahn. Ich kannte Cassie so gut, dass ich durch ihre scheinbare Fröhlichkeit hindurch ihre Not spüren konnte. Sie wünschte sich zwölfhundert Meilen von diesem Wagenführer weg, vielleicht sogar von Cleveland selbst. Vielleicht sehnte sie sich nach Norfolk zurück, in eine Zeit, da sie von der Welt nichts wusste und eben mit ihrem Erstkommunionskleid ausstaffiert wurde. Ich wusste, wie das war. Stolz wie der erste Schöpfungstag. Und in den Augen des Vaters strahlend schön.

Catus Blake hatte das Wasser ein für allemal verlassen und war in die 55. Straße gezogen. Aus ganz ähnlichen Gründen. In Cleveland trennten sich die Dinge, wie eine Sauce, die nicht bindet.

Diese Gedanken waren taufrisch, als Joe Kinderman dem Mann auch schon an die Gurgel ging. Er ging ihm buchstäblich an die Gurgel. Die Bemerkung des Wagenführers hatte ihn heftiger getroffen, als irgendjemand ahnen konnte. Er legte seine großen Pranken um den dürren Hals des Wagenführers und schüttelte diesen.

»Du menschliches Stück Scheiße«, sagte er, als würde er eine Gedichtzeile aufsagen.

Der Wagenführer war im Begriff, in seine Alarmpfeife zu blasen und Hilfe herbeizurufen, als Joe von ihm abließ. Kopfschüttelnd rückte er die Krawatte des Mannes zurecht und murmelte etwas vor sich hin.

»Nein, tut mir leid, Kollege, aber so etwas dürfen Sie vor Ihrer Majestät nicht sagen.« Und dann lächelte er mit hübschen Zähnen und gestutztem, hochgebogenem Schnurrbart sein zweckdienliches Joe Kinderman-Lächeln.

»Raus aus meiner Bahn«, sagte der Mann, »mir egal, ob Sie Polizeibeamter sind.«

Also stiegen wir an der nächsten Haltestelle aus und gingen zu Fuß in den unteren Teil der Stadt. In der Ferne konnten wir schon die Buckel der berühmten Achterbahn sehen.

Joe Kinderman war jetzt noch leichtfüßiger; sein muskulöser Körper schien so gelassen auf dem Weltenmeer zu treiben, dass wohl nicht nur ich mich in ihn verliebte, sondern jede Menschenseele, die uns begegnete.

Und wirklich, es lebten viele Italiener in der Gegend, und Joe sagte, in seinem Metier sei er oft mit Italienern aneinandergeraten. Mit den Königen des Maiszuckers, der Randale und dergleichen, aber auch, wie er sagte, mit tausenden ganz gewöhnlicher Menschen, die irgendwann einmal in Schwierigkeiten gekommen waren, weil sie in ihrem Hinterhof eine Brennerei betrieben hatten. Diese Zeiten waren so gut wie vorbei, aber man kannte Joes Gesicht, weil er in Dutzende von Wohnungen eingedrungen war. Und als er die Woodland Avenue entlangtänzelte, schien er nicht unwillkommen zu sein. Sie standen auf verschiedenen Seiten, weigerten sich aber nicht, ihn zu grüßen.

»He, Detective, jetzt geht aber wirklich die Sonne auf.«

»Wie steht's, Mr Sorello«, erwiderte Joe und schwebte auf Wolken, die er selbst geschaffen hatte. »Schön, Sie zu sehen.«

Während ich dies aufschreibe, fühle ich mich so glücklich, denn ich erzähle vom Glück, und dies war ein Tag, an dem Cassie glücklich war.

Joe zahlte den Eintritt und geleitete uns zum Tor des Luna Parks, als wären wir noch immer seine kleine Schar von Aristokratinnen. Offenbar hatte der Morgen inzwischen beschlossen, gemeinsame Sache mit uns zu machen, denn plötzlich lichtete sich der feine Dunstschleier, der bis dahin so unbeweglich über der Stadt gehangen hatte, und der freigebige amerikanische Himmel breitete seine Arme über uns, die leuchtenden Fabriken und das weite Häusermeer der Straßen aus. Es war, als offenbare sich das mögliche Paradies Amerika, etwas, das jenes unversehrte Land ersetzen konnte, das, wie Mr Dillinger mir erläutert hat, die ersten weißen Siedler vorgefunden hatten. Etwas, das die Versehrungen und die Schrecken, die darauf gefolgt waren, ungeschehen machen konnte, die erste kleine Hütte, der Mrs Bellow zu entstammen behauptete, die erste verstreute Siedlung, dann das Städtchen, dessen Häuser allmählich die rauen Felder überschwemmten, schließlich die Großstadt mit ihrem Getöse. Der breite Cuyahoga River hinter dem Vergnügungspark, der mitunter einem gebrochenen Wesen geglichen hatte, das sich übelriechend davonschlich, hatte seine vormalige Schönheit jäh und märchenhaft wiedergewonnen; die Hand der Welt hatte das schwarz verdreckte Wasser sachte verwandelt, sodass der Dreck nur mehr eine launige Schicht war, die sein juwelenartiges Glitzern, sein unwirkliches Gelb, sein schimmerndes Grün und sein Braun, lieblich wie eine irische Moorlandschaft, verdeckte. Als wäre es von dieser Schönheit zutiefst überrascht und beunruhigt, erhob sich mein Herz wie ein Fasan aus dem Gehölz, mit vor Angst und Jubel weit geöffneten Flügeln.

Wir gingen hinein. Leise, damit Cassie ihn nicht hörte, sagte Joe Kinderman zu mir, »Neger« hätten, damit die braven Bürger nicht verschreckt würden, an bestimmten Tagen keinen Zutritt zum Park. Dabei sah er mich mit jenem durchdringenden Blick an, den ich bereits an ihm kannte. Nach und nach wurde Joe Kinderman mir immer vertrauter. Mir fiel wirklich kein Grund ein, warum Cassie, wie sie so in ihren besten Kleidern dahinglitt, das Gesicht von dem unwirklichen Glück dieses Tages erhellt, die Bürger nicht vielmehr hätte entzücken sollen, statt sie zu verschrecken. Sie war, wie John Bunyan in seinem uralten Buch schrieb, alles in einem: die Stadt, die Bürger und das Himmelstor. Sie war wie das Menschenkind im Märchen, das für jeden Freier zu gut ist. Ihre kolossalen Arme, Glanz und Wölbung ihrer Waden, ihr Busen, den in alten Zeiten jeder Seefahrer gewählt hätte, damit er den Bug seines Schiffes ziere und ihn auf wundersame Weise durch Stürme lenke – all das zeugte in meinen Augen von unnachahmlicher menschlicher Anmut.

Joe Kindermans einziges Gesetz an jenem Tag lautete, dass wir allen Ängsten und Abneigungen zum Trotz die Fahrgeschäfte besteigen mussten, jedes einzelne. Er kaufte eine Handvoll Fahrscheine, die er wie ein Blumensträußchen in der Faust hielt. Er kannte sich mit allen aus und steuerte uns gebieterisch von einer Bude zur nächsten. Wir warfen mit Bällen auf Kokosnüsse, treffsicher wie Amazonen, die sterbliche Männer bezwingen. Wir gewannen zwei Teddybären, die wir so behutsam umhertrugen wie aus unserer sonderbaren Ehe hervorgegangene Neugeborene. Und während wir unsere verschlungenen Kreise zogen, näherten wir uns verstohlen der großen Hauptattraktion, die mit all ihren komplizierten Drehungen und Wendungen wie ein sündiger Gedanke über unseren Köpfen schwebte. Ob sie Himmel war oder Hölle, das wussten wir nicht.

Und nachdem wir von den irdischen Genüssen gekostet hatten, mussten wir jetzt die überirdischen über uns ergehen lassen.

»Aus dem Ding schon mal jemand rausgefallen?«, fragte Joe den Kartenkontrolleur, nur um mich weiter mit Furcht zu erfüllen. Der Kontrolleur hatte einen gepflegten langen Bart, dessen Ende er mit einer weißen Schnur zusammengebunden hatte, und Gott hatte es versäumt, ihm die Ohren richtig an den Kopf zu heften.

»Aus denem Ding is' noch keiner nich' rausgefallen. Da kann man nich' rausfallen, außer man springt.«

»Lass doch, Joe«, sagte ich.

»Ich hab gehört, dass schon jede Menge Leute aus Fahrgeschäften wie dem hier rausgefallen sind, überall in Amerika. Stimmt das, Mister?«

»Nich' auf sonem ordentlichen Platz wie dem hier. Der gottverdammt beste Vergnügungspark in ganz Amerika.«

»Wo kommen Sie her, Mister«, fragte Joe auf seine freundlichste Art, um keinen Anstoß zu erregen, »mit Ihren denems und sonems?«

»Blue Ridge Mountains. Schon mal da gewesen?«

»Da war ich noch nie«, sagte Cassie, »aber das ist in Virginia. Ich komme aus Norfolk, Virginia.«

Aber ob der Kontrolleur kein Interesse an Norfolk hatte oder aus irgendeinem anderen Grund, er sagte nichts mehr. Als ein Wagen auf den Schienen herangerasselt kam, setzte er Cassie und mich auf den Vordersitz und Joe in die Reihe hinter uns. Die Sitze bestanden aus irgendeinem körnigen Metall, und zum Schutz vor Joes Geschichten ließ er vor unseren Bäuchen klirrend einen eisernen Bügel einrasten. Cassies herrliche Üppigkeit schmiegte sich an den Bügel. Im Allgemeinen war die Welt halt für Normalsterbliche gemacht.

»Windschatten«, sagte Joe hintergründig.

Wie angenehm wir anfuhren, irgendwo setzte eine Maschine eine mysteriöse Mechanik in Gang, und je höher wir stiegen, desto mehr gab die Stadt von ihrer neuen Schönheit preis. Die Sonne ließ die Gelegenheit nicht ungenutzt verstreichen, und als wir uns dem ersten Höhepunkt unserer Fahrt näherten, verzog sie sich hinter einer messingfarbenen Wolke hoch über dem Fluss und ließ dann jählings, wie ein Gewitter aus Licht, eine irlandgroße Kaskade Helligkeit auf das Wasser herabprasseln, sodass der Fluss sich halb in Schwärze und halb in Glitzern teilte und man fast vermuten konnte, dass irgendwo in den Bergen des Himmels ein mysteriöser Kontrolleur himmlische Schalter betätigte.

Drei pochende Herzen, drei Seelen mit all ihren bis dahin gewöhnlichen Lebensgeschichten, drei einfache Pilger, wunderbar unerkannt, wunderbar anonym, verharrten wir über einem Clevelander Vergnügungspark, mit der herrlichen Sonnenlichtkatastrophe auf dem Fluss, den eigenwillig ausgetüftelten Schienen, dem unvermuteten Glück, Joe zu kennen, seiner klugen Freundlichkeit Cassie gegenüber, den vielen Blicken, die er mir zuwarf, ich sah ihn, ich sah ihn, wie er mein Gesicht, meinen Körper musterte, fragend, fragend, und wie seine Augen leuchteten, nicht nur wegen des seltsamen Wetters an jenem Tag, sondern wegen etwas ebenso Seltsamem in seinem Innern, Joes gefasster, starrer Blick, wie auf dem Foto eines alten Dichters in einer Illustrierten, ganz auf den perfekten Augenblick konzentriert, die Vergangenheit irgendwie besänftigt, die Reise bis hierher irgendwie gerechtfertigt, der Mord an Tadg, mein eigenes Dasein in der Fremde, vaterlos, schwesternlos, all das verharrte in dem sanften Singen des Windes, der durch das Filigran des Wagens drang, bis zum Himmel, fast bis zum Himmel emporgehoben, Joes Gesicht hinter mir, das, als ich mich umblickte, beinahe entrückt, beinahe furchterregend strahlte, sein zurückgeworfener Kopf, seine geschlossenen Augen, seine gefletschten Zähne, vielleicht lachte er sogar, falls es nicht an dem rüttelnden Mechanismus lag, der uns zum Kipppunkt brachte, uns hinaufbrachte, hinaufbrachte, Cassie und mich und Joe, es ist so weit, so hoch, so hoch, o Cleveland, du Paradies, o leidgeprüftes Amerika, lange Geschichte von Leid und Herrlichkeit und unsere eigenen kleinen Geschichten, ohne jede Bedeutung, alle dem Himmel, dem Firmament und dem Fluss dargeboten, die Geschichten der Häuser, der Straßen, der verstreichenden Jahrzehnte, der beunruhigenden Zukunft, dann, oh, oh, darüber hinweg, nach vorn geschleudert, als hätte unser Gewicht sich mit der Beschleunigung irgendwie verschworen, als würde unser Gewicht uns hinabreißen, als hätte Gott uns einen Moment lang vergeben und uns dann in einer Art verstiegener Spaßhaftigkeit verworfen und im Nu mit höchster Schnelligkeit hinabkatapultiert, schneller und immer schneller, sodass ich sah, wie Cassies Wangen zu ihren Ohren hingezerrt wurden und es in den so entstandenen Mulden bibberte, blubberte und brodelte, und im Tosen unseres Sturzes hörte ich Joe nicht lachen, sondern rufen, schreien, Worte, die ich nicht auffangen konnte, Worte, infiziert mit wildem Glück, und in mir nur Angst und Übelkeit und panische Gedanken, bis, bis wir nach senkrechtem Fall plötzlich den Erdboden, die Talsohle erreichten und Cassie weinte und weinte und sich dann an mich klammerte, ihre tapferen Arme um mich schlang und ich sie zu umarmen versuchte, doch vergebens, sie aber festhielt, sie festhielt, meine hinreißende Cassie, und sie weinte und dann lachte, lachte und weinte, als hätten wir in zwei Minuten unser ganzes Leben durchlebt, in zwei Minuten des Fallens und des Weinens, und ich wusste, dass alles, was mir widerfahren war, gerecht gewesen war, weil es mich hierhin geführt hatte und dies mein Lohn war, die immerwährende Freundschaft meiner Cassie.

Als wir wieder auf das riesige Tor zugingen, dessen Flügel mit schwarz-weißen Quadraten bemalt waren wie Rennflaggen, breitete ein hochgewachsener Mann, der sich in der schillernden Gesellschaft dreier lachender Frauen befand und ähnlich herausgeputzt war wie Joe, aber noch eleganter, mit einem leichten

Leinenanzug und einem Hut, so schnittig schimmernd, dass er einem Seehund vom Leib gerissen schien, bei Joes Anblick die Arme aus und rief:

»Joseph, gottverdammt, Joseph Clarke!«

»Tut mir leid, Kumpel, ich bin nicht Joseph Clarke«, sagte Joe Kinderman lachend. »Da haben Sie den Falschen erwischt.«

»Oh, kann sein. Bitte vielmals um Vergebung«, entgegnete der Mann, der in seiner Verwirrung in einen gestelzten Jargon verfiel und in dessen Stimme Zweifel mitschwang.

Jedenfalls traten wir durch den quadratischen Torrahmen in das verschwommene Gelärme der Stadt. Die Bemühungen des neuen Lichts schwanden, wie der Tag schwand, wir aber gingen zufriedenen Schrittes nach Hause.

Abends im Bett verkündete Cassie, sie werde den Namen Jesu Christi im Neuen Testament ausradieren und stattdessen den Joe Kindermans einsetzen. Wahrhaftig, sie hielt ihn nicht nur für Jesus Christus, sie glaubte, er sei Gottvater persönlich. Und obendrein vielleicht auch noch der Heilige Geist.

Vor einigen Minuten musste ich aufhören zu schreiben. In der Dunkelheit des Abends schrillte meine Klingel, und vor Schreck machte ich einen richtigen Satz. In Gedanken war ich noch immer am Ende jener Achterbahnfahrt, war noch bei Cassie und Joe, und ich kehrte mit einem sonderbaren Ruck in mein kleines Haus zurück. Den ganzen Tag über hatte es mehrere kurze, heftige Schauer gegeben, und nun, da die Klingel mich in die Gegenwart zurückgeholt hatte, roch ich plötzlich die Kartoffelpflanzen auf dem Acker zwischen meinem Grundstück und dem Meer, der bestimmt im Regen und in der neuen Wärme schwelgte. Ich klappte das große Haushaltsbuch zu, das mir gute Dienste leistet, weil ich, nachdem ich anfangs gedacht hatte, zwanzig oder dreißig Seiten würden reichen, zu meinem Erstaunen so viel mehr benötige. Ich weiß nicht einmal, warum das Haushaltsbuch noch in einer meiner Schubladen steckte, da es aus der Zeit stammt, als ich für Mrs Wolohan Bestellungen aufgab und es rechtmäßig ihr gehört. Insofern schreibe ich meine kleinen Nichtigkeiten eigentlich auf ihrem Papier.

Jedenfalls erhob ich mich mit einer Steifheit, die ebenso grenzenlos war wie damals das Glück, und bahnte mir meinen Weg durch den finsteren Korridor, wo mir meine Fotos, von vereinzelten Lichtstrahlen getroffen, zublinzelten, mein Bruder Willie in seiner Uniform – das Bild hatte mir Maud kurz vor ihrem Tod aus Dublin geschickt, weil sie glaubte, ich würde es wertschätzen –, der ziemlich umwerfend aussehende Joe Kinderman in der Aufmachung eines Clevelander Polizeibeamten, Ed in seiner Uniform und Bill in der seinen – nicht, dass ich sie wirklich sehen konnte, doch im Geiste hatte ich sie stets hell und lebhaft vor Augen.

Vor der Tür stand nur Mr Eugenides mit einem abgedeckten Korb. Ich schaltete die Verandalampe für ihn an, und er stand schweigend da, hielt in einer Hand den Korb und lüftete mit der anderen auf seine wohlerzogene Art seinen schönen weichen Filzhut.

»Ich störe doch hoffentlich nicht, Mrs Bere? Gott bewahre. Meine Frau sagt, bring das hier rauf zu Lilly Bere. Das ist keine Kleinigkeit. Das ist Mrs Eugenides' feinster Schmorbraten. Sie weiß, dass Sie Expertin sind, aber sie hat gesagt, Lilly wird es mir nicht übelnehmen. Natürlich nicht, hab ich gesagt. Ich hoffe, es kränkt Sie nicht, dass wir Eulen nach Athen tragen?«

Er schien ungemein befriedigt und von neuem Schwung erfüllt, als ich seine Gabe dankbar entgegennahm.

»Kommen Sie mit in die Küche«, sagte ich, »dann gebe ich Ihnen den Korb zurück.«

»Nein, nein«, sagte er. »Keine Sorge. Ich habe fünfzig davon. Einige meiner griechischen Waren kommen in solchen Körben. Von der Insel Samos, die in den Armen einer türkischen Bucht schlummert. Hier. Behalten Sie ihn, dann haben Sie ein Stück der alten Welt ganz für sich. Mrs Eugenides sagt, dass das natürlich keine traditionelle griechische Küche ist, aber sie hat den Schmorbraten von ihrer besten Freundin gelernt, und nun möchte sie, dass Sie ihn bekommen. Ihre verstorbene Freundin stammte aus Cape May, New Jersey. Sehen Sie, sie hat das Rezept aufgeschrieben.«

»Das ist so liebenswürdig.«

»Sie möchte es an Sie weitergeben«, sagte er in seinem fortgesetzten Überschwang.

»Nun, das ist der Zweck aller Kochkunst. Der eigentliche Zweck. Es geht immer um Freundschaft.«

»Orea«, sagte er, *wunderbar,* ein Brocken Griechisch, den ich verstand, da ich ihn so oft in seinem Geschäft gehört hatte. »Ihnen eine gute Nacht, Mrs Bere. Gute Nacht.«

»Gute Nacht, Mr Eugenides.«

Es war ein herrlicher Schmorbraten, wie ich herausfand, als ich ein kleines Stück davon kostete, mit Nüssen und Käse, vorzüglich. Einen Augenblick lang schien das Gesicht der mir völlig unbekannten Freundin von Mrs Eugenides aus Cape May, New Jersey, vor mir zu schweben, als wäre ihr Geist für alle Zeiten mit ihrer Kochkunst verbunden.

Zehnter Tag ohne Bill

Da Mrs Wolohan unter vielem anderen eine Frau ist, die zu ihrem Wort steht, erschien sie heute Morgen und erinnerte mich daran, dass sie mich zu Gerard bringen wollte, damit er mich frisiert, was ich natürlich vergessen hatte. Ich wusste nicht einmal, dass ich es überhaupt gewusst hatte. Möglicherweise hatte sie es erwähnt, da mir aber ohnehin keine Ausrede einfiel, nahm ich meine Handtasche, zog meine Straßenschuhe an und machte mich mit ihr auf den Weg.

»Es ist so ein schöner Tag«, sagte sie. »Ich war heute schwimmen. Schon um sechs Uhr morgens.«

»Im Pool?«, fragte ich.

»Im Meer. Ich bin allein hingegangen. Es war niemand da. Ich habe mich einfach ins Wasser gleiten lassen. Es war herrlich. Dann bin ich nach Hause gegangen«, sagte sie, schlug die Wagentür zu und startete durch, sodass der Sand auf der Straße leicht aufspritzte, »und habe Erdbeeren mit Schlagsahne gegessen. In einer ihrer Geschichten beschreibt Katherine Mansfield eine Frau, die mit einem ›Ausdruck innerer Verzückung‹ Schlagsahne isst. Das ist so gut. Es trifft genau.«

Mrs Wolohan ist eine Frau, die schwere Schicksalsschläge überstanden hat. Was sie immer wieder rettete, war nicht nur ihr beachtlicher Mut und ihr unverrückbarer Glaube, sondern ihre Freude an all den kleinen Genüssen des Lebens, die wiederum mich als ihre Köchin beglückte. Wenn ich ihr an einem dunklen Wintertag mein berühmtes Beef Wellington auftischte, eigentlich eins von Cassies Rezepten, was Mrs Wolohan nicht wusste, gefolgt von meiner schlichtweg umwerfenden Herbstbirnen-Tarte, stellte Mrs Wolohan ihr Entzücken offen zur Schau und krönte den Anlass mit einer kleinen Rede. Ganz gleich, was sonst um sie herum geschah, ganz gleich, mit welchen erdrückenden Ereignissen der Geschichte sie konfrontiert wurde. Ihre ganze Philosophie bestand darin, weiterzumachen, wie ein Soldat, der unterwegs Kameraden verloren und sie mit gebührendem Respekt und Gedenken begraben hat, vor dem jedoch noch andere Aufgaben liegen, die er bewältigen muss. Angesichts ihres Lebens erscheint mir dieser Aspekt ihres Charakters geradezu übernatürlich. Das ist der Grund, weshalb ich nicht umhin kann, sie zu lieben.

Sie ist viel jünger als ich, und ich war schon fast fünfzig, als ich begann, für ihre Mutter zu arbeiten, und einige Zeit später, nach ihrer Heirat, für sie. Warum sie mir in all den Jahren, die ich nun schon im Ruhestand bin, Unterschlupf gewährt, mich beschützt hat, weiß ich nicht. Und es bleibt mir ein Rätsel, warum sie mir für so lange, lange Zeit das Wohnrecht in ihrem Häuschen eingeräumt hat, das mit seinem kleinen Grundstück drumherum hundert anderen Zwecken hätte dienen können und dank seiner meernahen Lage wirklich sehr wertvoll ist.

Sie ist eine recht großgewachsene, knochige Frau, die, was ungewöhnlich ist, mit zunehmendem Alter immer hübscher wurde. Eine ihrer Schwestern galt als große Schönheit. Aber auch Mrs Wolohan ist heute schön, wie eine jener Opernsängerinnen, deren Stimme erst mit vierzig ihre volle Kraft entfaltet. Sie hat fein geschnittene Gesichtszüge, ihre Augen sind blau, und meist trägt sie schlicht Hemd und Hose. In verschiedenen Kleiderschränken hat sie an die zehn Meter Haute Couture-Kleidung hängen, diese nutzt sie für Wohltätigkeitsveranstaltungen, Dinner und dergleichen. Ansonsten betreibt sie keinen großen Aufwand, obwohl ich mir sicher bin, dass sie diese bescheiden wirkenden Kleidungsstücke für viel Geld in der Fifth Avenue erstanden hat.

Ihr Auto ist ein ganz gewöhnliches Mittelklassemodell, nichts Besonderes, und ich liebe es, mit ihr darin zu fahren. Wenn ich neben Mrs Wolohan sitze, plaudert sie unentwegt. Und an ihrem

Verhalten zeigt sich sehr deutlich, dass sie, wie mein Vater sagen würde, »etwas für mich übrig hat«. Das ist so schmeichelhaft, dass es meine besten Seiten zum Vorschein bringt, und auch wenn gut dreißig Jahre zwischen uns liegen dürften, bei ihr fühle ich mich nie alt. Ich kenne sie, seit sie noch eine ganz junge Frau war, und habe über vierzig Jahre für sie gearbeitet oder in ihrer Nähe gelebt. Zwischen uns hat es nie auch nur ein böses Wort gegeben, was ich sehr bemerkenswert finde.

Jetzt, wo ich darüber nachdenke, war es die damals noch ganz junge Mrs Wolohan, die, als ihre Mutter mich in Dienst nehmen wollte, das Einstellungsgespräch mit mir führte. Das muss 1950 gewesen sein, und es kam mir sonderbar vor, von einer so jungen Person befragt zu werden. Doch alle ihre Fragen waren höflich formuliert, und schon damals bewies sie eine Reife, die ihrem Alter weit voraus war. Natürlich war sie begeistert von meiner irischen Herkunft, da sie selbst »Irin« war und Irland, das sie als Kind oft besucht hatte, liebte. Es ist wie mit dem Partner in einer erfolgreichen Ehe: Die Menschen lieben Irland, weil sie es nie wirklich kennen werden. Bei mir verhält es sich ganz ähnlich. Irland hätte mich beinahe verschlungen, aber diesem Land gilt meine Zuneigung, jedenfalls in der diffusen Gegenwart, in der die Vergangenheit nicht mehr so spürbar und bedrohlich ist. In der die Schrecken, mit denen jeder Ire vertraut ist, ausgestanden sind. Von meiner Geschichte in Amerika erzählte ich ihr, so viel ich konnte. Ich erinnere mich nicht mehr, ob ich auch Tadg erwähnte. Ich *glaube* mich zu erinnern, dass ich es tat und dass sein Schicksal sie in Staunen versetzte, aber um ehrlich zu sein, ich weiß nicht, ob ich wirklich den Mut fand, ihr davon zu erzählen. Vor meinem inneren Auge sehe ich noch ihr offenes, aufmerksames Gesicht, ihr Entsetzen darüber, dass ein junger Mann auf solche Weise ermordet werden konnte. Ich vertraute ihr nicht alle Einzelheiten über Joe an, wie hätte ich das tun können? Aber ihr wurde wohl auch so klar, dass ich meine Schwierigkeiten gehabt hatte. Was noch wichtiger war: dass ich ein etwa vierjähriges Kind hatte, stand meiner Einstellung nicht im Weg. Ed hing an meinem Rockzipfel wie der Vertraute einer Hexe. Mrs Wolohans Mutter mochte ihn, weil er so »wohlerzogen« war. Dafür bin ich ihm sehr dankbar, denn andernfalls hätte ich meine Anstellung dort nicht behalten können. Die beiläufigen Freveltaten, die kleine Kinder dennoch hin und wieder begehen, bewegten sich durchaus im Bereich des Akzeptablen. Einmal warf Ed ein unersetzliches Stück Belleek-Porzellan um, das ein irisches Schloss in wilder Landschaft zeigte, und es zerschellte so gründlich, dass es nie wieder ins Regal gestellt werden konnte. Man nahm es mit Gelassenheit. Sollte das noch einmal vorkommen, sagte Mrs Wolohans Mutter, werde sie ihn wie einen Hofhund mit dem Bein an den Küchentisch binden, aber zum Glück wurde dieser Vorsatz nie auf die Probe gestellt.

Das alles sage ich, weil ich meine Dankbarkeit festhalten möchte. Dankbarkeit hat ihren Platz, genau wie Mitgefühl und Anteilnahme. *Wirra-Wirra,* heulten in längst vergangenen Tagen die alten Wicklower Klageweiber am Sarg.

In Gerards Salon in der Main Street herrscht immer Hochbetrieb, denn in dieser Gegend gibt es tausend gepflegte Frisuren. Als wir heute Morgen eintraten, brüllte er einem seiner Mädchen gerade etwas zu. Mrs Wolohan blieb im Eingang stehen, ich direkt hinter ihr. Sie drehte sich um und warf mir einen Blick zu, als wollte sie sagen: Er ist ein großer Künstler, darum müssen wir ihm seinen Charakter nachsehen. Als wollte sie sagen: Die Höhle ist voller Löwen, aber wir müssen trotzdem hinein.

Ein weiteres seiner ziemlich eingeschüchterten Mädchen nahm sich meiner an und führte mich zu einem der Becken, um mir die Haare zu waschen. Leider Gottes sind meine Haare dünn, und wenn sie gerade gewaschen sind, sehe ich beklagenswert kahl aus. Deswegen würde ich kaum je aus eigenem Antrieb zum Friseur gehen. Aber das Mädchen war sehr rücksichtsvoll, wickelte ein Handtuch um das unerquickliche

Gewirr, das an Seetang auf einem Felsen erinnerte, und brachte mich zu Gerard.

»Mrs Bere«, sagte er, als spräche allein der Name Bände und als brauche er nicht mehr zu sagen. Aber was er damit bezweckte, was er damit andeuten wollte, weiß ich nicht. Mit einer gewissen groben Gewandtheit löste er das Handtuch und ließ es zu Boden fallen. Er befühlte meine armseligen Locken und zog wieder und wieder seine Finger hindurch, bis meine Kopfhaut zu schmerzen begann. Unterdessen hatte sich Mrs Wolohan hinter ihn gestellt und betrachtete nicht mich, sondern mein Spiegelbild.

»Mrs Bere hätte gern, dass Sie ihrer Frisur aufhelfen.«

»Selbstverständlich.«

»Etwas, das sie aufmuntert. Trauen Sie sich das zu, Gerard?«

»Ja«, antwortete Gerard mit unerwartet trauriger Stimme. »Ja.«

»Glauben Sie, Sie sollten etwas Farbe hineinbringen?«, fragte sie.

»Oh, Mrs Wolohan, Mrs Bere lässt nicht zu, dass ich ihr die Haare färbe. Ich habe versucht, sie zu überreden. Aber sie sagt, was sagen Sie immer, Mrs Bere?«

»Ich bin mit Weiß zufrieden.«

»Sehen Sie«, sagte Gerard.

»Nun, ich will nicht versuchen, sie zu beeinflussen. Sie weiß selbst, was sie will.«

»Was mir gefällt«, sagte Gerard, »ist ihr Knochenbau. Sie haben einen so schön geformten Schädel, Mrs Bere. Ich könnte Ihnen den Kopf kahl rasieren, und Sie würden immer noch gut aussehen.«

»Trotzdem«, sagte Mrs Wolohan in ihrem vernünftigsten Tonfall. »Rasieren Sie ihr den Kopf lieber nicht.«

»In Manhattan ist das jetzt sehr modern.«

»Trotzdem.«

»Selbstverständlich«, sagte Gerard.

Während er arbeitete, blieb Mrs Wolohan an meiner Seite. Sie schien tiefer und tiefer in einen Tagtraum zu versinken. Ohne sich dessen bewusst zu sein, hob sie irgendwann die Hand und ließ sie auf meiner rechten Schulter ruhen. Lange stand sie so da. Sie war Gerard im Weg, aber es gelang ihm, um sie herumzuarbeiten. Wer konnte sagen, was ihr durch den Kopf ging? Ich habe oft gedacht, dass es vieles gibt, worüber sie nachgrübeln könnte, wenn sie es darauf anlegte. Falls sie es nicht einfach ausblendet. Vielleicht ist ihr Sinn für das Köstliche Teil dieses Bemühens, nicht bei schrecklichen Dingen zu verweilen. Weiterzumachen. Schließlich stieß sie einen tiefen Seufzer aus, tätschelte meine Schulter und ließ ihre Hand wieder herabgleiten.

Dann fuhr sie mich nach Hause. Ich war, soweit das in Gerards Möglichkeiten lag, sorgfältig frisiert. Unter Aufbietung all seines Könnens. Ich schwieg, weil auch Mrs Wolohan schwieg. Wie lange ich sie nun schon kannte, dachte ich. Ich könnte die Maus hinter der Scheuerleiste sein, die imstande wäre, Mrs Wolohans ganze Lebensgeschichte zu erzählen, aber aus der Perspektive einer Maus. Ihren wahren Schrecken und Kummer kann ich nicht wirklich ermessen. Wie ihr immer wieder aufs Neue das Herz aus dem Leib gerissen wurde. Aber dass sie ihr Leben siegreich bestritten hat, das kann ich bezeugen.

Sie hatte eine alte Frau dazu gebracht, sich die Haare richten zu lassen. Eine hoffnungslos alte Frau. Die mit Sicherheit noch immer lächerlich und greisenhaft wirkte, allerdings auch aufgeheitert, genau wie Mrs Wolohan vorausgesehen hatte. Ein wenig.

Telling his beads, o'er and o'er. Das ist ein altes Gedicht oder eine Ballade, ich habe vergessen, welches von beiden.

Auch wenn mein armer Kopf ein tiefer Sumpf ist, an einige Dinge scheine ich mich recht gut erinnern zu können, doch würde es mich in Angst und Schrecken versetzen, alles datieren zu müssen. Gott sei Dank bin ich dazu nicht verpflichtet. Denn ich sitze ja nur einfach hier und erzähle mir selbst meine Geschichte, so fühlt es sich jedenfalls an – alte Angelegenheiten, die durch die Finger meiner Erinnerung gleiten wie die alten Perlen eines Familienrosenkranzes, die, von lebenslangen Gebeten glatt poliert, weitergereicht werden und zweifellos, indem sie von einem Geschöpf zum nächsten wandern, allmählich immer kleiner und zarter werden. Als wir noch Kinder waren, überkam meinen Vater mitunter das große Verlangen, den Rosenkranz zu beten, und dann sanken wir einige Wochen lang jeden Abend auf unsere dürren Knie. Daraufhin legte sich seine Inbrunst wieder für lange Zeit. Was diese ungeheuren Anfälle von Frömmigkeit, an denen wir teilhaben mussten, auslöste, wusste ich damals nicht und weiß es bis heute nicht. Vielleicht die gewöhnlichen Leidensstationen im Leben eines Mannes.

Nicht mein Vater, nicht meine Mutter, ich bin es, Herr, der des Gebets bedürftig ist.

Aber es gab einen kuriosen Umstand, der mir hilft, wenigstens das Jahr meiner Hochzeit im Gedächtnis zu behalten. Man sollte meinen, der Mensch wäre ohnehin geneigt, sich an ein so bedeutendes Ereignis zu erinnern, ob er es nun später lieber vergessen möchte oder nicht. Aber ich war *gezwungen,* mich daran zu erinnern, denn in Oklahoma und anderen Gegenden war es das Jahr des großen Leidens. Falls dieses Land eine Ehe zwischen Hoffen und Leiden war, dann hatte sich einer der Ehepartner auf mysteriöse Weise davongemacht. Oder es hatte ein großes Feuer gegeben, bei dem die Hoffnung verbrannt war, und das Leiden sich als unzerstörbar erwiesen hatte.

Oh, wie leicht bin ich doch über das Schicksal von Cassie Blake hinweggeglitten. Wie leicht, wenn auch ohne es zu merken. Jetzt aber will ich es aufschreiben.

Zwei Jahre lang machte mir Joe Kinderman, wie er es nannte, »den Hof«. Ich glaube, er sah es als eine Notwendigkeit an – vielleicht eine der sonderbaren Lehren, die seine Mutter ihm mitgegeben hatte. Nicht, dass er je von ihr sprach, oder genauer, er sprach zwar von ihr, aber das waren eher vage Bemerkungen, hin und wieder aber sagte er etwas über sie, das sich nach einer völlig anderen Frau anhörte.

Die einzige ausführliche Geschichte vertraute er mir an, als wir eines Abends durch die herrlichen Hochsommerdüfte des Parks nahe dem Haus der Bellows gingen. Die Tore waren längst geschlossen worden, der Pförtner schwang seine durchdringende Glocke, aber Joe, auch wenn er Polizist war, dachte sich nichts dabei, über das Geländer zu klettern und mir anschließend hinüberzuhelfen. Da waren wir nun, ungestört wie die Füchse, und schlenderten unter den tief hängenden Ästen entlang. Die Luft kühlte nach der langen Ofenhitze des Tages ab, alles Grün stieß einen Seufzer der Erleichterung aus, die Vögel Ohios schossen durch Hecken und Unterholz, die rücksichtslosen Geschwader der Abendfliegen versuchten, sich an uns zu heften. Und der Mond brannte sanft in seiner eigenen Feuerschale.

»Weißt du, Lilly, mein Urgroßvater hat in einer Kapelle unten im Süden von Ohio gespielt. Ich rede von der Zeit um 1860, vielleicht sogar früher. Gerade wurde dieser riesige Tunnel gebaut, eine ganze Meile lang, für einen Kanal, der mit dem Ohio-Kanal verbunden werden sollte. Er sollte der gesamten Region Glück und Wohlstand bringen. Dann kam der große Tag der Tunneleröffnung, und mein Urgroßvater, Jürgen Neetebom hieß er, wurde in das erste staatliche Schiff gesetzt, das durch den Tunnel fuhr. Und sie spielten diese mächtige Melodie, lauter und lauter, mit Posaunen, Oboen und großen Trommeln, und bei Gott, dadurch löste sich ein Stein in der Tunneldecke, er krachte herunter und versperrte die Durchfahrt. Männer mit Hämmern und Hacken und dergleichen sprangen herbei, um den Felsbrocken aufzubrechen. Nun war es aber so, dass Jürgen, der damals in der Ortschaft lebte, die vor ihnen lag, an diesem Nachmittag dort heiraten sollte. Und zwar sollte er meine Urgroßmutter heiraten, deren Name Hetty war. Und es dauerte irrsinnig lange, den Felsbrocken zu zertrümmern. Da rief er schließlich: ›Ich hab keine Zeit mehr, Jungs‹, und sprang samt Uniform ins Wasser, schwamm bis zum anderen Ende und kam völlig verschmutzt und durchnässt in der Kirche an, wo er seine Hetty heiratete. Und das war der Vater der Mutter meiner Mutter, eine Art Holländer, soviel ich weiß.«

Die ganze Zeit über strich die Luft wie eine schattenhafte Menschenmenge durch die Bäume, lauschte und lauschte.

»Die Legende um Jürgen Neetebom besagte, dass er als greiser Mann in seinen Neunzigern auf einer der Kanalbrücken stand, wohin er gerne ging, um über etwas nachzusinnen, und dort von der ersten Welle der großen Ohio-Flut mitgerissen wurde. Sie ergoss sich durch das Kanalsystem, sprengte unterwegs alle Schleusentore, zerstörte alles, setzte Dayton in Brand und tötete zehntausend Seelen. Ganze Städte verschwanden. So hat das Wasser ihn am Ende doch noch eingeholt. Obwohl manche sagen, er wäre als viel jüngerer Mann in Texas als Pferdedieb aufgeknüpft worden. Du kannst es dir aussuchen.«

»Dann stammt deine Familie also aus Ohio, wenn auch von etwas weiter südlich?«, fragte ich leise.

»Nein, das glaube ich nicht.«

Amerika, Amerika, flüsterten die Hornsträucher, deren papierne Blätter sich in der Dunkelheit zusammenballten.

»Das ist eine schöne Geschichte, abgesehen vom Schluss«, sagte ich.

»Findest du?«, fragte er.

»Ja«, sagte ich. »Romantisch.«

»Romantisch«, sagte er, »schon möglich. Ich nehme an, es war harte Arbeit, seine Uniform wiederherzurichten, durchweicht wie sie war.«

»Vermutlich«, sagte ich.

Was Menschen so sagen, wenn ihnen fast jedes Wort Genuss bereitet, weil das Wort, irgendein Wort, in Wirklichkeit zu sagen scheint: *Ich kann mir nichts Schöneres auf der Welt vorstellen, als einfach so herumzulaufen und Unsinn zu reden.*

Ich konnte also nicht ganz ergründen, aus welchem Landesteil er kam, aber ich war ja dankbar, wenn solche Dinge im Ungewissen blieben. Ich drang nicht in ihn. Einmal erzählte er mir auch, er sei Jude, aber ich muss bekennen, dass er nicht beschnitten war, das immerhin konnte ich aufgrund meiner Beziehung zu ihm beurteilen.

»Joe«, sagte ich, als ich es sah, und dachte, ich könnte das Thema ansprechen. Aber dann ließ ich es bleiben, aus mancherlei Gründen, nicht zuletzt, weil ich ihn nicht in Verlegenheit bringen wollte. Blindheit ist ein schlimmes Leiden, außer bei Liebenden.

Liebende. Wenn ich an Mr Bellow mit seinem niedrigen Wuchs und seinem gnadenlos geschorenen und dadurch noch schmaler wirkenden Schädel denke, daran, wie er Cassie bedrängt, ist das kein Wort, das mir in den Sinn kommen würde.

Er war, sicher ohne groß darüber nachzudenken, der Auffassung, dass sie ihm in jeder Hinsicht zur Verfügung stand. Davon bin ich überzeugt. Ich denke an all die gepeinigten Dienstmädchen und Hausangestellten Amerikas, die sich unter dem Ansturm ihrer Herren niederlegten, was, wenn es nicht immer im Verborgenen geschehen wäre, wie die Karte einer großen und grausamen Schlacht ausgesehen hätte. Es war einmal in Amerika. Jedenfalls hoffe ich, jedenfalls bete ich, dass es der Vergangenheit angehört.

Mr Bellow ließ Cassie einfach nicht in Ruhe, auch wenn sie »auf dem Geflügelmarkt«, wie sie es nannte, kein junges Küken mehr war.

»Er wird mich bald satthaben«, sagte sie einmal, als ich sie beschwor, es Mrs Bellow zu melden. »Du wirst schon sehen.« Doch dazu kam es nie. Beinahe hätte ich gesagt, dass ich es ihm nicht verübeln kann. Aber ich verübele es ihm, und zwar sehr.

Ich mache mir Vorwürfe. Ich hätte mehr tun, mehr sagen sollen. Wie wäre Cassies Geschichte dann verlaufen? Vielleicht wären wir heute Nachbarinnen, vielleicht hätte sie ein Haus drüben am Sag Turnpike, wir könnten auf meiner Veranda sitzen und uns den Mund fusselig reden.

Aber. Aber am Ende ihrer wirklichen Geschichte hatte er sie geschwängert, und das konnte Cassie nicht verkraften.

Ich machte lauter einfältige Pläne. Ich sagte, sie könnte fortgehen mit Joe und mir, wir wären eine Art Familie, das Kind könnte zwischen unseren Füßen herumwuseln, und wir wären glücklich.

Sie konnte den Gedanken nicht ertragen, dieses Kind in sich zu haben. Sie war eine außerordentliche Frau und glaubte zu wissen, was sie zu tun hatte.

Sie ging hinunter zum Eriesee und schwamm hinaus in die sagenhafte Kälte.

Als sie hinausschwamm, glitzerten die Wellen um sie her, und die Sonne hüllte ihren schönen Rücken in anbetungsvolles Licht. So stelle ich es mir vor. Ich las die Notiz, die sie in unserem Schlafzimmer hinterlassen hatte, und raste mit der Straßenbahn zum See, um nach ihr zu suchen, doch es war nichts zu sehen, nur die unendlichen Nadelstiche aus Licht auf dem Wasser.

Cassie musste eine Woche lang am Grund des Sees entlanggeschrammt sein, ehe sie nach oben getrieben wurde, und es war ein Wunder, dass man sie überhaupt fand, aber sie wurde an dem kleinen Badestrand angespült, den wir häufig besucht hatten, und ich und ihr Vater Catus Blake begruben sie. Er hatte kein Geld, aber er fand einen Platz für sie in der Armenabteilung des Friedhofs am Seeufer, wo ein freundlicher Pfarrer seinen Beteuerungen Glauben schenkte, dass sie Katholikin sei, was sie war, und nicht Baptistin, wie man hätte annehmen können. Dennoch war der Pfarrer erleichtert, dass der Sarg, den wir für sie ausgesucht hatten, nicht offen sein würde, denn es machte ihm mächtig zu schaffen, zwischen all den anderen, die überwiegend irischer Herkunft waren, eine Schwarze zu bestatten. Die Grabmarkierungen waren aus Holz und meist vermodert. Und viele der Gräber waren bloße Lehmhaufen.

Man ließ sie in die stahlkalte Erde gleiten.

Als seine Tochter vor ihm hinabgesenkt wurde, starrte Catus Blake fassungslos auf den Rand des Grabes. Sein Gesicht war der reinste Schmerz, wie das eines gramgebeugten Heiligen. Ich wusste, dass er seine Panflöte in die Brusttasche gesteckt hatte, doch am Ende zog er sie nicht heraus. Sie formte dort eine kleine Beule, hob und senkte sich mit seinem Herzschlag, wie ein zweites Herz.

So sank sie hinab, die Totengräber, in ihrer selbst für Totengräber erstaunlich schmutzigen Kleidung, ließen sie langsam hinuntergleiten. Einer von ihnen hatte eine Zigarette im Mundwinkel hängen. Seltsamerweise fiel mir die Marke auf: Parliament.

Eine Göttin unter den Iren. So hatte ich also keine Freundin mehr. Ich weinte und weinte. Weinte sieben Tage lang.

Mr Bellow lief mit betretener Miene herum. Doch tiefes Schweigen legte sich auf seine schwere Sünde. Das Schicksal sagte nicht einmal Buh zu ihm. Er musste nie dafür zahlen, es sei denn, sein Streichhölzchen von einer Seele brannte, verbrannte zu Asche.

So hatte Mrs Bellow schließlich weder sie noch mich. Ich weiß nicht, ob ich sagen könnte, was sie überhaupt noch hatte. Ich überließ sie ihrem Schicksal, worin es auch bestand, und beschloss, falls ich darüber je im Zweifel gewesen war, Joes Frau zu werden.

Wir heirateten in der irischen Kirche in Cleveland, Joes Trauzeuge war Mike Scopello, sein bester Kumpel bei der Polizei. Der Priester sagte, er könne mich viel schneller mit einem Mann verheiraten, der nicht wisse, wer er sei, als mit einem, der es wisse, und diesen Anforderungen genügte Joe vollauf. Anschließend fuhr Joe mit mir nach New York, wo wir eine ganze Woche verbrachten und uns an unseren neuen Stand gewöhnen konnten. So war ich denn Mrs Kinderman, die Frau von Joe, der Jude sein mochte, aber dann doch wieder nicht, und Katholik hätte sein können, nur dass er's nicht war.

Als Joe sich am ersten Morgen in unserem kleinen Hotel rasierte, hörte ich ihn ein Vagabundenliedchen namens »Canaan« singen. Jedenfalls behauptete er, es sei ein Vagabunden- oder Landstreicherlied, denn er hatte es, wie er sagte, zu Anfang seiner Zeit in Cleveland gehört, als er selbst vom Glück verlassen war. Das war die erste glaubwürdige Information über seine Vergangenheit, die ich von ihm gehört hatte.

Damals ging es mit ganz Amerika bergab, es sei denn, man zählte kraft eines wundersamen Zufalls zu den feinen Pinkeln. Doch Joe würde seine Stelle gewiss behalten.

»Manchmal ist es Teufelswerk, manchmal vielleicht sogar Gotteswerk, aber es sorgt dafür, dass Fleisch auf den Tisch kommt, Lilly.«

Da saß er nun mit seinen überraschend guten Tischmanieren in einem New Yorker Steakhouse und langte herzhaft zu.

Abgesehen von seiner unverändert aschfarbenen Haut hatte Joe, was sein Aussehen betraf, keine Probleme. Er war hochgewachsen, wie es sich für einen Polizisten gehörte, hatte lange, geschmeidige Gliedmaßen und gute Zähne. Ich hätte meinem Vater so gern einen Brief geschrieben und ihm alles berichtet, aber der hätte natürlich postlagernd an seine himmlische Adresse gehen müssen. Ich war in größter Versuchung, Annie in Kenntnis zu setzen. Ich wusste, Maud war verheiratet, warum also sollte ich mich dem Fest der Neuigkeiten nicht zugesellen? Aber nein, ich wusste, es durfte nicht sein, jedenfalls nicht für den Augenblick. Der Mann im Dunkeln ließ mich innehalten. Dann fragte ich mich, ob er mich wohl für immer begleiten würde. War er eine Art heimlicher Ehemann, der ständig in meiner Nähe umherschlich oder Neuigkeiten über mich herausfand und im Begriff war, sich seine Beute zu holen? An jenem Tag hätte er mich erschießen können, und niemand wäre in der Lage gewesen, es zu verhindern. Aber er hatte es nicht getan. Durch die große Glasscheibe blickte ich hinaus auf die Flut von Menschen und Autos. Eine Million Lichter in allen erdenklichen Formen und Farben wirbelten und fluteten mit ihnen einher, als wären es alle Seelen auf Erden seit Anbeginn der Zeit. Und noch immer der seltsame Staubgeruch Amerikas. Ich war nie amerikanisch genug geworden, um ihn nicht mehr wahrzunehmen. Dadurch bin ich eine Fremde geblieben, eine Reisende, die in die Stätten ihrer Reisen verliebt ist. Und der junge Joe, der Pläne für uns schmiedete und das Essen verzehrte, als sei es ein Fleck auf dem weißen Teller, der systematisch, Schnitt für Schnitt, entfernt werden müsse. Systematischer Joe.

Dann gingen wir zurück ins Hotel und nahmen das große Bett in Beschlag. Zwischen den leinenen Laken waren wir nicht übermäßig sittsam. Wir genossen es, einander nackt zu begegnen. Mein verborgenes Ich traf auf sein verborgenes Ich. Sie reichten einander die Hände. Sie hielten sich nicht länger zurück. Eine Stunde lang küsste er meinen Mund. Eine weitere Stunde lang küsste er meine Beine. Meinem linken Ohr widmete er fünfzehn Minuten. Es war wie eine lange Zugfahrt, und ich war die Landschaft, mit allerlei Bahnhöfen. Wie kommt es, dass der menschliche Körper dazu geschaffen ist, in einem Bett mit weißem Leinen zu versinken, so wie ich in New York City, ja dass in allen Städten der Welt Paare in ebensolchen Betten einander unter die Haut zu schlüpfen versuchen? Was für ein sonderbares, herrliches Geschöpf das ergibt!

Ich bin froh und dankbar, dass ich in meinem Leben seine Liebe erfahren habe. Er musste nicht von irgendwoher stammen, damit ich ihn liebte. Er musste keine Geschichte und keine Vergangenheit haben. Er musste nur der Joe sein, der er war, weder von hier noch von dort. Weder dieses noch jenes. Und auch nicht alles oder von überallher. Der verschlossene Joe. Der unerhört schöne Joe.

Der amerikanische Joe.

Ich liebte ihn.

Ich trauerte um Cassie, aber ich dachte, dieser Mann hat Cassie geliebt, er hat sie gesehen, in seinen Augäpfeln ist ihr Bild. Ich kann seine Augen küssen, denn sie haben Cassie gesehen. Damals hatte ich eine Menge närrischer Gedanken. Verliebt wie ich war.

An einem weiteren dieser kostbaren Tage gingen wir aus, um *In Old Chicago* zu sehen. Don Ameche als Ire. Überglücklich und zufrieden sahen wir im Jahr 1871 Chicago brennen.

In jener Nacht lagen wir wieder in unserem Hotelzimmer. Wir liebten uns, und diesmal benutzte Joe ein Präservativ, was mich ein klein wenig verwunderte.

Als wir am Morgen erwachten, war das Zimmer von einem seltsam rötlichen Licht erfüllt, und das Licht vor dem Fenster war noch röter und gelber und seltsamer. Ein mächtiger Wind heulte durch die Straßen der Stadt. Das ganze Zimmer, das Bett und unsere Gliedmaßen waren mit Staub bedeckt. Joes Gesicht neben mir hatte eine merkwürdig braune Farbe, als hätte sich der Staub, vermischt mit dem Schweiß der vergangenen Nacht, in seine Haut eingebrannt. Er sah aus wie einer dieser Voodootänzer, nur andersherum. Er war nahezu schwarz. Jahre später verwendete Mr Nolan, der aus den Bergen Tennessees stammte und paar irische Brocken kannte, von denen er nicht einmal wusste, dass sie irisch waren, einmal den Ausdruck *cailleachaí dóite.* Das bedeutet: alte Frauen, deren Gesichter verbrannt sind, weil sie die ganze Zeit am Torffeuer sitzen. Mr Nolan machte die weise Bemerkung, wir täten besser daran, in diesem Leben glücklich zu sein und so viel wie möglich für uns herauszuholen, denn bald würden wir alle *cailleachaí dóite* sein. *Cailleach* bedeutet eigentlich altes Weib, also gehöre ich inzwischen wohl auch dazu. Aber damals, in meiner Blütezeit, voller Liebe, als ich neben einem eigentümlich veränderten Joe aufwachte, war ich keine *cailleach,* sondern eine junge Frau, die vor Lebenslust beinahe platzte. Die Stadt New York musste sich vor mir in Acht nehmen, oder ich würde sie einfach verschlingen. In meinem Liebesüberschwang verspürte ich keine Angst mehr. Es gibt einen Trotz, der auf die Angst folgt, in gewisser Weise aber mit ihr verschwistert ist. Der eigentlich selbst Angst ist, aber anders in Erscheinung tritt. Joes Anblick, und als ich in den Spiegel sah, auch mein eigener, rief mir ins Gedächtnis, was sie wirklich war. Die Angst, die dem Leid der Welt entspringt. Und die sich darum nicht abschütteln lässt.

Den ganzen Tag über blies der Sturm seinen leidvollen Staub umher, bis er alles und jeden bedeckte. Er muss noch immer dort sein, uralt, in den Zementmischungen späterer Zeiten, in den schmalen Ritzen der Gehwege, im tiefsten Herzensgrund der Bürger. In Mr Dillingers neumodischer DNA. Der Staub jenes Tages, des Tages, an dem der gigantische Wind all den Staub aus Oklahoma zu uns trug, ihn mehr als sechshundert Meilen weit trug, bis nach New York City. Bis nach Chicago und Cleveland, das schwöre ich. Der Staub der Träume, der Farmen, des Okie-Slangs, der Wiegenlieder und Liebesversprechen, der Staub von Amerikas Blut und Spucke. Das alles brachte der Wind. *Der Herr aber war nicht im Wind.*

Die Zeit meiner Eheschließung. Kurz danach.

Dann richteten wir uns also in einem kleinen Haus im irischen Teil der Stadt ein, weshalb ich mich dauernd genötigt fühlte, Abstand zu meinen Nachbarn zu halten. Es machte mich nervös, von all den irischen Namen umgeben zu sein, aber die meisten dieser Familien waren schon seit zwei oder drei Generationen in Amerika. Sie wussten nicht viel über mein Irland. Nicht, dass *ich* damals oder heute viel über Irland gewusst hätte. Ich kann es mir nicht vorstellen. Es ist wie ein riesiger Friedhof, auf dem mein Vater und meine Schwestern begraben sind. Mit den Jahren hat sich in meinem Kopf eine Leere ausgebreitet. Irgendjemand hat die alten Kulissen ausgemalt. Alles mit Weiß überstrichen. Willie ist natürlich in der Picardie.

Joe war gern verheiratet. Eines Morgens trug er mir auf, um sechs Uhr abends, wenn er nach Hause käme, unbedingt auf dem Gehsteig zu stehen. In Erwartung eines besonderen Ereignisses stand ich dort brav in meinem besten Kleid. Es war ein windiger Tag, und es war ein eigenartiges Gefühl, dort draußen zu stehen, die heimliche Welt unseres Hauses im Rücken. Die kleine braune Küche, die nur ein schmales Fenster zum Hof des Nachbarn hin hatte, unsere Wohnstube von der Größe eines Katzenklos und die enge Stiege zu unserem Schlafzimmer oder zum »Ring«, wie Joe es getauft hatte, wo unsere »Ringkämpfe für Cuyahoga County« stattfanden.

Jedenfalls kam durch die Staubböen jenes Abends, also muss es da wohl Sommer gewesen sein, ein großes brandneues Automobil angefahren, mit riesigen Weißwandreifen, die man heutzutage gar nicht mehr sieht. Mrs Wolohans Wagen ist winzig dagegen. Ich weiß nicht, wie sie es geschafft haben, je diese Reifen abzumontieren. Das Auto hatte gewaltige chromglänzende Scheinwerfer, und ich fand es ungeheuer aufregend, Joe hinter dem Lenkrad sitzen zu sehen. Er musste seine Zivilkleidung mit zur Arbeit genommen haben, denn er trug seinen Kirchenanzug und den weißen Hut mit dem breiten schwarzen Stoffband. Seinen »Gangsterhut«, nannte er ihn, und tatsächlich hatte er ihn von einem italienischen Gentleman, den er kannte, geschenkt bekommen.

»Das ist ein Schlitten, was, Lilly? Steig ein, Lilly, lass uns eine Runde drehen.«

Wir fuhren am Flussufer entlang und wieder in die Stadt, sausten über die Woodland Avenue, wo wir im Vorbeifahren die seltsamen Schlösser des Luna Parks grüßten, dann hinaus zu den Shaker Heights, mit bald schnurrendem, bald dröhnendem Motor vorbei an dem Abzweig zu Mrs Bellows Haus, das ich so gut kannte. Doch mit alledem hatten wir abgeschlossen, unsere Gesichter waren der Zukunft zugewandt.

»Die Vergangenheit ist ein weinendes Kind, das steht mal fest«, sagte Joe. »Aber demnächst kommt alles wieder ins Lot, und ob.«

Joe machte gern solche rätselhaften Aussagen. Es heiterte ihn auf.

Elfter Tag ohne Bill

Ich erinnere mich noch genau an den Besuch von Mike Scopello, Joes Partner. Wir waren seit etwa drei Jahren verheiratet. Im Polizeidezernat von Cleveland hatte ein neuer Mann begonnen, gründlich aufzuräumen. In Cleveland war zu viel Geld im Umlauf gewesen, und Joe sagte, viele Polizeibeamte und Kriminalkommissare ließen sich von den Italienern schmieren. Mike war Italiener, dazu noch Sizilianer, allerdings vom nordöstlichen Teil der Insel. Als er zum ersten Mal bei uns zu Abend aß, verblüffte ich ihn mit »dem besten Fischgericht«, das er je gegessen habe, und er zeigte mir ein abgegriffenes, aber sorgsam gehegtes Foto, das nicht nur seine ihm eigentlich unbekannten Großeltern zeigte, sondern auch den alten Bauernhof, den seine Familie seit hunderten von Jahren bewirtschaftet hatte.

»Ich weiß nicht, Lilly«, sagte er. »Vielleicht ist er inzwischen eine Ruine. Gehört hab ich, dass er noch steht.«

Mike hatte für Mussolini nicht viel übrig, doch die anderen Italiener beteten ihn an. Wenn wir durch Little Italy fuhren, konnten wir Fahnen mit dem Gesicht des großen Mannes sehen. Man hoffte sogar, Mussolini werde nach Amerika kommen. Er würde Italien wieder zu dem machen, was es während der Römerzeit gewesen war, sagten die Leute. Jedesfalls waren sie stolz auf ihren fernen Führer.

»Der alte Hof wird wohl trotzdem zur Ruine werden, mit oder ohne Signor Mussolini«, sagte Mike. Nein, er mochte ihn nicht. »Mir schmeckt dieser ganze Zirkus nicht«, sagte er. Aber der Fisch schmeckte ihm durchaus.

Auch Joe mochte er sehr. Zweimal waren sie in Schießereien mit Erpresserbanden verwickelt. Joe sagte, die würden sich ständig neue, raffinierte Methoden einfallen lassen, um das Gesetz zu brechen. All die alten Schwarzbrenner, all die Familien, die vom Handel mit Maiszucker gelebt hatten, all die Jungs, die dank der Einnahmen aus diesem Handel nicht barfuß zur Schule gehen mussten und die jetzt junge Männer waren, die darauf brannten, ihr Glück zu machen.

»Als würde man versuchen, Fledermäuse aus dem Gebälk zu vertreiben«, sagte Joe, als er in der Abendröte jener ersten Sommernacht saß. Unser kleines Haus hatte einen Blick auf den See, zumindest andeutungsweise. Man musste sich den Hals verrenken, und selbst dann sah man nur Fabriken und Landungsstege, aber trotzdem, das Wasser war da. Der See besaß ein ganz eigenes Aroma, das aus hundert Zutaten bestand, die der Gott des Sees zusammengerührt hatte. Der Geruch hatte etwas unerhört Wohltuendes an sich. Es gefiel mir nicht, mich davon entfernen zu müssen; mitunter fuhren wir in nördlicher Richtung am Seeufer entlang, wo es Ausflugsorte, Restaurants und dergleichen gab, und daran war nichts auszusetzen, aber ich mochte es nicht, wenn Joe den großen Schlitten landeinwärts lenkte. Er liebte Städte und wollte sich Toledo, vielleicht sogar Chicago ansehen, in mir aber sträubte sich alles dagegen, wieder entlang der glänzenden Bahngleise zurückzufahren.

Ich hatte Joe so viel über mich erzählt, wie ich riskieren konnte. Zuletzt sprach ich auch über Tadg, sagte ihm aber nicht, dass ich dabei gewesen war, und betete zum lieben Gott, Joe möge keine Nachforschungen anstellen. So viel Wahrheit glaubte ich ihm schuldig zu sein. Nicht, dass ich für meine Mühe allzu viel Wahrheit zurückerhielt, aber vielleicht war es ja auch nicht unbedingt Wahrheit, was mich mit Joe verband.

»Deine Geschichte«, sagte er, als er mit nacktem Oberkörper und nur mit einer gestreiften Pyjamahose bekleidet auf dem Bett lag, für das seine Beine zu lang waren. Zwischen den Fingern seiner großen rechten Hand hielt er eine Zigarette, die er hingebungsvoll rauchte. Er liebte seinen Tabak. »Deine

Geschichte da, über deinen irischen Freund, erinnert mich an etwas. Mike würde dir die Geschichte besser erzählen, aber Mike ist ja nicht hier… Da war mal diese kleine Italienerin aus dem Süden Siziliens, sehr jung und sehr hübsch, wie viele Italienerinnen nun mal sind, mit langem rabenschwarzem Haar, jedenfalls wurde sie draußen am Lakeshore Drive ermordet aufgefunden, von Patronen und Schrotkugeln durchsiebt. Das ist vielleicht fünf oder sechs Jahre her. Stellt sich raus, ihre Brüder haben sie umgebracht. Die hatten alle gleichzeitig geschossen, um alle denselben Anteil an der Bluttat zu haben. Anscheinend fünf Jungs. Hab sie nie gesehen. Bevor jemand wie ich denen auf die Schliche kommen konnte, waren sie längst wieder auf einem Schiff nach Italien. Aber diesen Informanten, diesen kleinen Spitzel«, und er nahm einen tiefen Zug aus seiner Zigarette, sodass sie vor Hitze aufzischte, und blies den Rauch dann langsam durch seine Zähne, »ja, diesen Kerl, den knöpf ich mir also vor, und der erzählt mir, was hinter der Geschichte steckt. Sie ist in Sizilien aufgewachsen und wollte was aus ihrem Leben machen. Ihre Brüder haben einen Mann für sie ausgesucht. Also stiehlt sie sich aufs Schiff und landet schließlich in Cleveland. Dem übelsten Ort in Amerika, wo sie hätte landen können. Überall Italiener. Ihre Familie findet im Nu raus, wo sie sich aufhält. Die Brüder werden rübergeschickt. Sie bringen sie um. Die eigene Schwester.«

Dann sagte Joe lange Zeit gar nichts, bis er seine Zigarette bis zur letzten Papierrille aufgeraucht hatte.

»Mike ist anders. Er ist ein guter Kerl.«

Er lag da und tippte mit dem linken Fuß gegen den Messingrahmen.

»Irgendwie erinnert mich deine Geschichte daran.«

»Sie ist ein bisschen ähnlich«, erwiderte ich, aber in etwas nervösem Ton. Ich wollte nicht länger darüber reden. Ich wollte nicht, dass Joe einen Schatten geheiratet hatte, auch wenn er selbst ein Schatten war. Aber diese Geschichten, meine Geschichte und die des armen Mädchens, machten mir solche Angst.

Wie auch immer, Mike war anders, er trauerte lediglich um das alte Haus und zog über Mussolini her. Ich war jedenfalls froh, dass ich für ihn den Fisch gekocht hatte, auch wenn ich gar nicht wissen konnte, dass sein Dorf am Meer lag. Er trug das Foto von dem Haus wie ein Heiligenbildchen mit sich herum. Am Ende des Grundstücks waren lange schwarze Felsen zu sehen, die bis ins Wasser reichten. Mir war fast, als könnte ich es hören, und ich fragte mich, wie das Wasser wohl roch. Was für einen Duft der Gott dieses Wassers wohl zusammengerührt hatte.

Ein paar Jahre später, als ich Mike schon ganz gut kannte, besuchte er mich also, aber ohne Joe, und mitten am Nachmittag. Ich war gerade vom Einkaufen zurück und brühte Kartoffeln ab, die ich Joe zum Abendessen braten wollte, zusammen mit dem zartesten Steak, das sich mit der Lohntüte eines Polizisten bezahlen ließ. Gewöhnlich wollte Mike Scopello immer wissen, was es zu essen gab, aber nicht an diesem Tag. Er entledigte sich einiger Sachen, schnallte sogar sein Schulterhalfter ab und legte Halfter und Pistole auf den Küchentisch, denn der gute Mike hatte eine ziemliche Wampe und fand es unbequem, mit einer Schusswaffe dazusitzen, die sich in seine Bauchfalten graben würde.

»Wir stellen gerade ein paar Ermittlungen an«, sagte er. »Eine reine Routineangelegenheit. Ich wollte dir ein paar Fragen stellen.«

»Worum geht's denn?«, fragte ich. Zurückgezogen, wie ich dort lebte, glaubte ich nicht, über irgendetwas Auskunft geben zu können, war aber bereit, ihm zu helfen.

»Es geht um Joes Automobil, diesen tollen Schlitten…«

»Zu Joe beantworte ich keine Fragen«, sagte ich nach einem Augenblick und hob dabei eine Hand, die zufällig gerade einen fetttriefenden Pfannenwender hielt. Das Öl spritzte auf meinen

Handrücken und verbrannte ihn leicht. Mike sprang auf, griff nach einem Lappen und hielt ihn unter kaltes Wasser.

»Alles in Ordnung?«, fragte er. »Hast du dich verbrannt, Lilly?«

»Nein, es geht schon.«

»Na dann«, sagte er und setzte sich wieder, doch ich sah, dass er jetzt wachsam war und leicht verändert, als überlege er, wie er seine Fragen so formulieren könnte, dass sie akzeptabel waren.

»Ich liebe Joe«, sagte ich nach kurzem Schweigen.

»Natürlich«, sagte er. »Ich liebe ihn doch auch. Ich muss dir nur ein paar Fragen stellen. Reine Routine. Wir haben diese neuen Anweisungen. Allem muss nachgegangen werden. In den letzten drei Jahren sind wir dreiundvierzig Beamte losgeworden. Dreiundvierzig. Jetzt sind wir eine saubere Truppe. Ich möchte dir nur ein paar Fragen stellen.«

»Ich werde aber keine Fragen zu Joe beantworten.«

»Ich sag doch gar nicht, dass er was ausgefressen hat, ich will nur was aufklären.«

»Wenn Joe nach Hause kommt, antworte ich dir gern.«

»Hätte wenig Zweck, dich zu befragen, wenn Joe hier ist. Ehrlich gesagt, ich will Joe nicht beunruhigen. Er ist mein Partner. Er hat mir schon oft aus der Patsche geholfen, sehr oft. In der Stadt geht's manchmal ziemlich übel zu. Dauernd gibt es Leute, die andere Leute umbringen wollen. Joe hält mir immer den Rücken frei. Er ist der zuverlässigste Partner im ganzen Dezernat, das sagen alle. Einige von den Jungs haben Geld genommen, viel Geld, Joe nie. Es geht nicht um Geld.«

»Na schön«, sagte ich. »Worum geht es dann?«

»Dieses Auto, fährt er nachts manchmal damit rum? Ich meine, Männer tun doch so was. Um Dampf abzulassen. Ich seh sie ständig, kurven einfach nur rum. Ich meine nicht mal, dass er den Straßenstrich abfährt, so was nicht. Vielleicht fährt er nur einfach so rum? Nachts manchmal?«

Nun, ich wusste, dass Joe das manchmal tat, nicht oft, nur hin und wieder. Er nannte es »Umwege fahren«.

»Das fragst du Joe besser selbst«, sagte ich. »Es müsste schon fast sechs sein. Er wird bald nach Hause kommen.«

»Reden wir ein andermal darüber«, sagte Mike, stand auf und klaubte sein Zeug zusammen. Geübt schlang er das Halfter um die Schulter und schob die stumpf aussehende Waffe hinein.

»Das glaube ich nicht«, sagte ich.

»Bis bald, Lilly. Ich würde es begrüßen, wenn du diesen Besuch Joe gegenüber nicht erwähnen würdest. Ganz ehrlich. Es hat nichts zu bedeuten, und ich möchte nicht, dass er sich Sorgen macht.«

»Du musst offen mit ihm reden, Auge in Auge, von Mann zu Mann.«

»So funktioniert das nicht. Also dann, bis demnächst.«

Und er ging hinaus, die Oberschenkel seiner stämmigen Beine scheuerten aneinander.

Von da an behielt ich Joe im Auge, nur ein wenig, aber ich konnte nicht anders. Der Besuch hatte unsere Grundfesten erschüttert, ein paar Steine aus dem Fundament gelöst. »Da fängt der Ärger an«, sagte Mr Nolan immer, wenn er etwa zu einer leicht abgesackten Regenrinne hinaufstarrte und kurz danach mit seiner Leiter und seiner Trickkiste zurückkehrte. Aber wir hatten keinen Handwerker, der sich um uns kümmerte. Der himmlische Handwerker neigt dazu, das Haus einstürzen zu lassen.

Und so behielt ich ihn am nächsten Morgen im Auge, als er in dem kleinen Badezimmer seine Waschungen verrichtete, Gesicht und Hals heftig mit Wasser bespritzte, dabei lebhaft vor sich hinträllerte und *Little birdie, little birdie* sang... Das Rasieren bereitete ihm immer ziemliche Schmerzen, denn seine Haut war empfindlich, es bildeten sich leicht rote Flecken und kleine, kaum wahrnehmbare Striemen, sodass er, während er vielleicht gerade eine Zeile des Liedes »Little Birdie« sang, kurz aufjaulte, anschließend mit *What makes you fly so high?* fortfuhr und dabei tapfer weiterschabte. Es braucht einen gewissen Mut, wenn sich so ein Mann jeden Morgen aufs Neue rasieren muss. Dann trug er immer seine Salbe auf, deren Besonderheiten ich nicht kannte, aber auf der kleinen Dose stand Silver Birch Balsam, daran erinnere ich mich noch. Und mit Mörser und Stößel mixte er etwas zusammen, das er in kleinen Tütchen aus der Drogerie bezog, und was das war, wusste ich auch nicht, und er wollte es mir nicht verraten. Aber wenn er etwas Wasser hinzugab, entwickelte es einen leicht abstoßenden, beunruhigend scharfen Geruch, und wenn er es auf sein armes wundes Gesicht auftrug, hatte ich Angst, er könnte sich die Wangen verätzen. Danach spülte er sich mit großen Mengen des herrlich kühlen amerikanischen Wassers noch einmal gründlich ab und schüttelte dabei den Kopf, und währenddessen ertönte sein Liedchen – eine Zeile, Schweigen, Stöhnen. *It's because I am* – Schweigen – *a true little bird* – Schweigen – *and I do not fear to die…* Dann warf er die von mir pflichtbewusst und vortrefflich gebügelte Uniform auf das Bett, von dem aus ich ihn gerade beobachtete, ehe ich mich selbst in den Tag stürzte und ihm seine Spiegeleier und Brotscheiben briet. Der liebe Joe. Riss das ganze Ding vom Bügel und schleuderte es mit einem Anflug von Gewalttätigkeit aufs Bett. Und stieg dann in die Hosenbeine, stakste in Hose und Unterhemd umher. Ein Mann in jungen Jahren, der sich morgens ankleidet. Mein Ehemann. Mein Geliebter. Und ich liebte diesen Mann wahrhaftig.

Ich hätte ihn fragen können, was er davon hielt, dass Mike Scopello gekommen war, um mit mir zu reden, aber irgendetwas hielt mich zurück.

Es war nichts Bestimmtes. Es waren nicht die Salben oder die seltsam ätzenden Zutaten oder sein Umherstaksen oder seine männliche Schönheit. Es war nichts Bestimmtes.

Er war der Mann, der Cassie Blake beschützt hatte. Er war der Mann, den sie, abgesehen von ihrem Vater Catus, höher geschätzt hatte als jeden anderen, den sie kannte.

Dieser Mann war er.

Bis zum Ausbruch des Krieges in Europa lebten wir unbehelligt von allem, was Mike Scopello sonst noch sagen mochte. Der neuerliche Krieg brachte mir meine Erinnerungen an Willie zurück, und ich dachte an all die jungen Männer, die zu Tausenden und Abertausenden aus ihren friedlichen Betten stiegen, mit dem Wetter ihres jeweiligen Heimatortes vor den Fenstern ihrer Kindheit. Man könnte meinen, dass es immer nur ein Soldat ist, der in den Krieg zieht, ein einzelner Soldat, der einen Haushalt verlässt und sich aufmacht von dem Ort, wo er geliebt wird. Er zieht mit seinem schweren Bündel in den Krieg, aber auch mit der Bürde dieser Liebe. Nach und nach wird sie schwerer, er kann den Gedanken an daheim nicht abschütteln, so sehr er es möchte oder muss, um seine Waffe abfeuern und überleben zu können. So hat Bill es mir geschildert. Der Sog der Heimat, sagte er, habe ihn und seine Kameraden in der Wüste am meisten gequält. Verzweifelt hätten sie versucht, das Band zu durchschneiden. Mit Bier, mit Musik, mit wilden Sprüchen. Tiefe, tiefe Freundschaften wuchsen in der ungeheuren Stille des Wartens auf Schlachten, die nie zu kommen schienen, wuchsen um ihr Leid wie Narbengewebe.

Heimweh, sagte er, sei wie der Strom, der in den elektrischen Stuhl fährt. Ein Soldat sei ihm hilflos ausgeliefert.

An den Abenden ging Joe jetzt immer aus, um als Feuerwart zu arbeiten – als stünde die Ankunft deutscher Flieger und Raketen kurz bevor. Die ganze Nacht über klopfte er an Türen und ermahnte die Leute, während der Verdunkelung ihre Lichter abzuschirmen. Er sagte, die Menschen seien einfach beschränkt und brächen die Gesetze wie Christen das Brot. Mitunter kam er in den frühen Morgenstunden ganz aufgewühlt nach Hause und stampfte die schmale Treppe hinauf, ausgelaugt von der, wie er es sah, gesetzesbrecherischen Dummheit der Clevelander. In Wahrheit lag es nur daran, dass der Krieg, bevor die Familien nicht gezwungen wären, ihre Söhne hinzuschicken, in weiter Ferne zu liegen schien.

Die Italiener zogen in den Krieg, und Mike Scopello war einer der Ersten unter ihnen, obwohl ihr Land auf der anderen Seite stand. Die Iren zogen in den Krieg, obwohl England auf ihrer Seite stand. Die Polen, die Deutschen zogen in den Krieg, die Japaner wollten, die Jugoslawen, die Quäker, die Protestanten, die Inder, die Holländer – damals war jeder mit Leib und Seele Amerikaner, und jeder zog in den Krieg. Es gab Kapellen, die ihnen zum Abschied aufspielten, und aus dem Himmelsgewölbe fiel der Fels Gottes. Es war ein Beben, das an den Söhnen Amerikas zerrte und sie zu verschlingen suchte. Herrliche, herrliche, herrliche Söhne, von Müttern aufgezogen, geküsst und angeschrien, von Vätern gebannt in ihren Bettchen bestaunt, um in den wundersamen Spiegeln ihrer Babys sich selbst zu entdecken.

Hätte ich Mr Dillinger damals schon gekannt, hätte er vielleicht über Thukydides und Herodot geredet, wie er es Jahre später tat, als Bill sich zum Aufbruch rüstete. Wie uralt das alles sei, hätte er vielleicht gesagt.

»Der Anfang alles Menschlichen«, hätte Mr Dillinger vielleicht gesagt, »und sein Ende.«

Mike Scopello überlebte den Krieg und kehrte heim, doch seine Stelle als regulärer Kriminalbeamter bekam er nicht zurück, und er begann, als Privatdetektiv zu arbeiten, vorwiegend für arme, gepeinigte Ex-Soldaten, die das Treiben ihrer Ehefrauen überwachen lassen wollten, und ähnlich bedrückende Aufträge. Einige Male gingen Joe und ich und Mike und seine Freundin zusammen aus, aber mir war immer, als läge Mike etwas auf der Seele, jedenfalls war er nicht mehr so unbefangen wie früher.

Joe glaubte, der Krieg hätte ihn im Innersten verwundet. Joe seinerseits hatte Gewissensbisse, weil er nicht eingezogen worden war. Obwohl er gesund war wie eine Bergziege, wurden bei seiner medizinischen Untersuchung Mängel festgestellt, die er nicht näher benannte. Er hielt Mike für einen absolut erstklassigen Helden, weil er losgezogen war und sein Leben für die Sicherheit der Welt aufs Spiel gesetzt hatte. Und gleichzeitig schmerzte ihn der Gedanke daran. Wenn man jemanden zugleich lieben und beneiden kann, dann war das bei Joe und Mike der Fall.

Ich hingegen war schwanger.

Ich war überglücklich. Joe war zugegebenerweise nicht ganz so glücklich, wie ich gehofft hatte, als ich nach meinem Besuch beim alten Dr. Schwarz mit der Neuigkeit nach Hause kam. Ich war dreiundvierzig, und gerade, als ich begonnen hatte zu glauben, es würde nie geschehen, war es geschehen. Ich gehörte nicht zu den Frauen, die meinen, ihr Mann würde sie nicht lieben, nur weil er darüber nicht wirklich glücklich ist. Ich wusste, dass Joe sich nicht an die Spielregeln des gewöhnlichen Lebens hielt. Irgendjemand hatte ihm einen ganz bestimmten Satz von Regeln aufgekritzelt, die nur für ihn galten. Das wusste ich. Aber auf etwas Freude hatte ich schon gehofft, darauf, ihm eine Freude zu machen. Er *behauptete,* glücklich zu sein. Er sagte die richtigen Dinge. Aber ich wusste, dass er nicht begeistert war, denn jetzt schien er morgens mit seinen Salben und Ritzwerkzeugen doppelt so eifrig ans Werk zu gehen. Ich dachte schon, er würde sich sein armes Gesicht abscheuern.

Damit begannen seltsame, verwirrende Zeiten. Nicht das große Drama des Weltkriegs, sondern ein winziger Kleinkrieg, ausgefochten in der Ecke eines kleinen Hauses in Cleveland. Wo immer ich damals stand, empfand ich Verwirrung.

Dann kam Mike Scopello ein zweites Mal allein vorbei und hatte, wie es schien, mit Bedacht eine Zeit gewählt, zu der er Joe bei der Arbeit wusste. Im Verlauf seines Kampfeinsatzes hatte er stark abgenommen, war schmal wie ein Handtuch. Hätte er wieder seine alte Polizeiuniform angelegt, er hätte sie abnähen lassen müssen. Er war jetzt straff und sehnig. Auf mich hatte er immer einen sehr aufrichtigen Eindruck gemacht. Zudem strahlte er jetzt eine Art Rechtschaffenheit aus, die, wenn ich heute daran denke, vielleicht nicht allzu einnehmend wirkte. Aber er war einer jener Männer, die nicht mehr so recht an Engel glauben, sondern in ihrer Verzweiflung an der Welt zu dem Schluss gelangt sind, dass diese tatsächlich des Teufels ist und das Böse allgegenwärtig. Joe erzählte mir, Mike sei ein regelmäßiger Kirchgänger geworden. Er beteilige sich gern an Kirchenfesten und habe während der letzten Prozession geholfen, die Statue der Jungfrau Maria durch Little Italy zu tragen.

»Es ist immer schön, wenn du vorbeikommst, Mike«, sagte ich, natürlich in der Hoffnung, es sei ein ganz gewöhnlicher Besuch, auch wenn er, abgesehen von jenem ersten Mal, niemals unangemeldet kam. Ich hatte Joe nie davon erzählt, und nachdem eines zum anderen gekommen war, meine Schwangerschaft, ganz zu schweigen von einem ganzen Weltkrieg, hatte sich die ganze Angelegenheit hilfreich in die Vergangenheit verflüchtigt. Aber jetzt zupfte etwas an mir, etwas Unangenehmes, wie ein Tropfen Zitronensaft, der einen Krug mit Milch fürs Sodabrot säuert.

»Du wirst mich bestimmt für einen verflucht hartnäckigen Hurensohn halten«, sagte er und nuschelte die drei Worte so, dass sie weniger anstößig klangen. »Andauernd nagt etwas an mir, berunruhigt mich. Manchmal kann ich nachts nicht schlafen. Becky sagt, ich soll auf dem Sofa schlafen. Das Sofa ist nicht bequem, Lilly. Ich wälze mich nur immer hin und her.«

Erneut war Schweigen, höfliches Schweigen meine sicherste Zuflucht. Ich schenkte ihm mein seligstes Lächeln, um das Furunkel seiner nächsten Worte zu eröffnen.

»Du erinnerst dich an meinen letzten Besuch. Es ging um das flotte Auto, das Joe damals hatte…«

»Das hat er immer noch«, sagte ich. »Es glänzt zwar nicht mehr so, fährt aber noch gut.«

»Na, damals hatten wir diese Mordserie. Es waren Überfälle, gefolgt von Morden. Frauen, weißt du. Wir bekamen all diese Personenbeschreibungen, aber manchmal war der Mann ein Schwarzer, weißt du, manchmal ein…« – einen Moment lang schien er nach einem Begriff zu angeln – »…Weißer. Und. Dann wurde in der Nähe eines bestimmten Tatorts zwei Mal, zwei Mal dieses geparkte Automobil gesichtet. Einem der Detectives fiel es auf. Er notierte alle Nummernschilder, um zu versuchen, sich irgendwie ein Bild zu machen, weißt du. Weil wir damals nicht wussten, wer hinter alledem steckte, wir hatten keinen Schimmer. Detective Brady schreibt also die beiden Nummern auf, dasselbe Automobil, unten am Wasser geparkt, an zwei ganz verschiedenen Ecken der Stadt, über eine Meile voneinander entfernt. Also macht er den Halter ausfindig und stößt auf Joe Kinderman, was wirklich ziemlich merkwürdig ist, weil Joe ebenfalls an diesen Mordfällen arbeitete. Also, was ging da vor? Joe fuhr nie mit dem Wagen zur Arbeit. Er hatte Angst, auf dem Polizeigelände würde er Schrammen abbekommen. Nein, er fuhr mit der Straßenbahn. Als ich damals zu dir kam und sah, wie nervös du warst, hab ich wohl einfach das Beste gehofft. Und ich hab die ganze Sache auf sich beruhen lassen, und Brady hat nichts weiter gesagt, und dann kam der Krieg, weißt du.«

Er saß dort an dem kleinen Küchentisch. Der Becher Kaffee, den ich ihm gereicht hatte, stand unberührt auf dem glatten, geschrubbten Holz. Jetzt nickte er dem Becher zu, als wollte er einer Äußerung von ihm beipflichten.

»Und diesen Monat stell ich also gerade ein paar Nachforschungen für einen Kerl an, der einen Haufen Ärger hat, und ich bitte einen Polizisten, den ich kenne, mir, du weißt schon, ein paar Unterlagen rüberzuschieben, und ich such in diesen Unterlagen nach dieser Sache, und da seh ich, dass neue Mordfälle passiert sind, im Krieg, also ich meine, als dieser verdammte Krieg im Gange war. Ich hatte drüben ja ewig keine Zeitung zu Gesicht bekommen, vielleicht hast du darüber gelesen. Und wer immer die Berichte geschrieben hat, dachte, dass alles auf den Kerl hindeutet, der die Morde Jahre vorher begangen hat. Es war eine bestimmte Vorgehensweise, die ich jetzt nicht im Einzelnen beschreiben will, aber sie war abscheulich, unverwechselbar, und meine Güte, ich weiß nicht, meine Ohren stellten sich auf. Diese neuen Morde sind alle nachts passiert. Und Joe, was hat der in der ganzen Zeit gemacht? Der war Feuerwart. Während der gottverdammten Verdunkelung. Das ging mir durch den Kopf.«

»Mike, du machst mir Angst.«

»Ja, ich weiß. Tut mir leid, Lilly. Und du mit deiner Schwangerschaft und allem. Ich weiß. Mir ist nicht wohl dabei, dir damit zu kommen. Aber ich muss dich fragen, hast du an Joe jemals Blut gesehen, hast du ihn je nervös oder besorgt erlebt, ist er jemals so richtig spät nach Hause gekommen, und du hast nicht gewusst, warum, hat er sich dir gegenüber jemals merkwürdig benommen, dich, weißt du, vielleicht sogar mal, keine Ahnung, ein bisschen hart angefasst?«

»Nein, nie.«

»Aha.«

»Mike, du siehst müde aus. Vielleicht musst du dich mal ausruhen. Joe hat dich sehr gern, Mike. Ich meine, du bist der einzige Mann, dem er als Mensch eine Spitzennote geben würde. Er glaubt, aus Mike Scopello steigt die Sonne auf.«

Da schüttelte Mike den Kopf, statt zu nicken.

»Ich weiß«, sagte er. Dann fing er plötzlich an zu weinen. Und so weinte er eine gute Minute lang, ein kleiner Wasserfall floss über seine erschöpft aussehenden Wangen. Dann trocknete er sein Gesicht mit einem Taschentuch und schneuzte sich die Nase. So laut, dass es fast komisch wirkte.

»Tut mir leid, das ich mich so anstelle. Es liegt nicht an Joe. Es liegt am Krieg.«

»Ich weiß, Mike«, sagte ich. »Du bist sehr tapfer gewesen. In Italien hast du diesen Orden bekommen. Was hast du dort getan, Mike, um einen Orden zu bekommen?«

»Panzer. Verwundet worden. Nichts weiter«, sagte er. Das war also Mikes Schilderung seiner mutigen Heldentaten, für die er ein Purple Heart bekommen hatte.

»Ich erinnere mich, dass ich dir schon einmal gesagt habe, du sollst mit Joe von Mann zu Mann zu reden. Jetzt ist erst einmal das hier unterwegs«, sagte ich und tätschelte meinen Bauch, »Joe ist aufrecht wie ein Prediger, er wird dir sagen, was du wissen musst, und dich beruhigen.«

»Vielleicht hast du recht. Ich sollte dich nicht damit belästigen. Du hast recht. Ich werde mit ihm reden. Schau, Lilly, ich kann mir nicht vorstellen, dass er neun Frauen ermordet hat. Ich kann mir nicht vorstellen, dass er irgendjemanden ermordet hat. Es ist nur – wenn diese Hinweise genau vor meiner Nase liegen, kann ich nicht aufhören, darüber nachzudenken. Ich kann einfach nicht aufhören, darüber nachzudenken.«

Dann machte sich Mike davon. Mir fiel auf, dass seine Oberschenkel nicht mehr aneinanderscheuerten. Ich wusste nicht einmal, ob er mit Joe gesprochen hatte, vermutlich schon, aber sicher war ich mir da nicht.

Ich hörte es nur und konnte es dann ziemlich schnell riechen.

Am nächsten Morgen stand die Geschichte in der Zeitung, doch in dem Augenblick, als es geschah, klang es so, als würde Babylon einstürzen, wie im Buch der Offenbarung verkündet. Oder als hätten die Japaner beschlossen, ein letztes Bombergeschwader zu entsenden und die Bomben bedauerlicherweise über Cleveland abzuwerfen, dabei wusste doch alle Welt, dass Japan in die Knie gezwungen und der Kaiser tot war. Doch der Gedanke schoss mir durch den Kopf. Oder dass Hitler von den Toten auferstanden war und eine Heerschar Geisterflieger anführte. Da war ein Gefühl von Vergeltung, von großem

Unheil, von böser Absicht. Aber wie sich herausstellte, war es nur ein Unfall.

Drüben bei der East Ohio Gas Company war aus einem neuen Lagertank, den man voller Stolz zur Unterstützung der Kriegsanstrengungen gebaut hatte, etwas Gas ausgetreten. Es hatte wohl einfach nur sein weißes, wirbelndes Gesicht herausgestreckt, die Luft Ohios geschnuppert, das Gefühl von Freiheit ausgekostet und beschlossen, sich davonzumachen. Aber es war nicht geschaffen für die Freiheit und explodierte, sobald es sich mit der Luft vermischte. Der ganz Lagertank explodierte in einem gewaltigen Weltuntergangsfeuerball, das Feuer verwandelte sich in Armeen und verschlang mit teuflischem Hunger ganze Straßenzüge. Man konnte sich ausmalen, wie an diesem Morgen Ehefrauen gerade auf Knien ihre Küchenböden scheuerten, der Briefträger auf seiner Runde vor sich hinpfiff, die Vögel mit ihren nadelspitzen Schnäbeln durch die wollige Luft stachen, all das normale Getriebe des Tages, bemerkt und unbemerkt. Alte Leute, die in ihren Betten lagen und mit ihren Krückstöcken auf den Fußboden schlugen, um Aufmerksamkeit zu erregen. Jemand, der weinte. Dann die wütenden Flammen, die sie auslöschten. Säuglinge in ihren Bettchen.

In einem solchen Augenblick fleht man Gott an, dass er tatsächlich existieren und ihre Seelen in den Himmelshallen willkommen heißen möge.

Dann flog ein zweiter Tank in die Luft. Eine ganze Quadratmeile bis hinter die 66. Straße plattgewalzt, ein Miniatur-Hiroshima. Und seltsamerweise waren inmitten der verkohlten Ruinen ganze Straßen verschont geblieben, deren Bewohner heraustaumelten und an den bösartigen Dämpfen würgten. Dann, in einem grausigen Nachspiel, strömte das Gas, das nicht verbrannt war, die Straßenrinnen entlang in die Kanalisation und die Abwasserschächte der Stadt und entlud sich, tausend Tobsuchtsanfällen gleich, hier und dort in Explosionen, Gullydeckel schossen dreihundert Meter hoch in den brennenden Himmel, bis selbst Tunnel, Kriechgänge und andere unterirdische Passagen zerborsten und zerstört waren.

Einhundertunddreißig Seelen frühzeitig abberufen, viele »verdampft«, wie die Zeitungen schrieben, und ich dachte an Willie und die armen Soldaten, die im Krieg durch niedergehende Bomben zu Atomen verweht wurden. Im Augenblick des Todes sind alle Menschenwesen unschuldig. Gott nimmt jeden auf, würde ich behaupten, und darauf stütze ich meinen Glauben.

Obwohl ich nicht wusste, was ich da hörte und roch, hörte und roch ich es doch. Ich rannte hinaus auf die Straße. Ein tief dahinfegender Wind streifte meine Waden, er schien auf dreißig Zentimeter Höhe begrenzt zu sein. Er war wie Wasser, dieser Wind, eine Art Flut. Sofort dachte ich an Joe, der irgendwo dort draußen mitten in dieser unbekannten Katastrophe unterwegs sein musste. In der Ferne blühte eine kolossale schwarze Rauchwolke auf und stieg, mit Weiß durchwirkt, in die Luft. Andere Frauen aus anderen Häusern und einem anderen Leben standen auf ihren Türstufen, die Hände über den Mündern, keuchend vor Staunen und Angst.

»Mrs Kinderman, Mrs Kinderman«, rief meine Nachbarin, ein kleines, schmales Ding mit einer veritablen Badehaube aus angepapptem schwarzem Haar, zu mir herüber, »glauben Sie, der Krieg ist wieder ausgebrochen?«

»Ich weiß es nicht«, sagte ich, »ich weiß es nicht.«

Ich wartete den ganzen Tag und versuchte unentwegt, Joe zu erreichen. Im Polizeirevier ging es zu wie in einem Ameisenhaufen, weil die Überlebenden in einer Schule untergebracht werden mussten, und es hieß, dass einige unternehmungslustige Verrückte die verlassenen Häuser plünderten, was kaum zu fassen war. Die gesamte Gegend war vom giftigen Gasgeruch verseucht, der sich wie ein Stachel in die Zunge zu bohren schien. Als sich die Ursache des Unglücks herumsprach, wurde die Angst, die sich in den Köpfen eingenistet hatte, von Kummer verdrängt. Ein tiefer Kummer breitete sich in der Stadt aus, als wäre er selbst ein Gas.

Joe kam weder zur Teestunde noch zur Abendbrotzeit und nicht einmal um Mitternacht nach Hause. Bei geöffneter Haustür saß ich auf meinem Stuhl in der kleinen Diele und wartete darauf, dass sein Streifenwagen ihn absetzte, wartete auf seine Schritte auf dem taufeuchten Beton des Gehwegs. Unter meinen Rippen hörte ich die ganze Zeit mein Herz klopfen.

Das ist der Augenblick, in dem Ihnen klar wird, dass Sie Ihren Mann lieben, wenn Sie alles abwägen und in Betracht ziehen. Unter dem Strich. Liebe, die Ihnen die Hände um die Kehle legt und zuzudrücken beginnt. Die, ohne aufzuhören, mit zornigem Hammer auf Ihr Herz einschlägt, bis der arme Muskel in seiner Verzweiflung zappelt und zuckt wie ein Fisch auf dem Trockenen. Liebe, die in solcher Bedrängnis ist, dass sie Ihren Körper zerlegen möchte wie einen Bausatz, so wie Bill in der Army lernen musste, seine Waffe auseinanderzunehmen und wieder zusammenzusetzen.

Joe verschwand.

Er verschwand einfach.

Verdampft, dachte ich. Joe war verdampft, hatte sich in eine Billion Wassertröpfchen dieser und jener Art aufgelöst und dann in den blauen Äther verflüchtigt.

So saß ich auf meinem Stuhl, beide Arme ordentlich auf die Beine gelegt, ganz symmetrisch und parallel. Ich versuchte, mein Baby festzuhalten, denn ich hatte Angst, meine Angst würde es austreiben. Ich wusste, dass Babys sich bei großer Erschütterung ablösen können. Die kleine Nussschale von einem Baby konnte sich von dem Tau, das es an die Gebärmutter band, losreißen. Ich saß da und hielt es fest, hielt Ed fest, der vielleicht daumengroß war. Ein Däumling.

Zwölfter Tag ohne Bill

Joes letzter Partner war ein Ire namens Deacy gewesen, und dieser organisierte eine Gedenkfeier für Joe. Es gab all die anderen Begräbnisse für Leichen und Leichenteile, die man gefunden hatte, und dann ein paar Gedenkfeiern für die Verschollenen. Detective Deacy war ein richtiger Ire, aus Irland, und so jemand flößte mir noch immer Angst ein, selbst in meinem Trauernebel. Es beruhigte mich ein wenig, dass er aus Mayo stammte und Wicklow auf der anderen Seite der Insel liegt. Auch er war im Krieg gewesen, schien aber alles in allem ein fröhlicher Mensch zu sein, gesellig und heiter, auch wenn alle diese Eigenschaften durch Joes Ableben gedämpft waren. Ich vermute, er hatte nicht allzu viel Zeit gehabt, seinen Partner kennenzulernen. Und er war noch nicht lange bei der Polizei. Trotzdem war er gewillt, die kleine Zeremonie würdevoll abzuhalten. Er gehörte zu den Menschen, die das Leben lieben und doch bereit sind, dem Tod Achtung zu zollen. Er war ein großer, schwerfälliger Mann, dessen gebeugte Schultern mich an Annie erinnerten. Er sah aus, als hätte er einen Felsbrocken über eine weite Strecke getragen und davon einen leicht gestauchten Oberkörper zurückbehalten.

In jedem Fall sprach er sehr trefflich über Joe und über Joes zahlreiche Qualitäten als Mensch und als Kriminalbeamter. Es war bewegend, zu hören, wie jemand, der mir so vertraut war, von einem anderen beschrieben wurde, als handele es sich um eine ganz andere Person. Eigentlich erkannte ich Joe in Detective Deacys Beschreibung kaum wieder. Er erzählte eine Geschichte über ihn, von der ich überhaupt nichts wusste: wie Joe Jahre zuvor einer Bande von Maiszuckerhändlern in die Hände gefallen war und sie überredet hatte, ihn nicht umzubringen, und wie er dann nach seiner Flucht dafür gesorgt hatte, dass sie verhaftet wurden und für ihren Zuckerhandel Gefängnisstrafen absaßen, maximal ein paar Jahre. Und wie die Männer ihm zu Weihnachten eine Karte schickten und sich dafür bedankten, dass er sie überredet hatte, ihn nicht umzubringen, was sie auf den elektrischen Stuhl gebracht hätte. Seine Polizeikollegen schmunzelten ironisch und glucksten in sich hinein. Geschichten über Joe, die seine Frau jedenfalls nicht kannte.

Dann wurde es eine Zeitlang verzweifelt schwierig, da es sich als ein langwieriges Unterfangen erwies, herauszufinden, wie viel von Joes bisschen Geld mir zustand, und ob überhaupt, da es keine Leiche gab und keinen Totenschein und ich warten musste, bis die Gerichte ihn offiziell für tot erklärt hatten.

»Es ist schon merkwürdig«, sagte Detective Deacy in meiner Küche, auf genau demselben Stuhl, auf dem schon sein Vorgänger Mike Scopello gern gesessen hatte. »Es geht nicht nur um Joes Totenschein. Wir können nicht einmal seine Geburtsurkunde finden. Abgesehen von seiner Heiratsurkunde können wir überhaupt keine Dokumente über ihn finden. Keine der Angaben, die er zu Beginn seiner Ausbildung bei uns gemacht hat, scheint mit irgendeinem tatsächlichen Dokument übereinzustimmen. Es gibt kein einziges Stück Papier, das uns irgendwelche Anhaltspunkte gibt. Höchstwahrscheinlich ist er in Ausübung seiner Pflichten gestorben, darum hängen wir es nicht an die große Glocke. Aber abgesehen davon, dass Sie ihn geheiratet haben und wir ihn jeden Tag vor Augen hatten, könnte man meinen, es hätte ihn nie gegeben.«

»Wie kann das sein?«, fragte ich. »Kommt es häufig vor, dass Dokumente verloren gehen?«

»Nein, das eher weniger. Nein. Leute ändern ihren Namen. Und dann überqueren sie die Staatsgrenze, als wären sie unsichtbar.«

»Oh«, machte ich.

Darüber wollte ich lieber nicht mehr reden.

»Decknamen. Letzten Monat habe ich einen Mann verhaftet, der neununddreißig verschiedene Namen hatte. Er führte eine Liste, damit er sie nicht vergaß. Aber das habe ich nur erfahren, weil er ein Spinner ist und Bagatelldelikte in achtzehn Staaten gestanden hat. Achtzehn. Wollte, dass wir alles aufschreiben und festhalten und weitergeben an die Presse. Die Presse war nicht interessiert. Er war sehr niedergeschlagen. Jetzt sitzt er für fünf bis zehn Jahre im Bundesgefängnis von Cleveland.«

»Und ändern in Amerika auch anständige Menschen ihren Namen?«

»Ich weiß nicht«, sagte er. »Gute Frage. Vielleicht nicht.«

Dann überreichte er mir eine Tüte mit Dollars, die er und seine Kameraden gesammelt hatten. Er hatte seine Frau gefragt, was ich als Nächstes tun könnte, und sie hatte dazu geraten, mit Sister de Montfort in der Frauenklinik zu reden.

»In Ordnung?«, fragte er und erhob sich wie ein Bär. »Kann Ihnen gar nicht sagen, wie leid es mir tut, wie leid es uns allen tut, Lilly.«

»Ich weiß«, erwiderte ich. »Danke, Detective.«

Und so schlug ich mich mit meinen wenigen Dollars durch, und in mir wuchs mein Baby. Wie kommt es, dass wir uns im Beisein unserer Kinder nicht weniger einsam fühlen? Ich glaube, ich hatte erwartet, dass das kleine Leben, das in mir Kraft und Bestimmung sammelte, meine Sorgen erträglicher machen würde. Aber es war schrecklich einsam in dem alten Bett, wenn es keinen Joe gab, der seine langen Gliedmaßen ausstreckte, die Füße über die Bettkante ragen ließ und mit der Zigarette im Mund über alles und nichts schwadronierte. Und den ganzen Sommer über war es so still, so still im Haus; die billige Uhr auf dem Kaminsims tickte und schlug nur zaghaft, als sei es ihr peinlich, die klostergleiche Stille zu durchbrechen. Morgen für Morgen, ohne Erbarmen, erbrach ich mich in die

Toilettenschüssel und musste so heftig würgen, dass ich schon fürchtete, mein Baby würde mir aus dem Mund springen.

Ich riskierte einen Brief an Annie, auch wenn mir vor dem Gedanken graute, ich könnte erneut den dunklen Mann auf den Plan rufen. Aber ich redete mir ein, dass die alten Befehle nach so vielen Jahren und Jahrzehnten ihre Gültigkeit verloren haben mussten. Gewiss alterten sogar Attentäter, und die Anliegen der Vergangenheit wurden ihnen gleichgültig. Darum betete ich. Ich schrieb Annie an die letzte Adresse, die ich von ihr hatte, erzählte ihr mehr oder weniger meine Geschichte und holte mir, da ich es noch immer nicht wagte, meine Straße anzugeben, ihre Antwort einige Wochen später auf dem Postamt ab. Sie berichtete, ihre Umstände hätten sich verschlechtert und sie sei gezwungen gewesen, sich mit unserer Cousine Sarah Cullen in der Gemarkung Kelsha zusammenzutun, Gehöft, Bett und alles. Außerdem teilte sie mir weitere Einzelheiten über meinen Vater mit. Nach der Unabhängigkeit sei seine Pension rätselhafterweise ausgeblieben, und er sei auf die Barmherzigkeit des neuen Staates angewiesen gewesen. Diesmal beschrieb sie sein Grab als das, was es wirklich war: ein Armengrab. Vielleicht hatten ihre eigene zunehmende Armut und ihre Ehelosigkeit sie so zermürbt, dass sie gewissen Wahrheiten ins Auge blicken musste. Zu meiner großen Bestürzung schrieb sie, dass sich Maud, obwohl sie mit ihrem Maler verheiratet war und zwei Söhne hatte, in ihr Bett gelegt und es seit etlichen Jahren nicht mehr verlassen habe, seit ein Töchterchen vom Scharlachfieber dahingerafft und, wie alle kleinen Kinder in Dublin, auf dem Engelsacker in Glasnevin beerdigt worden sei. Annie glaubte nicht, daß ihr ernstlich etwas fehle, sie sei nur seelisch zu labil, um den Verlust zu verkraften. Das alles war ziemlich erschreckend, und doch grübelte ich mit sonderbarer Dankbarkeit über diesem Brief, begierig auf jede Einzelheit, gleich welcher Art. Ich sehnte mich, sehnte mich nach Hause, hinaus aus diesem amerikanischen Chaos, zurück in ein irisches Chaos, das ich besser verstand und in dem ich nicht so allein wäre. Dabei spürte ich, dass meine Schwestern, jede auf ihre Art, entsetzlich einsam waren. Annies Worten konnte ich entnehmen, dass sie überhaupt kein Geld hatte; trotzdem hatte sie dem Brief einen zusammengefalteten roten Zehn-Schilling-Schein beigelegt. Die Bank an der Ecke gab mir vier Dollar dafür. Dafür war ich Annie so dankbar, dass ich ihr zurückschrieb. Auf diesen Brief kam nie eine Antwort, von der ich wüsste.

Ich war jetzt ungefähr im fünften Monat und fand, dass es mir einigermaßen gut ging. Das Geld reichte eben für die Miete und meine Verpflegung. Einmal in der Woche ging ich auf den großen italienischen Markt, wo die wunderbaren Händlerinnen meine Einkaufstasche mit Kartoffeln, Karotten und dergleichen füllten. Mr Donelli, einer der Metzger dort, kannte sich mit billigen Fleischstücken besonders gut aus, weil seine Kunden kaum etwas anderes kauften. Cassies Kochunterricht half mir, aus diesen Zutaten mit Hilfe einiger schlauer Tricks das Beste herauszuholen. In meiner Vorstellung kochte ich für mein Kind. Wenn ich meine Mahlzeiten auftischte, hatte ich das zauberhafte Gefühl, als nähme mein Kind dort in meinem Innern an ihnen teil. Wenn ich daran dachte, musste ich meist kichern, ich weiß selbst kaum, warum. Ich gehörte zu jenen närrischen Frauen, die sich mit ihren Bäuchen unterhalten. Als sich das Baby, während ich im Halbschlaf auf dem Bett lag, zum ersten Mal regte, weiteten sich meine Augen, und ich spürte, wie mich, meine Brüste und meinen Schoß sittsam wie die Sonne eine Art helles Licht durchglühte, eine Art unbändiges Glück in Gestalt von Licht. Ich weiß nicht, wie ich es sonst beschreiben soll. Es war, als würde mir jemand in meinem Innern signalisieren: *Ich bin hier.* Vielleicht fühlte ich mich in Wirklichkeit nicht weniger einsam, aber auf jeden Fall fühlte ich mich *kämpferischer.* Wäre ein Dämon, ein Teufel oder ein böser Mensch uns zu nahe gekommen, hätte ich ihm vermutlich die Kehle zerfetzt.

Aus alledem schloss ich also, dass es mir recht gut ging.

Dann erhielt ich einen Brief. Der Postbote brachte ihn bis an die Tür. Er war in einer krakeligen schwarzen Handschrift verfasst, die ich kannte. Aus heiterem Himmel, der nie zuverlässig heiter ist.

Ich musste eben in meiner Kramkiste nach ihm fischen:

Liebe Lilly,

ich schreibe dir ohne Rückanschrift. Ich will, dass du weißt, dass die Gerüchte, die dir Mike Scopello über mich erzählt hat und die er der Polizei zu melden gedroht hat, falsch sind. Wenn ich vor einem Richter und Geschworenen stehen würde, würden sie mich für unschuldig befinden, das weiß ich unter Garantie. Trotzdem sind die Gerüchte nicht der Grund, warum ich verschwunden bin, Lilly. Davon kann ich hier nicht schreiben. Jetzt schreibe ich, und mein nächster Gedanke ist, dass ich dich liebe. Nichts ist größer als das. Der Gedanke, der danach kommt, gilt dem, was in dir ist. Unserem Baby. Ich werde dir jeden Monat Geld schicken, solange ich weiß, wo du bist, und es schicken kann, als würde es von irgendwoher kommen. Ich bete, dass Gott, der alles versteht, mir verzeiht.

Joe

Dann fügte er, wie ein Kind, lauter X und O für Küsse und Umarmungen ein und strich sie wieder durch.

Ich nahm Kontakt mit Mike Scopello auf. In meiner jetzigen prekären Lage hatte er sich von mir ferngehalten. Auch er hatte geglaubt, Joe sei tot, bei den Explosionen umgekommen. Jetzt sah es aus, als hätte Joe diese nur als Deckung genutzt. Ja, bestätigte Mike, er habe Joe damit gedroht, seinen Verdacht der Polizei zu melden. Die Sache mit den Nummerschildern, die mysteriöse Anwesenheit von Joes Automobil an zwei Tatorten sei bereits aktenkundig. Er sagte, Joe sei darüber sehr beunruhigt und sehr verärgert gewesen. Er habe Stein und Bein geschworen, dass er mit den Morden nichts zu tun hätte. Die verfluchte Automobilgeschichte sei ein reiner Zufall, habe er gesagt. Er habe richtig bestürzt gewirkt, sagte Mike, und das habe ihn, Mike, aus der Fassung gebracht.

Die Sache war nur die: Joe hatte die Wahrheit gesagt.

Etwa um dieselbe Zeit, als der Brief eintraf, nur ein paar Tage später, um genau zu sein, wurde der tatsächliche Mörder gefasst und gestand alles. Es war irgendein verrückter Schwede aus Illinois. Die Zeitungen waren voll davon. Joe wird es sicher lesen, dachte ich.

Sobald Mike Scopello davon hörte, kam er wieder vorbei und sagte, es tue ihm leid, dass er Joe verdächtigt habe. Er sagte, er werde alles tun, was in seiner Macht stehe. Ich wusste nicht, was ich antworten sollte. Ich fragte, ob es eine Möglichkeit gebe, Joe eine Nachricht zukommen zu lassen. Niemand werde Joe Kinderman finden, sagte er. Ich flehte ihn an, es zu versuchen.

»Ich werde es versuchen«, sagte er. »Und wenn du jemals etwas brauchst, was immer es ist, ruf einfach diese Nummer hier an. Mir geht es mit alledem überhaupt nicht gut, ganz und gar nicht. Und deine Schwangerschaft macht alles nur noch schlimmer.«

Allerdings, sagte er, müsse er Joes Dienststelle darüber informieren, dass ein Brief gekommen sei und Joe also irgendwo noch am Leben war. Ich wusste, das bedeutete, es würde nie eine Pension geben. Aber ich dachte, ist nicht wichtig, Joe kommt ja zurück.

Etliche Tage später, als ich schon zu verzweifeln begann, las ich seinen Brief noch einmal. Da stand es. Er hatte mir ja bereits gesagt, dass er nicht der Gerüchte wegen verschwunden war. *Davon kann ich hier nicht schreiben.* Nicht schreiben wovon?

Es schien, als halte ihn etwas anderes zurück. Worüber er nicht reden konnte.

Es dauerte fast zwanzig Jahre, bis ich herausfand, was es war, und ich weiß nicht einmal, ob ich es dann begriff oder ob ich es heute begreife.

Und sei es, dass er nicht riskieren konnte, sie abzuschicken, oder dass seine Briefe verloren gingen, jedenfalls erhielt ich nie einen Brief von Joe mit Geld darin. Daher nehme ich an, dass der erste und einzige Brief, den ich aufbewahrt und hier abgeschrieben habe und dessen katastrophale Rechtschreibung ich bestaunt und korrigiert habe, nicht ganz aufrichtig war. Warum hatte er mich verlassen, warum hatte er *uns* verlassen? Das fragte ich mich, mit dem Kind im Bauch. Das fragte ich mich. Mich durchflutete ein Zorn, wie ich ihn nie zuvor empfunden hatte, nicht einmal, als Tadg ermordet wurde oder mir sonst etwas in meinem Leben widerfahren war. Nie zuvor war ich so tief gesunken, dass ich jemanden oder gar, möge Gott mir vergeben, Gott verflucht hätte. Damals aber verfluchte ich Gott und Joe.

Ganz gleich, in welcher Gesellschaft die menschliche Kreatur sich wiederfindet, sie versucht, darin ihren Platz zu finden. Wir haben ein großes Verlangen danach, respektiert zu werden. Andernfalls sind selbst weitläufige Gärten und Paläste eine Art Gefängnis. Ich glaubte nicht, dass eine alleinstehende Frau mit Kind viel Respekt erwarten konnte. Es passte einfach nicht ins Bild.

Doch offenbar konnte Mike Scopello das Gefühl nicht loswerden, in gewisser Weise verantwortlich zu sein. Obwohl ich ein halbes Dutzend Mal betonte, dass er es nicht war, machte er es sich zur Aufgabe, mir zu helfen, wo er nur konnte. Als ich in die Entbindungsklinik ging, gab er sich dort als mein Bruder aus, und nach Eds Geburt demonstrierte er Entzücken über seinen neuen Neffen. Er brachte mir Blumen und Karten und alle Neuigkeiten aus der Stadt und saß viele Abende in leisem Gespräch neben meinem Bett. Die anderen Frauen waren von ihm bezaubert und stellten nie die Frage, wie eine Irin und ein Italiener Schwester und Bruder sein konnten.

Mikes neuer Plan bestand darin, mich nach Washington zu fahren, wo seine wirkliche Schwester lebte.

»Warum sollte deine Schwester froh sein, eine Fremde mit einem Neugeborenen aufzunehmen?«

»Sie ist eine Heilige«, sagte er. »Mein ganzes Leben habe ich unter ihrer Vollkommenheit gelitten.«

Wenn Ed kräftig genug sei, werde er mich, wie in Familien üblich, mit seinem Auto vom Krankenhaus abholen.

Der vereinbarte Tag kam, und ich wickelte Ed in seine Decke und putzte mich so gut es ging heraus. Ich küsste einige der anderen Frauen, verabschiedetete mich und bedankte mich sogar bei den Nonnen. Ich trat hinaus in die Winterluft, und die Kälte des Abends jagte mir einen Schrecken ein. Eine schwere, feuchte Kälte war vom See heraufgestiegen. Ein pulvriger Schnee wehte umher, und alles war gespenstisch und fremd. Es war bestürzend, wieder die gewaltige Brandung der Stadt zu hören. In der Ferne sah ich große schwarze Schlangen von Autos die Uferstraßen entlangkriechen. Voller Angst vor dem Frost und der hereinbrechenden Dunkelheit stieg ich die Granitstufen hinab und hielt mit einem Arm Ed umklammert. Obwohl er fest in seine Decke gewickelt war, hatte die Kälte bereits eine zarte Reifschicht auf sein Gesicht gelegt.

Mit wackeligen Knien stand ich auf dem Gehweg und wartete auf Mike. Wie versprochen, hielt er kurze Zeit später am Bordstein an. Ich glaubte das Automobil wiederzuerkennen.

»Um Himmels willen, steig ein, Lilly«, sagte er, beugte sich herüber und stieß die Beifahrertür auf. »Hier drinnen ist es warm.«

»Danke, Mike, danke. Ist das Joes Wagen?«, fragte ich, als ich mich dankbar niederließ. Ich spürte, wie sich der winzige Ed in seiner Decke regte. Wenigstens hatte ich ihn nicht umgebracht.

»So ist es. Ich hab ihn für ein paar Dollars vom Abschlepphof gekauft. Er hatte ihn unten beim Bahnhof geparkt. Ich dachte, ich kauf ihn, und wenn er wieder aufkreuzt, kriegt er ihn zurück.«

»Dann hast du ihn also nicht ausfindig machen können?«

»Keine Spur von ihm. Ich kann nur sagen, er ist irgendwo in Amerika. Vermutlich hat er seinen Namen wieder geändert. Wer weiß?«

Da wachte Ed ganz auf und fing an, nach Milch zu schreien. Ich legte seinen winzigen Mund an meine Brust.

»Na gut«, sagte Mike, der sich zu Tode genierte, sich aber den Umständen fügte, »na gut, na gut, auf nach Washington, DC. Washington, wir kommen.«

Mr Dillinger schaute schließlich doch noch vorbei. Ich hatte mit niemandem gerechnet. Seit ein paar Tagen hatte ich niemanden zu Gesicht bekommen und fand das völlig in Ordnung. Mitgefühl ist befristet. Sie hatten ihre Pflicht getan und tausend Mal mehr. Aber er sagte, er sei in New York gewesen, um sich um sein neuestes Buch zu kümmern. Er sagte, es erfülle ihn mit Begeisterung und zugleich mit Grauen. Er lachte herzlich über sein janusköpfiges Ich.

Als er ankam, war es schon dunkel. Irgendwo auf den Kartoffeläckern rief ein Vogel, höchstwahrscheinlich eine Sumpfohreule. Ich öffnete ihm, und wir standen in der salzigen Abendluft und lauschten. Dem Vernehmen nach hat Mr Dillinger die ganze Erde bereist. Es gibt kaum ein Tal, in das er nicht geblickt, kaum eine Wüste, die er nicht durchquert hätte. Doch heute Abend auf meiner Veranda verkündete er, dieser Fleck auf Gottes weiter Erde – ob er damit mein Haus oder die Hamptons schlechthin meinte, konnte ich nicht sagen – befinde sich in diesem Augenblick in einem Zustand irdischer Vollkommenheit. Ich fragte ihn, ob er ihm »untadelig« erscheine. Ja, sagte er und lachte über das eigenartige Wort, das bringe es perfekt zum Ausdruck.

Dann wechselte er in ein seltsames Kondolenzgehabe. Sein Körper krümmte sich, und er nahm meine Hand in seine großen Pranken. Sein langes Gesicht, das einer herausfordernd steilen, schartigen, zerklüfteten Felswand glich, schien noch schmaler zu werden, und er beugte sich vor.

»Es wäre mir eine Ehre, wenn Sie mir gestatten würden, mein neues Buch dem Andenken Bills zu widmen. Glauben Sie, das wäre möglich? Ich weiß, es ist eine große Bitte. Ich würde nur schreiben: *In memoriam W. B.*«

»Setzen Sie seinen vollen Namen ein«, sagte ich, »schreiben Sie William Dunne Kinderman Bere.«

»Darf ich? Soll ich? Dann mache ich es so. Dann mache ich es so.«

Als ich ihn hineinbegleitete, war ich den Tränen nahe, aber in der Diele war es dunkel, und ich konnte meine Tränen verbergen. Wie immer ließ ich ihn Platz nehmen, und wie immer machte ich Tee, obwohl es schon spät wurde. Mein Hirn floss über vor Dankbarkeit, und obwohl Mr Dillinger es nicht wissen konnte, kamen mir zum ersten Mal Zweifel.

Mein Entschluss, nicht weiterzuleben, hatte mir, so vermutete ich, große Kraft verliehen. Jetzt hatte mir Mr Dillinger beispielhaft vor Augen geführt, welch große Wirkung eine höfliche Geste des Gedenkens hat. Plötzlich begann ich zu schwanken. Jetzt, wo ich hier sitze und dies aufschreibe, bin ich mir zwar nicht mehr so sicher. Doch für einige Augenblicke hatte er mich zu dem Pakt zurückgebracht, den wir mit dem Leben schließen. Dass wir es durchstehen – entsprechend der uns zugemessenen Frist. Das Geschenk des Lebens, das häufig so schwer anzunehmen ist, der Gaul, dem wir so oft ins Maul schauen wollen.

Dann, als seine große Tat vollbracht war, entspannte er sich. Sogar seine Knochen schienen nachzugeben, und er lehnte sich im Sessel zurück. Es gibt ein altes Lied mit dem Titel »The Spanish Lady«, das mein Bruder Willie immer gesungen hat. Es enthält einen Vers, der von dem Mann in dem Lied gesungen wird, der dem Publikum vor Jahren von der großen Schönheit der spanischen Lady, einer Dirne in Dublin, berichtet hat.

Und jetzt, sagt er, »hat das Alter Hand an mich gelegt«. An Mr Dillinger hat das Alter keine Hand gelegt.

Genau dieses Lied hatte Willie in einem Gesangswettbewerb vorgetragen, den die Kapuzinermönche am Ufer der Liffey ausgerichtet hatten. Zum Glück ist der Text des Liedes so verrätselt, dass ein argloser Zuhörer nie darauf käme, die arme spanische Lady für eine Dirne zu halten. Er hatte eine herzzerreißende Stimme, und schon als Siebenjähriger, als er den Liedtext so oder so nicht verstand, konnte er die Leute mit seinem Gesang zum Weinen bringen. *Who should I see but the Spanish lady, washing her feet by candlelight?*

Mr Dillinger jedoch erzählte mir eine Geschichte über seine Zeit als junger Mann in China. Es war seine erste Reise außerhalb Amerikas gewesen, und er hatte das große Verlangen vespürt, Peking und die Chinesische Mauer zu sehen. Die Einreisegenehmigung hatte ihn enorme Mühe gekostet. In Peking lernte er einen jungen Mann kennen, der aus Nordchina stammte. Mr Dillinger freundete sich mit ihm an und wurde gefragt, ob er den jungen Mann nicht auf der Heimreise begleiten wolle. Offenbar handelte es sich um eine Gegend Chinas, die seit zwei Generationen keinen westlichen Menschen zu Gesicht bekommen hatte. Sie bestiegen einen klapprigen alten Zug, der noch aus Kolonialzeiten datierte und gewaltige Dampfwolken ausspie. Unterwegs musste er an Ständen auf den Bahnsteigen essen: gesottene Insekten, Skorpione und dergleichen, die Mr Dillinger köstlich fand, auch wenn sie ein taubes Gefühl auf seiner Zunge hinterließen. Der junge Mann hatte große Mühe, ihm begreiflich zu machen, dass der Schwanz nicht zum Verzehr geeignet sei. Mr Dillinger wurde schlecht, und geplagt von jener entsetzlichen Übelkeit, die einen vergifteten Körper überfällt, suchte er Zuflucht in der primitiven Zugtoilette. Wie er so verzweifelt presste und seinen Wunsch, China zu sehen, verfluchte, hörte er ein leises Kreischen. Seine Gedärme lockerten sich und explodierten, aber er empfand Erleichterung. Als er die Tür öffnete, stand dort eine winzige Frau, die ihn mit winziger Stimme anschrie. Er habe seine Notdurft verrichtet, während sie in einem Bahnhof standen, eine schlimme Sünde. Er empfand tiefste Scham.

Als sie im Haus des jungen Mannes ankamen, wurde er herzlich willkommen geheißen. Die Familie des jungen Mannes stand um Mr Dillinger herum, berührte sein Gesicht und stieg neben ihm auf Kisten, um seine Körpergröße zu erreichen. Man gab ihm das beste Bett im Haus, und er fühlte sich wieder wohlauf. Wie außergewöhnlich, an einem solchen Ort zu sein, dachte er. In einem hölzernen Haus, in einem bewaldeten Tal von fast gewaltsamem Grün, das sich bis zum Himmel türmte. Dann ging seine Tür auf, und eine Frau trat ein, die Großmutter des jungen Mannes. Im Zimmer war es dunkel, und er konnte sie kaum erkennen. Sie sprach ihn auf Chinesisch an, überreichte ihm eine kleine Schachtel und bedeutete ihm, daraus zu essen, doch nach seiner jüngsten Erkrankung wagte Mr Dillinger es nicht. Die alte Dame zog sich sehr verdrossen zurück. Am Morgen ging er mit der kleinen Schachtel hinaus ins Tageslicht und schaute hinein. Es war ein noch lebender weißer Falter, dem die Flügel entfernt worden waren, eine große Delikatesse, wie der junge Mann beteuerte, und eine große Ehre, sie angeboten zu bekommen. Er hätte das Risiko auf sich nehmen und sie verzehren sollen, sagte der junge Mann. Abermals tiefe Scham.

Hier hielt Mr Dillinger inne. In der Düsternis der Küche, einer Düsternis, die womöglich jener vergangenen chinesischen Düsternis glich, lächelte er verschmitzt in sich hinein.

»Manchmal«, sagte er, als sei dies die Moral der Geschichte, »ist es gefährlich, geehrt zu werden.«

Dritter Teil

Dreizehnter Tag ohne Bill

Mr Eugenides' Kalender zufolge ist es beinahe zwei Wochen her, dass Bill begraben wurde. Die Kalender verschenkt er immer zu Ostern. *Inh. Vangelis Eugenides.* Sie enthalten Bilder der griechischen Inseln, Paros, Naxos, Sifnos – in Mr Eugenides' Kalender kann man das ganze Jahr hindurch zwischen den Inseln umhersegeln. Seine eigene Heimat, die im Inland liegt und auf fremde Betrachter nicht sonderlich anziehend wirkt, ist immer auf dem Blatt April abgebildet, weil er, wie er sagt, seine Heimat dann am meisten vermisst. Dann denkt er an die Wildblumen, die die steinigen Pfade säumen.

Heute Morgen habe ich etwas Gutes über Mr Nolan gedacht, davor muss ich mich hüten. Es hat mit den beiden Wochen zu tun. Ich hatte mich bemüht, nicht an ihn zu denken, ihn aus meinen Gedanken zu verbannen. Ich habe mich geweigert, ihn zu betrauern. Ich wollte nicht, dass irgendjemand ihn mir gegenüber erwähnt, schon gar nicht Mrs Wolohan, die vermutlich denkt, ich hätte gleich zwei Verluste erlitten, und wie sollte sie nicht? Aber plötzlich war ich betrübt, dass er tot war. Eine einfache Gefühlsregung, wie ein Hund sie haben mag. Eine hohe Mauer war gegen dieses Gefühl errichtet worden, aber ich empfand es doch. Ich musste an unsere erste Begegnung denken, in dem Haus, in dem er gestorben ist, ein Mann Ende fünfzig, der eine kurze, schlanke Cheroot-Zigarre rauchte und dessen Haar noch mehr oder minder braun, aber kurzgeschoren war, wie bei einem Soldaten. Ich vermutete, dass er irgendwo gedient hatte, vielleicht in Korea. Er sah aus, als wäre er von weither heimgekehrt, aus einem Krieg oder zumindest aus einer Wildnis. Mit seinen Kartons und Büchern und Waffenkoffern, die alle mehr oder weniger noch genauso dastanden wie am Tag seines Einzugs und die, soweit ich sehen konnte, noch nie umgestellt oder umgestaltet worden waren. Mit tiefernster Miene saß er auf seinem Leinwandstuhl, der eigentlich eine Art Strandstuhl war. Mrs Wolohan hatte mich zu ihm geschickt, und in der Kolonie kleiner Behausungen entlang des Sag Turnpike, wo viele Gärtner und andere Gelegenheitsarbeiter wohnten, musste ich nach dem Haus suchen. Ich sollte ihm mitteilen, er könne am Montag anfangen. Ein längst entschwundener Montag in der vergessenen Geschichte von Mr Nolan in der Blüte seines Lebens.

Er schien sehr erschrocken, mich zu sehen. Ich hatte an seine Verandatür geklopft und war, als niemand öffnete, eingetreten. Der alte cremefarbene Anstrich schälte sich von den holzverkleideten Wänden. Im ganzen Haus hing kein einziges Bild, nichts.

»Oh, danke«, sagte er, als ich ihm sagte, weshalb ich gekommen war. Soviel ich weiß, hatte er ein paar Wochen zuvor seine Dienste angeboten, aber die Stelle war bereits an Mr Cuffee vom Stamm der Shinnecock vergeben worden. Indes hatte Mr Cuffee eine heftige Abneigung gegen den großen neuen Rasenmäher gefasst, den er für ein »verdammt nutzloses Ding« erklärte, und sich davongemacht. Also benötigten die Wolohans am Ende doch noch jemanden, der dem Mäher über die vielen Morgen Rasen folgte, und für tausend andere Aufgaben. »Gerade hatte ich mich gefragt, ob es nicht Zeit ist, ans Weiterziehen zu denken.«

Es hieß, damals habe es mehr Arbeit gegeben, aber man muss sich immer nach Arbeit umsehen, ganz gleich, was die Leute sagen.

»Da bin ich aber froh«, sagte er. »Ich nehme an, Sie arbeiten dort im Haus?«

»Ich koche für die Wolohans«, sagte ich.

»Und ich wette, Sie sind eine gute Köchin.«

»Keine ganz schlechte«, sagte ich.

»Sind Sie Irin?«, fragte er. »Vom Akzent her.«

»O ja«, sagte ich, »lang, lang ist's her.«

»Ich weiß«, sagte er. »Komme selbst aus Tennessee, aber – Sie wissen ja. Nolan. Inishmore, von da kam mein Großvater. Ich könnte nicht behaupten, dass ich weiß, wo das liegt. Irgendwo in Irland.«

»Jedenfalls können Sie Montag anfangen. Das Gras wächst uns schon bis zu den Ohren.«

»Sagen Sie Mrs Wolohan, ich werde da sein, in aller Herrgottsfrühe. Wirklich nett, Sie kennengelernt zu haben, Ma'am.«

»Keine Ursache«, sagte ich.

Daran konnte ich mich also noch erinnern. Nichts von Bedeutung, bloßes Geplauder, obwohl, wie ich mir seinerzeit einbildete, entscheidend für Mr Nolans Wohlbefinden. Eine schöne Aufgabe, jemanden aufzusuchen und ihm mitteilen zu können, dass er eine Anstellung hat. Arbeit ist das Öl der Seele.

Wir reiten in unser Verderben wie die Cowboys, das ist gewiss. Aber in diesem Fall nicht.

»Das ist meine Schwester Maria, die Heilige«, sagte Mike, als wir zu ihrem kleinen Apartment in Washington kamen.

»Tja, das sagt er so, Lilly«, entgegnete Maria. Sie trug einen spitzenbesetzten Rock und eine spitzenbesetzte Bluse. Ihr Haar lag in einer reglosen Dauerwelle. »Von wegen Heilige. Ich bin noch keiner Heiligen begegnet. Ich nehme an, einige Heilige haben Gutes getan. Unsere Mama, die liebte die heilige Agatha von Sizilien, der die Römer die Brüste abgeschnitten haben. Du kannst sie sehen, Lilly, auf Gemälden, vor ihr ein Teller mit ihren kleinen Brüsten. Sie sehen aus wie zwei gebackene Brötchen. Darum ist sie die Schutzpatronin der Bäcker, das war das Handwerk unseres Vaters. Vernünftige Arbeit.«

»Jetzt krieg ich gleich zu hören, wie *stupido* es von mir ist, in meinem Beruf zu arbeiten«, sagte Mike. »Aber es ist gute Arbeit.«

»Ehebrecher. Das ist keine gute Arbeit.«

»Ja, ja…«

Ich war kaum durch die Tür des Apartments getreten, da zankten sie sich schon, wie Geschwister es tun. Noch während sie sprach, wobei sie sich zu mir umdrehte und an meine weibliche Vernunft appellierte, hatte sie sich wie ein kleiner energiesprühender Vulkan mein Baby geschnappt und angefangen, es auf dem Küchentisch trockenzulegen. Sie war bereits vorgewarnt worden, Windeln für Ed zu besorgen, der seine tatsächlich so vollgepinkelt hatte, dass sie so groß und schwer war wie er selbst. Winzig und weich, so zart wie das erste Lebewesen in Gottes Schöpfung, das diese Bezeichnung verdiente, gab er unter ihrer liebevollen Fürsorge ein leises Glucksen von sich.

»Und du kannst auch baden, Lilly, ich hab so viel heißes Wasser im Tank, damit könnte ich glatt einen Dampfer antreiben. Mein Gott, hab ich gewartet. Wie lange braucht man denn von Cleveland?«

»Sehr, sehr, sehr, sehr lange«, sagte Mike, und in meiner Erschöpfung wusste ich, dass auch er zutiefst erschöpft war von dem endlos langen Strom der Scheinwerfer auf der Schnellstraße, die so viel Licht in sein Hirn ergossen hatten, dass er sich unentwegt wie im Zentrum einer Explosion gefühlt haben musste. Ed hatte geschlafen und getrunken, geschlafen und getrunken, und ich hatte es ihm zwangsläufig gleichgetan, doch jedes Mal, wenn ich erwachte, sprach ich ein Gebet zu Gott, um Ihm dafür zu danken, dass Er mir Mike Scopello gesandt hatte, der mir damals wie ein geflügeltes Wesen vorkam.

Und ich glaube, die Sizilianer könnten, wenn sie wollten, zur heiligen Maria von Washington beten. Ich wette, sie würde dafür sorgen, dass ihre Gebete im Handumdrehen erhört werden.

Ich muss drei Jahre bei Maria gewesen sein, und als ich nach einem Monat wieder auf dem Damm war, arbeitete ich mit ihr auf dem großen Obstmarkt draußen vor der Stadt, wo die geschäftstüchtigen Frauen eine Krippe für ihre Babys unterhielten. Es gab viele Babys, italienische Babys und ein irisches oder was immer Ed sein mochte.

Ich bedeutete die Welt für Ed und war mir dessen kaum bewusst. Auf einer breiten Straße mit hohen Bäumen, in deren Laub der Wind wie eine Vogelschar hauste, stand ein Karussell, das er liebte. Die niedrigen Häuser der Stadt ließen mich an ein makelloses Dublin denken. Rings um uns her erstreckten sich die herrlichen Gebäude, und ich und Ed mitten unter ihnen, in diesem kaum wahrgenommenen Paradies seiner Kindheit. Kaum wahrgenommen von mir, denn innerlich war ich oft mit anderen Dingen beschäftigt, und kaum wahrgenommen von ihm, denn als er älter war, schien er so viel davon vergessen zu haben. »Ed, weißt du noch, wie gern du den abschüssigen Rasen hinuntergerollt bist?« »Nein, Ma, das weiß ich nicht mehr.« »Das haben wir jeden Sonntag gemacht, Ed, ohne Ausnahme. Du warst ganz verrückt danach.« »Vielleicht weiß ich es noch ein bisschen, Ma.« Seine Hand in meiner, diese verletzliche Hand, die verletzliche Hand eines jeden Kindes, wenn wir die gepflegten öffentlichen Grünanlagen Washingtons durchquerten. Meine vom Einpacken der Birnen und Äpfel auf dem Markt dauerhaft gelb verfärbte Hand. Eine Frau, die auf die fünfzig zuging, und ein niedlicher kleiner Junge mit kurzgeschnittenem Haar. Unser Lächeln meist nur füreinander bestimmt und jeder Fremde bis zum Beweis des Gegenteils ein möglicher Dämon oder Bär. Dann gelangten wir zu dem sagenhaften Karussell und warteten, bis sein Lieblingspferd frei wurde, ein anderes wollte er nicht reiten, dann immer im Kreis herum zu der blechernen Musik, die in die trockenen Bäume hinaufschallte, und wenn der Karussellbetreiber einen Gutschein in Form eines Ringes hochhielt, versuchten alle Kinder eifrig, ihn mit den ausgeteilten Stöckchen aufzuspießen, und Eds Gesicht war das feurigste und entschlossenste von allen. Die herrlichen Tage, an denen er eine

Freifahrt ergatterte, der Triumph auf seinem Gesicht und die dunkelnden Straßen, gerettet von den Laternen, die eine nach der anderen mit ihrem elektrischen Pling ansprangen. In meinen Träumen sehe ich das Karussell, das sich im Kreis dreht, und Ed, der für alle Zeiten darauf fährt.

Dann fand ich Arbeit bei Mrs Wolohans Mutter. Ich weiß nicht, womit ich dieses Glück verdient hatte. Maria freute sich so für mich. Sie war es, die das Inserat in der Zeitung gesehen hatte, bei den Stellenangeboten, und dass eine Irin bevorzugt werde. Maria sagte, ich könne meinen Hut darauf verwetten, dass es um ausgefallene Küche gehe, und sie habe in der Bibliothek einige Bücher ausgeliehen, damit ich meine Kenntnisse auffrischen könne. Das umfangreichste davon trug den Titel *The White House Cook Book* und enthielt lauter Rezepte, die die Präsidentengattinnen in Jahrzehnten amerikanischer Geschichte zusammengestellt hatten. Speisen, die sie zubereitet hatten, während die Geschichte Amerikas voranschritt.

»Diese Familie«, sagte Maria, »bedeutende, hochmögende Leute, die sind diese Küche bestimmt gewohnt. Wenn du die Stelle kriegst, kannst du mir von hoch oben auf den Kopf spucken.«

»Irgendwie glaube ich nicht, dass ich dir auf den Kopf spucken möchte.«

»Nein, aber das könntest du, wenn du die Stelle kriegst. Von hoch oben.«

Mrs Wolohans Mutter störte sich nicht daran, dass ich ein Kind hatte. Eigentlich war es sogar von Vorteil. Mrs Wolohans Mutter glaubte an gute Taten, ohne all den sirupsüßen Unsinn, der gewöhnlich damit verbunden ist. Sie glaubte an Gerechtigkeit, an Menschen, die ihr Glück machen, und an das Prinzip der helfenden Hand.

Meinen Namen gab ich mit Bere, nicht mit Kinderman an. Es gefiel ihr, dass ich Lilly hieß, denn sie war sehr katholisch und züchtete mit heiligem Eifer Madonnenlilien. In ihrem Haus hing ein altes Gemälde, auf dem der Erzengel Gabriel der heiligen Jungfrau eine Lilie überreicht. Es ist ein merkwürdiger Name, denn einige Jahre später sagte mir Mr Eugenides, er gefalle ihm, weil bei einer griechischen Hochzeit die Braut eine Lilienkrone trage. Mr Dillinger wiederum gefiel er, weil in der alten griechischen Sage Zeus mit Alkmene, einer Sterblichen, schlief und das Kind, das dieser Verbindung entsprang, seiner schlummernden Gattin Hera an die Brust legte, um ihm mehr Göttlichkeit zu verleihen. Sie erwachte und stieß das Baby von sich, und die Milch, die dabei aus ihrer Brust spritzte, wurde zur Milchstraße, und die Tropfen, die auf die Erde fielen, zu Lilien. Mr Eugenides erwähnte diese Geschichte allerdings nie, obwohl er Bill den Homer geschenkt hatte.

»Als mein Sohn im Krieg umkam«, sagte Mrs Wolohans Mutter einmal, »habe ich an die heilige Jungfrau unter dem Kreuz gedacht.« Das ist mir oft durch den Sinn gegangen. Wie sie in ihrem feinen Kostüm an ihrer eleganten Tafel saß, so etwas sagte und einem damit das Herz aus der Brust riss.

Ich habe für diese Frau gekocht, wie ich für Gott gekocht hätte, wäre Er jemals Mensch genug gewesen, um hungrig zu sein. Sie herrschte über ein riesiges amerikanisches Anwesen mit Marmorsäulen und rosa Wänden und Kissen mit Darstellungen von Männern, die in Frankreich Rotwild jagen. Auf ihren hohen Kaminsimsen tanzten Damen aus Porzellan. An ihrer Tafel hatten Präsidenten und Kaiser und Könige und Herzöge gespeist und vor Jahren auch Michael Collins und de Valera.

»Allerdings nicht am selben Abend, Lilly«, sagte sie und lachte zu Recht über ihren eigenen Scharfsinn.

Sie beteuerte, meine Kochkünste zu schätzen, aber das hielt sie nicht davon ab, ein, zwei oder gar drei französische Köche zu engagieren, wenn sie es für nötig hielt. Bei Familientreffen brachten ihre erwachsenen Söhne und Töchter das Haus zum

Leuchten. Einer ihrer Söhne war Senator im Senatsgebäude auf dem Hügel.

Es ist eine Tatsache, dass vor langer Zeit eine der reichsten Frauen Amerikas zugleich auch eine der liebenswürdigsten war.

Als meine Mrs Wolohan, ihre Tochter, heiratete, folgte ich ihr in die Hamptons. Das muss Mitte der fünfziger Jahre gewesen sein. Es betrübte mich, ihre Mutter zu verlassen, aber das Leben in ihrem Haus hatte ein solches Tempo, dass ich auch ein wenig erleichtert war, in die Stille Bridgehamptons zu entkommen.

Es waren *fast* jene offenen Weiten, von denen Ed schon als kleiner Junge zu träumen schien. Er liebte Bücher, die die einsamen Gegenden von Texas zeigten, die Rockies, die Wüsten an der Westküste. Immerhin konnte ihn der große Strand in Bann ziehen. Zwar gab es keine roten Steilhänge wie im Westen von Texas, dafür aber gewaltig aufgetürmte gelbe Dünen, die seine neunjährigen Beine erstürmen konnten.

Zum Lernen ging er in die kleine Schule am Ort. In seinem weißen Hemd und seinen blauen Shorts.

Es gab viel Glück, und dann gab es auch viel Traurigkeit.

Wenn ich mir Fotos aus den Fünfzigern anschaue, ist alles immer so sauber. Die Gehsteige sind sauber, der Teer auf den Schnellstraßen ist sauber, die Hemden der Männer sind gestärkt, die Faltenröcke der Frauen akkurat gebügelt. Ich weiß nicht, ob es wirklich so war. Ich erinnere mich kaum. Mag sein. Jeder wollte es gut haben, wollte besser leben, nach dem Krieg, der so viele Söhne verschlungen hatte, darunter einen der Söhne von Mrs Wolohans Mutter. Die Welt war zu Ende gegangen, wie in der Bibel, und musste neu erschaffen werden.

Aber wie man früher in Irland sagte: *Der Teufel schleicht sich nur in Gutes.*

Aber lange Zeit war es gut. Es muss auch wohl Mitte der fünfziger Jahre gewesen sein, als Mr Nolan in der Gegend auftauchte. Sobald er in demselben Haus oder zumindest auf demselben Anwesen arbeitete, fuhr er Ed zur Schule und wieder zurück. Tausend Mal bummelten wir, alle drei gemeinsam, zum Filmtheater. Wir mästeten Ed mit Mr Eugenides' Limonade und Kuchen.

Mr Nolan fädelte sich in unser Leben ein. Ich nehme an, es liegt im Wesen eines Handwerkers, hilfsbereit zu sein. Es war seltsam, wie tief er in mein Leben eindrang und wie mühelos. Es war eine Art Lebensumstand. Mr Nolan war einfach immer da, wie die Spatzen in einer irischen Stadt. Mrs Wolohan bezahlte ihn natürlich für seine Arbeit, aber für mich wurde alles gratis erledigt, so nebenher und fast unmerklich, dass ich mir darüber nie Gedanken machte. Ich *mochte* ihn, aber *sah* ich ihn überhaupt? War er nicht häufig geradezu abwesend, selbst wenn er anwesend war? Er widmete sich Ed. Keine Aufgabe schien zu viel für ihn. Er hatte ein klappriges altes Auto, das er mehr liebte als sich selbst. Sich selbst versuchte er zu vergiften, viele Male, mit gewaltigen Saufgelagen. Seine Seele und seinen Geist bekämpfte er mit Alkohol, ohne Rücksicht auf Verluste. Mr Nolan.

Abends las er Ed immer vor. Er besaß eine alte Ausgabe von *Pu der Bär*, und darin lasen sie gern zusammen. Ich hörte sie an den amerikanischen Abenden, die so anders sind als irische.

Eines Abends, als Ed um die elf Jahre alt war, trat ich ein, um ihm seinen Gutenachtkuss zu geben, und fand Mr Nolan auf Eds Bett sitzend vor. Beide weinten. Genauer gesagt, Mr Nolan vergoss eine dunkle Träne, und Ed blickte starr und benommen drein. Sie waren eben am Ende des Buches angelangt. Christopher Robin, erzählte mir Ed, müsse ins Internat, und Pu wolle wissen, ob es ihn immer noch gebe, wenn Christopher Robin fort sei.

»Es handelt vom Ende der Kindheit«, sagte Mr Nolan untröstlich.

In solchen Dingen war er gut. Außerdem war er, fällt mir jetzt ein, ein wahrer Kenner von Geburtstagsritualen. Das hatte ich vergessen. Dann schenkte er einem gern Blumen aus dem Geschäft und Pralinen, die er vom Chocolatier in Sag Harbour bezog. An einem ganz besonderen Geburtstag ging er sogar zu Mrs Wolohan, erbat sich einen freien Tag und fuhr mich hinunter bis nach Cape May, Aufbruch im Morgengrauen, nur wir zwei, ohne Ed, »um den Leuchtturm zu sehen«. Im Sand gab es einen alten Gefechtsstand aus Beton, der noch immer auf Hitler wartete. Mr Nolan ging ins Wasser, um eine Runde zu schwimmen. Es war so eisig kalt, dass er nur eine Sekunde lang untertauchte.

»Na«, rief er, »das ist dann ja wohl das Ende der Nolan-Dynastie!«

Wir stiegen eine enge Steintreppe zur Leuchtturmspitze hinauf, und als wir oben ankamen, brachten wir vor Erschöpfung kein Wort heraus. Mr Nolan bewunderte das Mauerwerk, bewunderte den Anblick des glitzernden Meeres und lächelte, lächelte ohne Unterlass.

In den frühen Morgenstunden kamen wir wieder zu Hause an, ermattet bis in die Knochen, wie man es nur nach einer langen Autofahrt sein kann. Zu meinem Erstaunen hatte uns Mrs Wolohan eigenhändig Sandwiches zubereitet, sogar Sandwiches mit Rindfleisch, die uns samt einer Notiz auf einem ihrer blauen Windmühlenteller auf dem Küchentisch erwarteten.

Und Ed, der Mrs Wolohan fast sein ganzes Leben gekannt hatte, liebte sie. Vor ihr, die selbst zurückhaltend war, hatte er nicht die geringste Scheu, und ich muss gestehen, dass sie ihm Manieren beigebracht hat. Ich glaube, als sie mit ihm fertig war, hätte er unbefangen mit Königen speisen können.

All das spielte sich manchmal, selten genug, nehme ich an, im Umfeld kleinerer Mahlzeiten mit ihr ab, für die im Sommer der Tisch draußen unter den Kolonnaden aufgestellt wurde, sodass Mrs Wolohans Füße in ihren blauen Pantoffeln dem See ein wenig näher kamen. Beim Essen war sie am geistreichsten und animierte ihn zu derart guten Manieren, als wollte sie ihn für den diplomatischen Dienst ausbilden.

Doch in seinem tiefsten Inneren liebte Ed jene großen Weiten. Diese war es, wonach er sich sein ganzes Leben lang gesehnt hatte. Er liebte all die Cowboyfilme, die wir mit Mr Nolan anschauten und die der alte Besitzer des Filmtheaters ebenfalls liebte und mit Begeisterung den guten Leuten von Bridgehampton vorführte, auch wenn es uns an den endlosen Weiten amerikanischer Landschaft mit Viehherden und Cowboys ein wenig mangelte. Er war ein kleiner, dunkelhäutiger Mann namens Mart Pelowski, der seine Kartoffelfarm gegen das Kino eines Mannes namens Billy Waldron eingetauscht hatte. In jenen Jahren hatte Mr Pelowski Mühe, an Kopien der neuen Filme heranzukommen, aber es gelang ihm. Er suchte die Verleihfirmen in New Jersey auf und flehte sie um Kopien an. Sein kleines Etablissement hatte nur hundert Sitze, deshalb verlegte er bei schönem Wetter und bei beliebten Filmen immer alles nach draußen, und die Leute karrten ihre Stühle mit Pick-ups und Kombis heran, und auf der Giebelwand des Gebäudes zeigte er *Der Mann aus dem Westen* und *Der letzte Zug von Gun Hill*. Die ganze Stadt – Arbeiter, feine Pinkel und alles dazwischen, besonders aber Kind und Kegel – verfolgte das wundersame Treiben auf Mr Pelowskis Gemäuern und freute sich über unsere Insel der vollendeten Eintracht. Am folgenden Morgen dann hatten alle rote Mückenstiche an den Knöcheln und die weiten Prärien von Texas im Herzen.

Jeden Sommer verbrachte Ed unten am Strand und wurde braun wie eine Kastanie. Die Dünen waren sein Himalaya, der Sandstrand seine Sahara. Sonntags war Mr Nolan dabei, angetan mit seinen uralten karierten Shorts, und ich selbst in meinem sittsamen Badeanzug, der zwar einen Hauch fröhlicher Farbe aufwies, mir mit seinen Drähten und Korsettstäbchen jedoch fast das Blut in den Adern abschnürte.

Mr Nolans Körper, fest wie ein getrockneter Holzscheit. Ich selbst alternd, mit einer seltsamen Landkarte blauer Venen auf den Oberschenkeln, einer Landkarte von Nirgendwo.

Als Ed älter wurde, setzte ich mich auf den Dünen weiter weg, damit er sein neues Alleinsein auskosten konnte, das vorgetäuschte Alleinsein der Kindheit, reich und berauschend. Die winzigsten Dinge konnten ihn beglücken. Nichts erschien ihm wundervoller, begehrenswerter, als über den glühenden Sand zum Eisverkäufer zu hopsen, zu hüpfen, zu springen, einem freundlichen Shinnecock namens Charlie Heat, und mit seinem Schatz zurückzukommen, einer Flasche Coca-Cola, deren Kälte eine Form von Hitze war, sodass er sie kaum in der Hand halten konnte, sich auf den gnadenlosen Sand zu setzen und den drohenden Hitzetod durch das Hinunterstürzen der eiskalten Flüssigkeit abzuwenden. In seiner Vorstellung war er dann ein verzweifelter Reisender im Death Valley, der in diesem Reich der Verdammnis unvermutet eine Oase gefunden hatte.

Das entsprach, alles in allem, Eds Traumbild von Amerika, und dort wollte er sich nach dem Schulabschluss Arbeit suchen. Und als der Zeitpunkt schließlich gekommen war, fand ich eine landwirtschaftliche Akademie in New York, die bereit war, ihn aufzunehmen. Es konnte losgehen. Meine Hoffnung für ihn war grenzenlos.

Aber dies war das Jahrzehnt der Attentate, und Ed war noch jung. Wie jeder anständige Jugendliche nahm er sich alles zu Herzen, nahm er alles persönlich. Niemand wurde erschossen, ohne dass Ed nicht empfunden hätte, wie die Kugel ihn selbst durchschlug. Medgar Evers war der Erste, und dann folgte jener ganze Rosenkranz des Todes, jede Perle eine Seele.

Es war eine jener tiefschwarzen Sommernächte. In Irland bleibt es im Hochsommer bis um elf Uhr hell. An den seltenen heißen Tagen verweilen die Menschen bis zum letzten Schimmer Tageslicht bei den Shelly Banks, schlendern die buttergelben

Steine des Great South Wall entlang und die Kinder stürzen sich in die seichte, ölige See. Doch in Bridgehampton scheint selbst im Sommer die Nacht früh hereinzubrechen.

Mrs Wolohans Bruder, der Senator, war in Begleitung des berühmten Predigers Dr. King zum Abendessen gekommen. Auch Mr Dillinger war da, und die vier unterhielten sich leise im zunehmenden Dämmerlicht, während die Glyzinienblüten über ihren Köpfen in der alles auslöschenden Nacht allmählich verblassten. Ich hatte Jakobsmuscheln für sie gekocht, und Mrs Wolohan hatte mich gebeten, einen Pecan Pie zu backen. Ich war besorgt, weil ich mich bis dahin noch nie daran versucht hatte. Er wurde nicht einmal in meinem *White House Cook Book* erwähnt. Etwas zum ersten Mal zuzubereiten kann schlimme Folgen haben. Immerhin brachte ich etwas zustande, das der Illustration auf dem Rezept, das Mr Nolan für mich ausgegraben hatte, zumindest ähnelte.

Durch die zur Rasenseite hin geöffneten Küchenfenster konnte ich sie reden und lachen hören.

Ed trug Teller rein und raus. Er war schon fast ein junger Mann. Anders als einige seiner Schulfreunde hatte er sich die Haare nicht wachsen lassen. Er mochte Bob Dylan und sang im Haus seine Songs ziemlich unmelodisch vor sich hin. Zahlreiche Dinge schienen ihn umzutreiben. Besonders die Atombombe verfolgte ihn bis in seine Träume hinein, wie damals viele andere auch. In der Schule hatte man ihm beigebracht, unter das Pult zu kriechen, falls die Welt in die Luft gesprengt würde. Als er an dem Abend heimgekommen war, hatte er darauf bestanden, dass auch ich mich zu Übungszwecken unter den Küchentisch duckte. Zu zweit schauten wir darunter hervor, während die liebe Erde in Schutt und Asche lag.

Doch es ist wahrhaftig schwer, in die Welt hinauszugehen, wenn ebendiese Welt in einem jähen, gewaltigen Blitz ausgelöscht werden kann.

Nach dem Dessert blieb er lange Zeit weg. Mir war, als hörte ich Dr. Kings angenehme Stimme zu ihm sprechen und Eds zartere Stimme antworten. Das machte mich irgendwie glücklich. Den Abwasch besorgte ich mit ungewohntem Vergnügen. Da kam Ed wieder herein.

»Dr. King möchte sich bedanken, Ma.«

»Ich kann da jetzt nicht hinausgehen, Ed, in meiner schmutzigen Schürze.«

»Ich glaube nicht, dass ihn so etwas stört.«

»Nein?«

»Nein, ich glaube nicht.«

Also ging ich hinaus. Mrs Wolohan erzählte gerade eine Geschichte. Eigentlich sprach sie nur dann ausführlicher, wenn sie sich wohl fühlte. Manchmal begnügte sie sich damit, einfach zuzuhören. Jetzt aber erzählte sie eine Geschichte, und die Männer lachten, als sie eine Episode an die andere reihte. Ich weiß nicht mehr, wovon sie handelte. Ich weiß nur noch, wie fröhlich und gelöst die Stimmung bei Tisch war.

»Oh, Lilly«, sagte Mrs Wolohan. »Dr. King möchte dich zu deinem Pecan Pie beglückwünschen.«

»Ich habe zum ersten Mal einen gemacht. Beim Backen war mir angst und bange.«

»Das war der beste Pecan Pie, den ich je gegessen habe«, sagte Dr. King.

»Das ist so liebenswürdig von Ihnen«, sagte ich.

»Einen feinen Jungen haben Sie da. Was, glauben Sie, wird er nach seinem Schulabschluss anfangen? Ich habe ihn nach besten Kräften ausgefragt, aber er wollte es mir nicht verraten.«

»Er möchte in die Landwirtschaft gehen, wissen Sie.«

»Ein feiner Junge«, sagte er noch einmal, als würde er ein Geheimnis lüften. Und auf gewisse Art war er das ja auch. Ein feiner Junge. Ja, das war Ed. Ed war ein feiner Junge. Ein prächtiger Junge.

»Ich bin sehr stolz auf ihn«, sagte ich und fügte, warum auch immer, hinzu: »Ich liebe ihn sehr.«

»Ihm könnte alles offenstehen«, sagte Dr. King lächelnd und breitete in der dunklen Luft die Arme aus, um dieses »alles« zu veranschaulichen.

»Danke, Sir.«

Das waren mehr oder weniger unsere Worte. Wie kommt es, dass die wichtigsten Dinge, die einem widerfahren, letzten Endes oft aus bloßem Geplauder bestehen?

Wenn Gott glücklich ist, plaudert Er bestimmt mit dem Sohn und dem Heiligen Geist.

In einem seltsamen Zustand der Erregung ging ich zurück in die Küche. Zitternd wischte ich die Arbeitsflächen mit einem alten Lappen ab.

Ich hatte gehofft, ein Stück von dem Pecan Pie für Mr Nolan aufheben zu können, da er ebenfalls Südstaatler war, aber als der Teller leer zurückkam, war mir das auch recht.

Es ist ein Satz, der sich leicht sagt und dessen Bedeutung sich, wie der Glaube selbst, nur schwer erklären lässt, aber es stimmte, ich sah es, ich hörte ihn die Worte aussprechen, Ed »liebte sein Vaterland«, genau wie Bill später. Ich liebte Irland, trotz allem, und war Amerika dankbar, weil es mir am Ende Zuflucht geboten hatte. Doch Ed, mein eigen Fleisch und Blut, war Amerikaner. Amerika hatte ihn gestrickt, und Amerika ribbelte ihn wieder auf.

Ich erinnere mich an den Vormittag, als er zu mir kam, den Einberufungsbescheid in der Hand. Er steht in meinem schmalen holzgetäfelten Schlafzimmer und will, dass ich das Dokument lese. Es sieht amtlich aus, dringend, absichtsvoll. Natürlich ist es kein Todesurteil, aber doch eine Art Urteil, so wirkt es auf mich. Ich blicke auf, und sein Gesicht ist überaus ernst, wie das eines Philosophen. Durch seine Züge scheint das Gesicht seines Vaters hindurch, des Mannes, den er nie gekannt hat und den ich zwar gekannt, aber kaum verstanden habe.

»Das ist der Brief, den sie mir geschickt haben, weißt du, Ma«, sagte er unnötigerweise.

Ich schaute ihn an. Mir war, als sähe ich etwas zum ersten Mal. Seine Züge waren gleichmäßig, kantig, wie bei einem Porträt. Er stand vor mir, und ich schaute in sein Gesicht. Ich glaube, ich sah Zweifel darin aufflackern und Mut und natürlich die selige Ahnungslosigkeit über das, was ihm tatsächlich bevorstand. Ich glaubte zu wissen, was ein Krieg war, und ich wollte ihn ganz gewiss nicht ziehen lassen. Wäre ich gefragt worden, ich hätte nein gesagt. Doch niemand hatte mich gefragt, und so sagte ich nichts. Sein Gesicht, das Porträt eines Menschen, der mir lieb war, wirkte mit einem Mal unfertig. Der Gedanke verursachte mir Schwindel, Beklommenheit. Es fehlte ihm der letzte Schliff, den ihrem Kind zu verpassen einer guten Mutter aufgetragen ist. Das dachte ich und spürte den schrecklichen Verrat in diesem Gedanken. Ich wusste nicht einmal, woher der Gedanke kam oder was er zu bedeuten hatte. Ich hatte versagt, hatte irgendwie versagt. Es war mir nicht gelungen, ihn zu *vervollständigen.* Und nun würde ich keine Zeit mehr haben, es zu versuchen.

Er wurde einberufen, und natürlich folgte er dem Ruf. Vielleicht hätte er sich, unter Verweis auf seinen Studienplatz, herauswinden können, doch das tat er nicht.

Einige Wochen später standen wir also in Bridgehampton, und der Armeebus fuhr vor. Ed war nicht der Einzige, der darauf wartete, einzusteigen. Ich erkannte den Jungen, der das ganze Jahr im Süßwarenladen gearbeitet hatte. Auch Joe, einen von Yastrzemskis Söhnen, der eines Tages den Hof seines Vaters übernehmen würde. All die Mütter und Väter traten, sicherlich aufgrund strikter Anweisungen, lächelnd und winkend zurück.

Ich umarmte meinen unvollendeten Sohn, solange er es zuließ, so lange, bis er sich sanft befreite.

»Ich wollte meinen alten Buick bei Joe Yastrzemski lassen, aber ich schätze, daraus wird nun nichts«, sagte er.

»Du wirst nicht lange fort sein, mein Schatz«, sagte ich.
»Ma, bittest du Mr Nolan, gelegentlich den Motor laufen zu lassen?«, sagte er.
»In Ordnung Ed, das mache ich«, sagte ich.
»Also dann, Ma, pass auf dich auf.«
»Das werde ich, Ed. Und du sieh bloß zu, dass du das Gleiche tust, sieh bloß zu.«

Als Ed etwa zwei Jahre in Vietnam war und mein kleiner Schwarz-Weiß-Fernseher mir jeden Abend Dinge erzählte, die ich nicht hören wollte, und Dinge zeigte, die ich nicht sehen wollte, die ich aber hören und sehen musste, weil dies die furchterregende Hölle war, in der sich mein Ed befand, geschah etwas. Es geschah ganz zufällig, aus heiterem Himmel. Ich war in New York City, um etwas für Mrs Wolohan zu erledigen, ich weiß nicht einmal mehr, was es war, dieser Teil der Erinnerung ist mir abhanden gekommen. Möglicherweise hatte ich in ihrer Stadtwohnung nur nach dem Rechten gesehen oder etwas geholt, jedenfalls hatte ich den Central Park durchquert und ging die Third Avenue hinunter – wohin, weiß ich, wie gesagt, nicht mehr.

Ich glaube nicht, dass ich meiner Umgebung sonderlich viel Aufmerksamkeit schenkte, aber irgendwann nahm ich eine kleine Gruppe von Menschen wahr, die mir auf dem Bürgersteig entgegenkam. Wenig später starrte ich wie gebannt auf den Mann in der Gruppe, denn obwohl zwanzig Jahre vergangen waren, glaubte ich ihn wiederzuerkennen – ich glaubte, es sei Joe Kinderman, leibhaftig. Mit seinem federnden Gang tänzelte er einher und redete und gestikulierte, wie es für ihn so natürlich und bezeichnend war. Er war so gegenwärtig, dass die Jahre dahinschwanden. Wenn das nicht Joe Kinderman ist, dachte ich, dann ist es sein Doppelgänger. Ich weiß nicht, ob ich wollte, dass er es wäre. Ich weiß nicht, was ich davon hielt. Ich hätte in eine Querstraße wegtauchen können, ich hätte auf dem Absatz kehrtmachen und wieder in Richtung Central Park eilen können. Stattdessen blieb ich stehen und sah, wie er auf mich zukam. Er schien in der kleinen Menschentraube festzuhängen, vielleicht Theaterbesucher, die aus einer Nachmittagsvorstellung kamen, dachte ich. Eine Frau, eine Schwarze, und drei jüngere Personen, vielleicht ihre Töchter, und sie schlenderten dahin, schlenderten einfach des Wegs.

Alles, was ich über Joe gehört hatte, stürmte auf mich ein. Ich sah Mike Scopello vor mir, ganz Detective, mit seiner gewissenhaften Miene, und die Ratten der Angst von damals streckten wieder ihre Schnauzen hervor. Ich sah, wie der Mann näher kam. Bis dahin hatte er mich noch nicht bemerkt, tatsächlich lachte er jetzt, als kenne er die Menschen um sich her.

Jetzt waren wir nur noch wenige Schritte voneinander entfernt. Er fing meinen Blick auf.

»Joe«, sagte ich. »Joe.«

Als wäre es die natürlichste Sache der Welt und er irgendein alter Freund. Verhält es sich immer so, fragte ich mich groteskerweise, wenn Menschen einander begegnen, die eine seltsame Geschichte verbindet, Wärter und Häftling oder dergleichen, hallo, Sam, grüß dich, Sol? Und der Traum des Häftlings, seinen Wärter umzubringen, sobald er die Gelegenheit bekommt, erliegt dem mächtigen Sog der Höflichkeit?

Joe, denn er war es ganz gewiss, wenngleich ein bisschen älter, sein krauses Haar erwartungsgemäß grauer, sein Gesicht etwas länger, schmaler und die Haut selbst grauer, blieb stehen und berührte, wie um sie zu schützen, die Schultern der beiden Mädchen, die neben ihm gingen.

»Bist du's, Lilly?«, fragte er.

»Ja, ich bin's«, sagte ich.

»Wer ist das?«, erkundigte sich seine Begleiterin, sehr höflich, mit einem Lächeln in ihrem schönen, kräftigen Gesicht.

Aber Joe schien nicht fähig, ihr zu antworten, und so stand er einen Augenblick lang nur stumm da, während die Taxis auf der Third Avenue wie Saatkrähen lärmten und das halbherzige Blau des Himmels auf uns herabblickte. Ich glaube kaum, dass Gott mich besonders liebenswert fand, denn in meinem Herzen regte sich ein mörderisches Verlangen, mich durchströmte die Demütigung, die er mir zugefügt hatte, mich durchflutete die Erinnerung an sein Verschwinden, als wäre ich eine Art Abflussrinne. Ich wagte nicht, auch nur einen Muskel zu rühren, sonst wäre ich womöglich auf ihn zugesprungen und hätte ihm etwas angetan, ihm die Zähne in den Hals geschlagen oder mit bloßen Händen auf ihn eingeprügelt, was in jener gleichgültigen New Yorker Straße sicher nicht ratsam gewesen wäre, doch der Impuls dazu war fast unwiderstehlich.

»Ella«, sagte er zu der Frau, »würdest du mit den Mädchen ins Hotel zurückgehen? Bitte? Ich muss mit dieser Dame reden. Es wird nicht lange dauern. Ich bin gleich wieder bei euch.«

»Natürlich, Joe«, sagte sie – vertrauensvoll, dachte ich, bemerkte ich. Vertrauensvoll. »Alles in Ordnung?«

»Ja«, sagte Joe. »Sicher.«

Die drei Mädchen und die Frau – ja, eine schöne, wohlgeformte Frau, dachte ich, bemerkte ich, in einem dieser Etuikleider, geschmeidig und adrett, und ihre Haut so dunkel, dass sie ein eigenes, geheimes Licht ausstrahlte – machten auf dem Gehweg kehrt und ließen uns dort zurück.

»Also«, sagte Joe. »Lilly. Ich wusste, dass wir uns eines Tages wiedersehen.«

»Wirklich, Joe?«, fragte ich. Oh, wie elend ich mich dort fühlte. Die Zeit hatte mir einen üblen Streich gespielt. Er wirkte wie ein Mann in der Blüte seiner Jahre, während ich mir eingefallen und alt vorkam. Ich hatte Ed so spät bekommen. Vielleicht war es nicht recht von mir gewesen, so spät ein Kind zu bekommen. Vielleicht war es das.

»Wollen wir hier reingehen?«, fragte er und wies auf die Tür des italienischen Feinkostladens, vor dem wir zufällig standen. »Da können wir uns unterhalten, Lilly.«

»Na gut«, sagte ich. Ich folgte ihm hinein. Unerwünschte, ungewollte Gedanken attackierten mein Hirn. Der Reiz, der von Joe ausging, seine Andersartigkeit, die Tatsache, dass man ihn nie richtig in den Griff bekam, nie mit Bestimmheit sagen konnte, wer er war. Das Vergnügen, das es bedeutet hatte, mit ihm zusammen zu sein. Meine Gedanken gingen in eine ganz falsche Richtung. Ich hätte an meinem Zorn festhalten sollen, das wusste ich. Dann musste ein Tisch ausgewählt werden, der Kellner geleitete uns hin, Joe bestellte Kaffee für sich und Tee für mich, es war aussichtslos, es war wie vor Jahren… Dabei mochte dieser Mann ein Mörder sein, möglicherweise hatte man den verrückten Schweden zu Unrecht bezichtigt, ein grausames Herz hatte er jedenfalls, grausam genug, um seine schwangere Frau zu verlassen.

Das Schweigen, das lange zwischen uns stand, schien ihn nicht zu stören. Der kleine, schorfgesichtige Kellner brachte Tassen und Kännchen, und wir bekamen, was Joe bestellt hatte.

»Das ist lächerlich«, sagte ich, »hier zu sitzen. Ich sollte gehen.«

Eigentlich redete ich nicht mit ihm, sondern mit mir selbst. Was hätte ich ihm sagen sollen? Er hatte seine schwangere Frau ohne ein Wort der Erklärung verlassen und sich nie mehr gemeldet.

»Es tut mir so leid, Lilly«, sagte er. »Du wirst keine sehr hohe Meinung von mir haben. Was passiert ist, war sicher unverzeihlich. Vielleicht hätte ich es damals alles in dem Brief an dich schreiben sollen, aber das hab ich nicht, ich weiß. Das hab ich nicht. Hab dir nur einen dummen kurzen Brief geschickt. Hab vieles nicht getan. Im Nachhinein blicke ich zurück und wundere mich über mich selbst. Warum hab ich das getan? Wie konnte ich das nur tun? Ich könnte zurückblicken und dir sagen, warum ich *glaube,* es getan zu haben, aus heutiger Sicht, meine ich.«

»Ich war schwanger, Joe. Du hast mich einfach verlassen. Du bist einfach verschwunden. An einem Tag war Joe noch da, und am nächsten nicht mehr. Wer war diese Frau, Joe, wer waren diese Leute?«

»Das ist meine Familie, Lilly.«

»Was soll das heißen?«

»Meine Frau, meine Töchter.«

»Du hast wieder geheiratet, Joe?«

»Ja, Lilly, das habe ich. Ich bin dahin zurückgegangen, wo ich herkomme, wo man mich kennt, wo die Leute wissen, wer ich bin, und ich habe ein Mädchen aus dem Ort geheiratet.«

Er schüttelte den Kopf, als höre er die verabscheuungswürdige Geschichte eines anderen, und hatte dann wenigstens den Anstand, zu wiederholen: »Es tut mir so leid.«

Jetzt war es an mir, zu schweigen, und ich wusste nur zu gut, dass er das Schweigen nicht brechen, sondern warten würde, bis ich etwas sagte. Aber ich musste warten, bis sich der seltsame Schlick des Kummers in meiner Kehle gelöst hatte. Wahrscheinlich verging eine ganze Minute. Dann brachte ich etwas heraus, aber es klang nicht nach Sprache, sondern eher wie ein kleiner Motor, der beim Anspringen sein eigenes Getriebe anfrisst.

»Du hast einen Sohn, Joe. Er ist in Vietnam. Er hat seinen Vater nie kennengelernt.«

»Ich hab mir immer einen Sohn gewünscht. Sag, Lilly, verzeih mir die Frage, aber ist er weiß, mein Sohn?«

Ich war völlig verblüfft.

»Ob er weiß ist?«, fragte ich.

»Ja.«

»Warum, Joe?«

»Nun…«

»Deine andere Familie da, die ist schwarz.«

»Ja.«

»Aber du bist kein Schwarzer, Joe. Du bist genau so weiß wie ich.«

»*So* weiß nun auch wieder nicht«, sagte er und lachte kurz auf. »Lilie – dein Name und deine Natur. Weißt du, Lilly, vor Jahren hatte ich große Angst, große Angst, dass… Ich sage nicht, dass ich weiß, ob es richtig oder falsch ist, aber mit Ella und den Mädchen zusammen zu sein ist das Richtige für mich, weil… Mein Urgroßvater, der, der den Tunnel durchschwommen hat, um zu seiner Hochzeit zu kommen, weißt du noch? Der war tatsächlich weiß, aber seine Braut und alle seine Kinder waren schwarz. Und Jürgen Neetebom war der einzige weiße Mann, den es in meiner Familie je gegeben hat. Und als ich, sein Urenkel, geboren wurde, Allmächtiger, da war ich gar nicht richtig schwarz, inzwischen weiß ich, dass so was vorkommt, weißt du, dass es Generationen überspringt, und ich war damals sehr durcheinander, Lilly, und als ich in die Welt hinausging und als Weißer lebte, hatte ich Angst, man würde mir auf die Schliche kommen oder meine Hautfarbe würde sich wieder ändern, darum habe ich doch die ganzen Tinkturen benutzt, weißt du noch, und das Natronpulver und Gott weiß was, und als du schwanger wurdest, da hatte ich Angst, da hatte ich so furchtbare Angst, das Kind würde dunkelhäutig sein, und ich wusste, du würdest mich verlassen, ich wusste, ich würde alles verlieren, darum… Ich konnte den Gedanken nicht ertragen, dazustehen und in das Bettchen hinabzublicken und mein wahres Gesicht zu sehen, mein wahres Gesicht im Gesicht meines Kindes.«

»Aber Joe, dein wahres Gesicht, das ist ein gutes Gesicht. Es hätte mir nicht das Geringste ausgemacht.«

»Heute geht es mir ja nicht mehr so. All die Angst. Die Zeiten sind jetzt anders. Jedenfalls ändern sie sich. Ich bin so stolz auf meine Rasse, Lilly, wirklich. Ich liebe meine Mädchen.«

»Natürlich tust du das, Joe.«

»Aber damals… Ich kann dir nicht richtig erklären, wie das

war. Es war, als würde man in einem Feuer verbrennen. Der Gedanke, alles zu verlieren.«

»Alles zu verlieren, Joe? Du hast alles verloren.«

»Ja, das stimmt. Ich bin verschwunden, bevor die Sache ausgemacht war. Deswegen habe ich beschlossen, mich in meinem Heimatort niederzulassen. Und genau das habe ich getan.«

»Und der ganze Ärger mit der Polizei, Joe?«

»Ach, das hat sich alles erledigt, Lilly, der Mann wurde gefasst.«

Plötzlich kam Joe mir wie ein sehr ungewöhnlicher Mann vor, es war ein sehr ungewöhnlicher Mann, der mir gegenübersaß. In meiner Erinnerung war er ein Turm von einem Mann, ein Leuchtfeuer. Und das war er noch immer. So kam es mir vor, als ich dort saß, bei allem Ärger und allem Groll, die ich auch empfunden haben mochte – er war es noch immer. Er war Joe, Joe in Amerika, mit seiner ganz besonderen und ungewöhnlichen Geschichte.

»Joe, deine oder auch Eds Hautfarbe hätte für mich nicht die geringste Rolle gespielt. Nicht die geringste.«

»Oh, aber für mich hat sie eine Rolle gespielt. Die Angst war's. Du lebst in einer großen Kiste voller Angst. Wenn du mit so einer Täuschung erst einmal anfängst, Lilly, findest du aus der Angst nicht mehr heraus. Und es tut mir furchtbar leid, dass du an mich geraten bist. Du bist ein guter Mensch, Lilly, natürlich hätte es dir nichts ausgemacht. Aber das wusste ich nicht. Ich habe gegrübelt, gegrübelt, gegrübelt. Unglaubliche Angst, verrückte Gedanken, seltsame Gedanken, Sachen, die Geisteskranken durch den Kopf gehen. Ohne mich warst du besser dran.«

»Das sagst du so. Aber ich habe dich geliebt, Joe. Das wäre mir immer genug gewesen. Auch ich weiß, was Angst ist, Joe. Bei dir habe ich mich nicht gefürchtet.«

»Du warst so lieb, Lilly, und es war eine Ehre, mit dir zusammen zu sein, und ob.«

»Ich weiß nicht, ob ich dir dafür danken oder dir diesen brühheißen Tee ins Gesicht schütten soll.«

»Ich würde es dir kein bisschen übelnehmen. Hast du genügend Geld, Lilly? Ich hab zu Hause ein Taxiunternehmen, das Auto gehört mir, ich könnte dir was schicken.«

»Mir geht es gut, Joe, weiß Gott. Ich hatte Glück. Leute haben mir geholfen. Mike Scopello hat mir geholfen. Viele Leute.«

»Ich bin froh, dass Mike dir geholfen hat. Er war immer ein König von einem Mann, ein König.«

Dann schob Joe seinen Stuhl zurück.

»Ich gehe jetzt besser, Lilly. Ich bin mächtig stolz darauf, dass mein Sohn in Vietnam ist. Ich finde, er ist unerhört mutig. Daran werde ich immer denken. Und falls du ihm sagen möchtest, dass ich immer daran denke, sag's ihm ruhig.«

Dann stand Joe auf. Er stieß einen langen, schweren Seufzer aus und nickte mit dem Kopf. Genau wie früher. Aber das hier war nicht früher. Es waren die verdorrten Felder der Zukunft.

»Hast du ein Bild von ihm?«, fragte er. »Von meinem Sohn?«

»Nein«, log ich. In meiner Handtasche steckte immer ein Bild von Ed.

»Ich habe eine Million Mal an das Baby gedacht. Ich wusste nicht einmal, ob es ein Junge oder ein Mädchen war.«

»Es wäre die einfachste Sache der Welt gewesen, es herauszufinden«, sagte ich.

»Mag sein«, sagte er und nickte erneut. »Du hast oft über Amerika geredet, Lilly, das weiß ich noch, du hast viele kluge Dinge über Amerika gesagt, wie seltsam dieses Land ist, wie groß und unergründlich. Daran denke ich oft. Ich denke oft an dich. Ich bin kein herzloser Mann. Aber ich bin auch kein guter Mann.«

Dann wandte er sich dem Licht der Straße zu. In dem grellen Kontrast konnte ich ihn jetzt besser sehen. Sein Gesicht war nicht nur aschfarben wie früher, sondern voll tiefer Falten.

Etwas an diesen Falten war beredter als alles, was er gesagt hatte. Fast kam es mir verwerflich vor, aber plötzlich tat er mir leid. Auf Joe hatte schon immer etwas Unsichtbares gelastet, das Menschenaugen nicht wahrnehmen konnten.

»Du könntest mir mit Ella große Schwierigkeiten bereiten«, sagte er. »Und das wäre nur recht und billig.«

»Das werde ich nicht tun, Joe. Wahrscheinlich weiß ich nicht einmal deinen richtigen Namen.«

»Mein Name ist Joe«, sagte er und lächelte. Da wusste ich, dass er gehen würde. »Falls du dem Jungen von mir erzählen willst, kann du…«

»Das hast du bereits gesagt, Joe.«

»Schön. Mach's gut, Lilly. Wie gesagt, es tut mir leid. Es tut mir aufrichtig leid.«

Dann hielt er in seinem eigenartigen Galoppschritt auf die Tür zu. In seiner Entschuldigung war wieder etwas, das mich berührte. Mag sein, dass er in gewisser Weise ein Nichtsnutz war, vielleicht sogar ein Feigling. Ganz sicher ein Bigamist. Der mich zutiefst bekümmert und verwirrt hatte. Wie man es auch dreht und wendet. Alles, was einst erbauet ward, soll niedergerissen werden. Sodass ich erneut dachte, von Rechts wegen könnte ich diesen Mann jetzt umbringen. Als ich mich dann erhob, tat ich es vielleicht in dieser Absicht. Ein Teil von mir wünscht sich, es wäre so gewesen. Joe Kinderman, oder nicht Joe Kinderman, einfach nur Joe, irgendein Joe.

Er blieb am Tresen stehen, um die Rechnung zu bezahlen. Joe, der Gentleman. Dann war er schon fast zur Tür hinaus. Fast fort. Fast zu spät. Ich eilte ihm nach und nahm ihn gewissermaßen fest, stoppte ihn mitten in seinem weit ausholenden Schritt, sein rechter Fuß hielt die schwere Metalltür auf. Ich starrte in sein Gesicht, dann senkte ich den Kopf und wühlte in meiner Tasche. Schließlich fand ich das verflixte Ding. Ich überreichte es ihm, das Foto von Ed mit einer verflossenen Freundin namens Janet, auf dem Weg zu seinem Abschlussball. Joe nahm es, hielt es in seinen schlanken Fingern, seinen irrsinnig schönen Händen. Er betrachtete das Foto. Betrachtete es lange. In seine Augen traten große Tränen. Mit einem letzten Blick sah er mich an und fiel fast hinaus auf die Straße, das Foto umklammernd. Dann tauchte er ein in das, was er für sein richtiges Leben hielt, in den Strom von Menschen, die wirre Sturzflut von Menschen, sein Kanaan.

Vierzehnter Tag ohne Bill

Etwa um diese Zeit wurde Dr. King erschossen.

Ed hatte gerade Heimaturlaub, und damals war er ein junger Mann, der ganz und gar nicht mehr lächelte. Der Mann im Fernsehen sagte, die Tragödie sei umso größer, als Dr. King in Amerika umgebracht worden sei, »in Kanaan selbst«.

Alle Städte, in denen ich gelebt hatte, standen in Flammen, und alle Städte, in denen ich nicht gelebt hatte, auch.

Ed war nicht besonders groß gewachsen, bei Weitem nicht so groß wie sein Vater, aber jetzt war er eine ernstzunehmende Persönlichkeit, ein Armeeangehöriger, und das verlieh ihm eine sonderbare Feierlichkeit, wodurch er größer *schien*, als er war. Ihn anzusehen löste in mir eine Art Höhenangst oder Panik aus. Mein Sohn sah sehr gut aus, genau wie sein Vater. Er war mir so kostbar, dass mir das Blut in den Adern stockte, weil ich keine Möglichkeit fand, ihm zu helfen. Ich war seine Mutter. Ich hatte ihm nichts zu geben, nichts. *Und auch der König mit seinem Heer rettete Humpty Dumpty nicht mehr.*

Am Abend seiner Heimkehr kochte ich ihm sein Lieblingsgericht. Es aß es zwar auf, schien aber keine besondere Notiz davon zu nehmen und verlor kein Wort darüber.

Meine Zufallsbegegnung mit Joe in New York lag noch nicht lange zurück, aber ich erwähnte sie mit keinem Wort. Ich hatte vor, es bei Gelegenheit tun, doch mein Junge befand sich gerade in einer anderen Notlage. Es war die Notlage eines Kindes, das voller neuer Pläne steckte, deren Charakter mir vermutlich auch dann unbegreiflich geblieben wäre, hätte er sich die Mühe gemacht, sie mir zu erklären.

Ed zog wieder in den Krieg. Dann wurde eine weitere große Seele jäh aus dem Lied des Lebens gerissen.

Ich war in meiner Wohnung und sah gerade fern. Zufällig war es mein freier Tag. Wir bewohnten noch immer ein paar Räume in einem der Flügel von Mrs Wolohans Haus. Ich bemühte mich, stets auf dem aktuellen Stand der Kriegsnachrichten zu sein. Es war mein Versuch, Ed heil herauszubringen, eine Art magischer Beschwörung. Wenn ich dem Krieg unerschrocken ins Auge sähe, würde er ihn überleben. Dann aber gab es eine Sondermeldung. Ich stand auf und rang nach Luft. Fassungslosigkeit, Entsetzen und Kummer – all das drängte sich in meinem Herzen zusammen. Die Meldung betraf nicht Ed, sondern Mrs Wolohans Bruder. Er war niedergeschossen worden, in Amerika, seinem eigenen Land. Ermordet worden, in Amerika, seinem eigenen Land. Die Geschichte seines Lebens, vom Tod zerfetzt.

Ich ging durch die getäfelte Diele. Die kleinen Figürchen und Gegenstände, die ihr so gut gefielen, oft ohne jeden materiellen Wert, standen wie üblich auf ihren stillen Tischchen. Fotografien, der Vater, den sie liebte, ihre Mutter, ihr Clan. Draußen blies ein grauer Wintersturm, doch der beeinträchtigte die Stille des Hauses kaum. Ich klopfte wie immer an die Tür ihres Wohnzimmers, und als ich keine Antwort hörte, trat ich ein.

Sie stand an einem der Fenster. Ihre rechte Hand ruhte auf der Fensterstrebe, der andere Arm hing gerade an ihrer Seite herab. Sie trug eine blaue Strickjacke und eine weiße Hose. Sie schaute einfach aus dem Fenster, hinaus in das schallgedämpfte Tosen. Das Licht des Sturms umspielte ihre Züge, flackerte in ihren blauen Augen.

Ich habe schon viel gesehen, aber noch nie etwas so Trauriges.

1968, das Jahr, in dem man *spürte,* dass etwas zu Ende ging. Ich konnte dieses Etwas nicht benennen. Ed sagte, es sei der Tod der Hoffnung, und viele andere Menschen sagten das Gleiche, wohin man auch ging. Mr Eugenides sagte, es sei der Tod der Hoffnung. Mr Pelowski im Kino sagte das Gleiche.

Für Mrs Wolohan war es ein neuer hoher Berg des Kummers, den es zu erklimmen galt, um auf dem Gipfel ihre Flagge der Tapferkeit zu hissen.

Was Ed betraf, so wurde sein Gesicht nur noch ernster.

Schließlich hatte er einige dieser armen getöteten Menschen an Mrs Wolohans Tafel kennengelernt. Er hatte mit ihnen geredet, sie hatten mit ihm geredet. Vielleicht war er nur das Kind der Köchin, aber in Amerika stand dem Kind einer Köchin alles offen, und Ed war so helle wie ein Sonnenaufgang im Juni.

Ich glaube nicht, dass er den Drang verspürte, sich in Vietnam aus seiner Seelenpein freizuschießen. Ja, ich wusste, dass das nicht der Fall war. Er war bei den Pionieren und hatte sich neuerdings auf Landminen spezialisiert. Um sie aufzuspüren, benutzte er eine Wünschelrute aus Eschenholz, als spüre er Wasseradern auf. Es war eine Begabung, die er hatte. Viele seiner Kameraden hatten sich bei dieser Arbeit in die Luft gesprengt. Aber Ed besaß ein gewisses Geschick. Und er beabsichtigte, dieses Geschick einzusetzen, um etwas Winziges in die Waagschale der Geschichte zu werfen, etwas Winziges, aber das Einzige, was er besaß. Er blieb weiter in dem Land, von dem ich auf meinem trüben Schwarz-Weiß-Fernseher nur flüchtige Eindrücke gewonnen hatte. Ich nehme an, er selbst sah alles in Farbe.

Ed sprach jetzt nicht mehr viel. Als junger Mann war er zu einem versiegelten Buch geworden. Ich musste selbst mit der Wünschelrute vorgehen.

Ich weiß nicht, was in ihm entzweiging. Möglicherweise vieles. Die Drähte in ihm verschmorten, und dann konnte sein wie immer geartetes Funkgerät keine Signale mehr empfangen. Oder aussenden. Mein Ed.

Ich fragte mich, ob es an mir lag, ob der Verlauf meines Lebens ihn in Mitleidenschaft gezogen hatte, unschuldig wie er war. Kaum hatte sich dieser Gedanke eingestellt, fühlte er

sich willkommen und hielt bei mir Einzug. Alles hat seinen Preis, selbst in einer Geschichte. Um wie viel mehr trifft das im wirklichen Leben zu. Ich glaubte, wenn nicht die Vernichtung, so doch zumindest den Niedergang der Lebensgeister meines Sohnes, seines geheimen Ichs verursacht zu haben. Ich hatte ihn kontaminiert, genau wie Typhus-Mary unwissentlich all jene getötet hatte, die ihr zu nahe gekommen waren. Das Gift, der Extrakt des tödlichen Nachtschattengewächses in mir war die Zeitgeschichte.
Ich hatte Hilfe benötigt, eine Zuflucht, eine wahrhafte Zuflucht. Bei Mrs Wolohan hatte ich sie gefunden. In jenem Jahrzehnt litt sie mitunter so sehr, dass sie einen auf der Stelle von den eigenen Sorgen heilte. Mir gegenüber war sie stets fürsorglich. Sie bot mir Schutz an, sie gewährte ihn, und sie hat ihn mir in vierzig Jahren nie entzogen, auch wenn sie häufig selbst keinen Schutz genoss. Wenn jener seltsame Engel des Todes wieder und wieder mit dem Finger wies und seine Wahl unter den Angehörigen ihrer Familie traf. Hätte der Mörder, der mir auf den Fersen war, mich in den sechziger Jahren aufgespürt und an einer Straßenecke kaltblütig erschossen, niemand hätte dem Vorfall Beachtung geschenkt. Denn es war ein Jahrzehnt, schwarz verkohlt von Leid. In jenen Jahren wartete ein halbes Dutzend bewaffneter Männer an düsteren Orten darauf, ihre Waffen abzufeuern. Rückten den Hut auf ihrem Kopf zurecht und lachten über die Untat, die zu begehen sie im Begriff waren. Amerika zu ermorden und, falls das Land nicht zu Boden ging, noch einmal in seine Seele zu feuern. Aus nächster Nähe. Liebe wie Mord erfordern Intimität. In den Sechzigern wurden viele große Seelen getötet, und meine eigene kleine Seele wäre nicht weiter ins Gewicht gefallen, so viel steht fest.

Es ist so eigenartig, dass ich dies aufschreiben kann und dabei das Gefühl habe, als hätten meine Jahre weder Breite noch Länge noch überhaupt eine Dimension, als wären sie lediglich der Flügelschlag eines Vogels. So flüchtig, so flüchtig.

Ich versuche, in diesem Netz aus Worten Dinge einzufangen, Dinge, die mir wichtig sind. Doch wie den kräftigeren Hausfliegen gelingt es ihnen manchmal dennoch, sich daraus zu befreien. Im Toilettenfenster sitzt dieses Jahr eine fette Spinne, darum putze ich dort nicht. Sie tut ihr Bestes, die großen Sommerfliegen für mich zu fangen. Plötzlich höre ich ein lautes, konzentriertes Brummen – das Requiem der Fliege. Hin und wieder jedoch gelingt es einer von hundert Fliegen, ihre Freiheit wiederzuerlangen.

Endlich versuche ich, meine Gedanken zu sammeln. Einige dieser Gedanken sind stark genug, mir zu entkommen, das weiß ich. Sie möchten lieber die Gräben entlangsirren und Wildblumen zählen, dann vielleicht hinuntertreiben zu den Blumen in den Dünen. Ungezwungen und frei und stark.

Wieder und wieder kommt mir der Gedanke, ich hätte meinen eigenen Sohn dem Untergang geweiht.

Ed muss immer noch irgendwo da draußen sein. In diesem großen, weiten Land. Ich würde ihn so gern wiedersehen, bevor ich gehe, aber ich glaube nicht daran. Als ich ihn das letzte Mal sah, wirkte er wie ein Mann, der nicht mehr heimkehren wird, weil der Kompass, den die meisten Menschen besitzen, seinem Gedächtnis, seinem Herzen entrissen worden ist. Ed starb, als er Landminen in Vietnam entschärfte, ich meine, er ist nicht gestorben, natürlich nicht; aber beim Bombenentschärfen, dieser kräftezehrenden Arbeit draußen im wilden Dschungel – ein Kamerad, der ihm mit der Taschenlampe leuchtet, der eigene Schweiß, der seine Hände zu einer Gefahr für ihn macht –, ist Minenspezialist Ed Bere so gut wie gestorben, zumindest ist er nie heimgekehrt und könnte auch gar nicht mehr zurückfinden. Dies war das Kind, das ich liebte, das ich von Cleveland bis Washington in einem Automobil gestillt und zwanzig Jahre lang mit Nahrung und Worten gestärkt hatte.

Natürlich kehrte Ed physisch aus Vietnam zurück. Ich wusste die Ankunftszeit seines Flugzeugs auf dem Stützpunkt in Philadelphia, ich hatte Benachrichtigungsschreiben erhalten, ich hatte sein Zimmer für seine Rückkehr hergerichtet und das gemästete Kalb geschlachtet, in Form von Cassie Blakes Beef Wellington, seiner absoluten Lieblingsspeise. Aber er tauchte einfach nicht auf.

Ich musste das Beef Wellington ungegessen wegwerfen. Von Ed keine Nachricht. Wie sein Vater war er irgendwo in Amerika. Ich schrieb an jede mir bekannte Behörde, und Mrs Wolohan unterstützte mich, ungeachtet ihres eigenen Himalayagebirges aus Kummer. Behörden versuchen natürlich, sich in Verschwiegenheit zu üben. Selbst wenn sie Ihr Kind einsperren, möchten sie Sie darüber nicht unbedingt in Kenntnis setzen. Aber dem Gesichtskreis der Behörden schien er sich entzogen zu haben. Er schien kein Bankkonto zu benutzen und kein Geld abzuheben, und falls er es doch tat, geschah es – eine weitere Familientradition – unter einem Decknamen, denn ich konnte keine Spur von ihm finden. Hinzu kommt, dass ich versuchte, behutsam vorzugehen, da ich den Verdacht hatte, er könnte sich, im Gegensatz zu seiner früheren Hingabe und sonderbaren Akribie, mehr oder weniger unerlaubt von der Truppe entfernt haben.

Wenn ich nachts im Bett lag und zu schlafen versuchte, tat ich das Schlimmstmögliche und spielte im Geist die alten Wochenschauen aus unserer gemeinsamen Zeit ab. Einfache Filme, für niemanden sonst von Interesse. Jedermanns Privatkino. Seine ersten Schritte, die ich beinahe verpasst hätte und die ich nur mitbekam, weil Maria Scopello, die auf ihn achtgab, mir auf der Straße in Washington hinterherrief. Sein erstes Wort, ausgerechnet »Papa«. Sein erster Schultag in den blauen Shorts. Unsinniges Zeug, die tiefste, bedeutendste Poesie meines Lebens.

Fast hätte ich an Mike Scopello geschrieben, den ich schon seit Jahren nicht mehr gesehen hatte, der mir aber immer, so wie ich ihm, eine Weihnachtskarte schickte. Doch mir war bewusst, dass Mike, genau wie ich, älter wurde. Außerdem litt er, wie seine Schwester mir in einem Brief mitgeteilt hatte, an rheumatoider Arthritis, und ich glaubte nicht, dass er unter quälenden Schmerzen kreuz und quer durchs Land fahren wollte.

Allerdings hatte ohne mein Wissen auch Mr Nolan begonnen, Nachforschungen anzustellen. Wie es ihm gelungen war, weiß ich nicht, aber er fand etwas über Ed heraus. Er nahm sich einen Samstag und einen Sonntag frei – Mr Nolan trat ja erst in den Ruhestand, als er erkrankte – und fuhr ohne ein Wort der Erklärung davon. Er sagte, er wolle nach Tennessee, womit er gewöhnlich seine zweitägigen Sauftouren meinte. Mit einigen Gärtnerkollegen aus der Gegend hielt er gern Zechgelage ab. Zog, wie er es ausdrückte, gern »die Vorhänge zu«. Vermutlich wusste ich schon damals, dass er seine eigenen Dämonen hatte, Mr Nolan.

Diesmal aber war er nicht zechen gegangen.

»Also, Lilly«, sagte er, »er ist mit einigen anderen Veteranen und Hippies oben in den Smoky Mountains, in den tiefsten Wäldern. Eine Gruppe *pocaidí dubha* und ähnlicher Gestalten, nehme ich an.«

»Wo liegt das?«, fragte ich.

»North Carolina«, sagte er. »Da steckt er irgendwo, wurde mir gesagt, hinter dem Cherokee-Reservat. Tief drinnen im Urwald.«

»Wie haben Sie das herausgefunden?«

»Man muss sich einfach durchfragen. In Amerika kann man einen Moskito aufspüren, wenn man weiß, wie man sich richtig durchfragt.«

»Und könnte jemand sie da drinnen finden?«

»Schätze, ich schon. Auf jeden Fall jemand, der sich in den Bergen auskennt. Soll ich's versuchen, Lilly? Möglich, dass er mich nicht sehen will. Möglich, dass er in Ruhe gelassen werden will, unentdeckt bleiben.«

Ich dachte ein, zwei Tage darüber nach, aber dann musste ich ihn darum bitten. Dauernd stand mir der Junge in seinen verblassten blauen Shorts vor Augen. Ich wusste, er hatte den erbarmungslosen Wahnwitz jenes Krieges erlebt, ich wusste, er war ein erwachsener Mann, aber ich sah immer nur den Jungen.

»Ich möchte, dass Sie es versuchen«, sagte ich.

Mr Nolan besaß jetzt ein altes schwarzes Lincoln Town Car, das Mr Wolohan für ein paar Dollars erworben hatte, als ein paar Häuser weiter ein uralter Millionär verstorben war. Mr Wolohan hatte es Mr Nolan überlassen, weil er wusste, dass dieser ein Fahrzeug brauchte, mit dem er die Pflanzen abholen konnte. Mr Nolan hatte die Rücksitze herausnehmen und eine Holzplatte einsetzen lassen, womit der Transport ebenso gut funktionierte wie mit einem Pick-up. Und Mr Nolan war stolzer auf dieses alte, verkratzte Auto, als er es auf einen Lastwagen hätte sein können.

Jedenfalls erbat er sich Urlaub, allerdings ohne Mrs Wolohan oder sich selbst mit einer Begründung zu beunruhigen. Er war fast immer in der Nähe und kam oft außerhalb seiner Arbeitszeiten vorbei, um etwas zu erledigen, darum ließ Mrs Wolohan ihn gnädig ziehen. Seine Trinkgelage weckten weniger ihre Kritik als ihr Interesse. Sie hörte ihn gern von seinen Abenteuern erzählen und davon, wie es in den Spelunken entlang der Schnellstraße zuging. Ich nehme an, von einem Iren aus Tennessee wurde erwartet, dass er gern mal ein Gläschen trank. Vielleicht glaubte sie ja, dass er das vorhatte.

Am folgenden Morgen belud er seinen Wagen in aller Frühe für eine mehrtägige Fahrt. Ich hielt mich in der Nähe auf, um mich von ihm zu verabschieden. Er verstand sich darauf, sein eigenes Auto zu beladen. Er besaß einen alten Rucksack, den er auf die Rückfläche warf. Mit lautem Gepolter schlug er auf.

»Das ist meine alte Knarre. Schätze, ich sollte nicht mit alten

Knarren um mich werfen. Manchmal schlaf ich da drin auf 'ner Luftmatratze«, sagte er. »Sie wissen schon, wenn ich mich spätnachts drüben in Montauk wiederfinde und fix und fertig bin. Das ist das beste Automobil der Welt.«

Dann schwang er sich auf den Fahrersitz, schlug die Tür zu und kurbelte das Seitenfenster herunter, alles in einem Rutsch.

»Ich fahr zum Highway 81, der bringt mich fast bis ans Ziel, New Jersey, Tennessee, North Carolina, und dann bieg ich irgendwo links ab in Richtung Cherokee.«

»Ich bin Ihnen ja so dankbar, Mr Nolan. Das ist sehr liebenswürdig von Ihnen.«

»Waren Sie schon mal in Tennessee, Lilly?«

»Nein.«

»Tabakfelder, so weit das Auge reicht. Irgendwann würde ich Sie gern mal mitnehmen.«

Er stimmte ein altes Lied an, das er kannte, »Little Birdie«. Mir fiel auf, dass er es nicht eilig hatte, wegzukommen. Etwas an diesem Augenblick bereitete ihm Vergnügen.

»Ich kannte mal einen Mann, der dieses Lied kannte.«

»Tatsache?«, fragte er.

»Er hat es immer beim Rasieren gesungen.«

»Es ist ein gutes Rasierlied«, sagte er. »Solange man's mit dem hohen Ton nicht übertreibt und sich nicht die Kehle aufschlitzt.«

Dann warf er den starken Motor an und drückte das Gaspedal durch.

»Ich kenn auch noch 'n andres gutes Lied, ›Oh Death‹, aber das sing ich jetzt nicht.«

»Von mir aus können Sie es gerne singen.«

»Nein, lieber nicht.«

»Nur ein paar Verse«, sagte ich.

»Oh Death«, sang er, *»oh Death, won't you spare me over for another year.«*

Nur sagte er nicht wie ich *year,* sondern *yare.*

»Wenn Sie dieses Lied singen, klingen Sie mehr nach Tennessee.«

»Anders kann man's nicht singen«, sagte er.

Tatsache ist, dass ich ihn küssen wollte, so dankbar war ich. Aber er hatte es nicht nötig, sich von einer siebzigjährigen Frau küssen zu lassen.

Dann fuhr er in den glitzernden Morgen davon.

Ich nehme an, dass er diese Straßen auf dem Weg nach Hause schon oft entlanggefahren war. Oder fuhr er überhaupt jemals nach Hause? Ich wusste, dass seine Angehörigen inzwischen tot waren, das hatte er mir erzählt. Nun, er konnte ziemlich geheimnisvoll tun, dieser Mr Nolan, aber er war ja nicht der erste geheimnisvolle Mann, den ich kennengelernt hatte. Man kann zum Experten in Dingen werden, in denen man lieber kein Experte wäre. Oder die einem nicht so guttun, wie Eds Talent für Bombenentschärfung.

Zu jener Zeit war ich gerade in Rente gegangen, und Mrs Wolohan hatte dieses Haus für mich organisiert. In der Eingangshalle ihres eigenen Hauses, neben dem alten Spiegel und dem Nippes, den ich tausend Mal poliert hatte, hatte sie eine kleine zehnminütige Rede gehalten und meine Jahre mit ihr aufgelistet.

Mr Dillinger befand sich in Afrika, und von dort war eine mitgenommene, aber triumphal wirkende Karte mit einem Dutzend Briefmarken und Poststempeln und dem Bild eines Elefanten eingetroffen: »*Auf viele glückliche Jahre, Mrs B. Herzlich, S.*«

Es war also kurz nach meinem Einzug, und ich war noch damit beschäftigt, meine wenigen Besitztümer zu meiner Zufriedenheit anzuordnen. Mr Nolan in meinem Namen auf der Suche zu wissen, fühlte sich an wie ein Vermögen auf der Bank. Reich an Erwartung war ich ohnehin.

Drei Tage später war ich um die Abendbrotzeit im Garten und hörte, wie im Haus hinter mir die Toilettenspülung gezogen wurde. Ich machte kehrt, um wieder hineinzugehen. Vor Eindringlingen fürchtete ich mich nicht, die Zeiten waren vorbei. Ich hatte kein Licht angeknipst, und in meiner Küche war es dunkel.

Ich hätte den Jungen fast nicht bemerkt, denn auch der Junge war dunkel. Er war etwa zwei Jahre alt und in eins von Mr Nolans Hemden gewickelt, fast wie in eine Windel. Ich hatte das alte Town Car nicht vorfahren hören, aber jetzt konnte ich draußen an der Straße, wo Mr Nolan es geparkt haben musste, seine schwarzen Umrisse erkennen. Mr Nolan hatte sich erst einmal um seine Blase kümmern müssen.

Das Kind stand einfach da, mitten im Zimmer, und sah mich an. Ein dünner kleiner Junge mit dichtem schwarzem Haarschopf.

Mr Nolan kam aus der Toilette.

»Oh, tut mir leid, Lilly«, sagte er, »ich dachte, Sie wären nicht zu Hause. Der Ruf der Natur.«

»Ist schon recht, Mr Nolan. Wer ist denn das?«

»Das ist Bill, Ihr Enkel, nehme ich an.«

Ich stand da und fasste mir ganz langsam an den Kopf. Ließ die offenen Handflächen auf meinem Kopf ruhen.

Aus Sorge, den Jungen verängstigt zu haben, ging ich vor ihm in die Hocke. Fast fürchtete ich mich davor, ihn zu umarmen. Aber er regte sich zuerst. Er kam in meine Arme wie ein mir vertrautes Kind.

Am selben Abend erzählte mir Mr Nolan seine Geschichte. Vor Erschöpfung war das schöne, unerwartete Kind zwischen den Laken sofort eingeschlafen. Einen langen Moment hatte es mich fixiert, mit Augen, die weich leuchteten in dem weichen Licht, und dann die Lider geschlossen.

Mr Nolan setzte sich mit mir auf die Veranda. Die Glühwürmchen verbrannten an der über uns hängenden Birne.

Ich wusste, dass er von der Reise müde war, aber er wollte mir auch erzählen, was sich zugetragen hatte, und ich wollte es hören.

Bis Cherokee habe er etwa vierzehn Stunden gebraucht, sagte er. Dort habe ihn ein Freund von Ed erwartet, ein Cherokee namens Nimrod Smith, der ebenfalls in Vietnam gewesen war, derselbe Mann, der ihm bei seinen ersten Nachforschungen einige Wochen zuvor verraten hatte, wo Ed sich aufhielt. Diesmal verlangte Nimrod Smith fünfzig Dollar, und Mr Nolan versprach, sie ihm nach seiner Rückkehr zu schicken. Mr Nolan wartete den ganzen Tag, während Nimrod Smith auf seinem Motorrad in den Wald fuhr. Er wollte keinen unangemeldeten Besuch mitbringen. Also blieb Mr Nolan nichts anderes übrig, als im Motel Däumchen zu drehen. Doch am Ende erwies sich das als eine gute Idee. Nach Einbruch der Dunkelheit kam Nimrod Smith zurück. Ed wolle ihn unbedingt sprechen, es gebe da etwas, das er ihm erzählen müsse. Er werde sie auf halbem Weg treffen. Am nächsten Morgen brachte Nimrod Smith Mr Nolan auf seinem Motorrad in die Berge. Ed wartete auf einer kleinen Lichtung, er hatte ein Kind bei sich. Mr Nolan war von der Begegnung mit Ed sehr bewegt, mit einem Mal merkte er, dass er sich um ihn gesorgt hatte wie um seinen eigenen Sohn, wenn er denn einen gehabt hätte. Ed hatte sich seine schönen Haare lang wachsen lassen und trug einen struppigen Holzfällerbart. Er umarmte Mr Nolan. Er sagte, die Mutter des Kindes, ein Mädchen namens Jacinta Riley, sei im Krankenhaus von Knoxville gestorben, und die Berge seien einfach nicht der richtige Ort für ein Kind. Er sei zutiefst um das Wohl seines Sohnes besorgt. Er fragte Mr Nolan, ob er das Kind fortbringen könne, ob er es vielleicht mitnehmen und zu mir bringen könne? Seine Ma werde schon wissen, was zu tun sei.

Ich würde schon wissen, was zu tun sei! Ich hatte nicht die geringste Ahnung und war nur unendlich dankbar, dass

Ed am Leben war und einsichtig genug, seinen Sohn nicht in einer so primitiven Umgebung aufziehen zu wollen. Vielleicht wünschte ich mir, er wäre mitgekommen und hätte sein Leben auf die Reihe gebracht, seinem Sohn zuliebe. Aber Mr Nolan sagte, Ed habe etwas sehr Trauriges an sich gehabt. Die Begegnung mit ihm hatte Mr Nolan sehr mitgenommen, das sah ich ihm an. Er weinte, als er mir erzählte, wie verändert er sei, »der Junge«, wie er ihn nannte und wie er ihn schon immer genannt hatte, als er tatsächlich noch ein Junge gewesen war, seinerzeit, bevor er nach Vietnam ging.

»Wie ein leeres Haus mit einem Gespenst darin«, sagte Mr Nolan. »Gott steh ihm bei, Lilly.«

»Sie haben etwas Gutes getan, Mr Nolan, das haben Sie wirklich.«

»Weil ich Ihnen ein kleines Bürschchen mitgebracht habe, das gerade mal zwei Jahre alt ist? Was werden Sie tun, Lilly, ihn aufziehen? Was zum Teufel werden Sie tun?«

»Ich werde noch lange leben«, sagte ich. Einen anderen Plan hatte ich nicht.

»Werden Sie ihn behalten?«

»Ich werde ihn behalten, bis Ed wieder gesund ist. Eines Tages wird er wieder gesund werden. Darum bete ich, Mr Nolan. Bis dahin«, sagte ich, »werde ich mich um Bill kümmern.«

»Nun gut«, sagte Mr Nolan. »Sie sind hochgradig verrückt. Aber ich werde Ihnen helfen. Weiß Gott, das werde ich.«

»Danke, Mr Nolan.«

Fünfzehnter Tag ohne Bill

Heute Morgen bin ich so müde, so ermattet aufgewacht, dass ich mich zur Toilette schleppen musste, ich konnte kaum aufrecht gehen. Allmählich glaube ich, dass diese Schreiberei genauso harte Arbeit ist wie ein irischer Waschtag auf dem Land.

Aber dieser Morgen hat mir auch ein kleines Glücksgeschenk beschert. Die Darmträgheit, die mir schon die ganze Woche über zu schaffen gemacht hatte, kapitulierte endlich vor meinen Gebeten und Verwünschungen, und das Gefühl, das darauf folgte, hätte meiner Ansicht nach nicht einmal den Bewohnern des Himmels, die bekanntermaßen immer zufrieden sind, zur Schande gereicht.

Manchmal geht Erinnerung mit großem Kummer einher, aber wenn die Erinnerungsarbeit getan ist, stellt sich ein ganz eigentümlicher Seelenfrieden ein. Weil Sie Ihre Flagge auf dem Gipfel des Kummers gehisst haben. Sie haben ihn erklommen.

Und beim Aufschreiben dieser Beichte fällt mir erneut auf, dass es so etwas wie tiefste Vergangenheit in Wahrheit gar nicht gibt. Wenn Dinge in Erinnerung gerufen werden, sind sie schlicht und einfach Gegenwart. Sodass Menschen, die ich geliebt habe, zu meiner großen Überraschung erlaubt wird, noch einmal zu leben. Woher diese Erlaubnis stammt, weiß ich nicht. In den letzten zwei Wochen war ich hin und wieder glücklich, jenes besondere Glück, das einem die Hand des Kummers schenkt.

Ich musste Mrs Wolohan über unseren Neuankömmling unterrichten. Dazu war ich verpflichtet, obwohl ein Teil von mir fürchtete, sie könnte Einwände erheben. Ich hätte mich nicht gründlicher irren können. Noch ein Kind, dem sie beibringen konnte, mit Königen zu speisen. Sie nahm die Sache in die Hand, schrieb in meinem Namen an das Krankenhaus in North Carolina und bekam die Sterbeurkunde seiner Mutter zugeschickt, auch seine Geburtsurkunde wurde ausfindig gemacht und zugesandt. Sein vollständiger Name, vermutlich von seinem Vater eingetragen, lautete William Dunne Kinderman Bere. Es war anrührend, diesen Namen zu lesen, der meine ganze Geschichte als Mensch und mehr umfasste, und auf den kleinen Träger dieses Namens hinabzublicken. Um genau zu sein, war er zwei Jahre, drei Monate und fünf Tage alt. Bis zu seinem zweiten Geburtstag hatte er mit seiner Mutter zusammengelebt. Nach einer Bauchfellentzündung war sie an Blutvergiftung gestorben.

Ich brachte Bill zu Dr. Earnshaw, der damals, wie ich mich entsinne, noch nicht lange praktizierte. Er schien von der ganzen Angelegenheit nicht sonderlich erbaut zu sein, das war seinerzeit jedenfalls mein Eindruck. Aber in Wahrheit war es natürlich nur Dr. Earnshaws Benehmen, das ich erst im Lauf der Jahre besser verstehen lernte. Er unterzog Bill einer gründlichen Untersuchung. Zu meiner abermaligen Überraschung gab es am Zustand des Kindes wenig auszusetzen. Es war vernünftig ernährt worden, und Dr. Earnshaw machte mich auf seine winzig kleinen, muschelförmigen Impfnarben aufmerksam.

»Natürlich werde ich noch einmal nachimpfen«, sagte Dr. Earnshaw, »aber mit einem vernachlässigten Kind haben wir es hier nun wirklich nicht zu tun.«

Ich hatte kein Foto von Bills Mutter Jacinta, doch selbst anhand dieser winzigen Spuren schien sich etwas von ihr mir mitzuteilen, und ich fragte mich, wie ihre Geschichte verlaufen sein mochte. Ich schrieb an ihre Eltern in Knoxville, eine Adresse, die Mrs Wolohan vom Krankenhaus erhalten hatte, und war sehr verstört, als ich von Mr Riley, ihrem Vater, einen seltsam gekränkten Brief erhielt. Er ging so weit, darauf hinzuweisen, dass der Junge, da Ed ein Weißer sei, nicht dessen Kind sein könne; sie selbst, schrieb Mr Riley, hätten kein weiteres Interesse an der Sache und würden noch immer den Verlust ihrer Tochter betrauern, die in ihren letzten Lebensjahren aus der Bahn geworfen worden sei. Falls ich das Kind adoptieren lassen oder in Pflege geben wolle, könne ich mit seiner vollen Unterstützung rechnen. Immerhin legte er drei Fotos von Jacinta bei, eins als Baby, eins als Highschool-Schülerin und eines vom Tag ihrer Hochzeit mit Ed. Dieses betrachtete und bestaunte ich immer wieder. Sie hätten, aus welchem Grund auch immer, in Harris County, Houston, Texas, geheiratet, »eine klammheimliche Fünf-Minuten-Sache zwischen lauter texikanischen Mussheiraten, kein Wort Englisch und alle Bräute schwanger«, so Mr Riley, der diese Hochzeit offensichtlich nicht billigte, sondern sie wohl eher als unerträglichen Affront empfand. Doch selbst in diesem gegenwärtigen Chaos war ich stolz auf Ed in seinen besten Jeans und mit einem langen Indianerzopf, der ihm über die linke Brust hing. Und neben ihm, froh wie eine Rose, seine Frau Jacinta, hinter ihnen das Schild des Gerichtsgebäudes. Sie wirkten wie jedes andere junge Paar, das seine Zukunft noch vor sich hat, gesegnet mit Jugend. Ich betete, die Hochzeit möge Ed ein paar Tage des Glücks beschert haben, was immer sonst ihn peinigte.

Außerdem betete ich darum, dass sich, ganz gleich, wie lange es dauerte, sein verwundetes Ich Atom für Atom regenerieren möge, dass ich eines Tages ihn wiedersehen würde und er seinen Sohn, dass der eine dem anderen zurückgegeben werden möge. Darum betete ich.

Einige Wochen später schaute Mr Nolan, wie er es regelmäßig tat, bei mir vorbei, um herauszufinden, wie es mir wohl in diesem Reich großer Veränderungen erging. Ich glaube, er wollte auch ganz gern einen Blick auf Bill werfen.

»Hatten Sie schon Gelegenheit, Mr Smith die fünfzig Dollar zu schicken?«, fragte ich.

»Wusste nicht, ob ich's Ihnen erzählen soll oder nicht, aber vorletzte Woche hab ich in Mrs Wolohans *Times* geblättert. Gerade mal zwei Zeilen. Cherokee namens Nimrod Smith in Knoxville tot aufgefunden.«

Im Zweiten Weltkrieg bestand eine der Foltermethoden in den Kriegsgefangenenlagern darin, die gefangenen Soldaten nachts immer wieder zu wecken. Sie nicht schlafen zu lassen, ihnen die Orientierung zu rauben, ihnen die Lebensgeister auszutreiben. Aber ein zweijähriges Kind tut genau das Gleiche. Ein ganzes Jahr lang wachte Bill alle Stunde auf. Er wollte nichts Bestimmtes. Ich glaube, er wollte nur prüfen, ob ich noch da war. Einmal schlummertwe ich trotz seiner Rufe weiter. Er schlief in dem kleinen Schlafzimmer neben meinem, dazwischen lag nur das Bad. Er muss schon fast drei gewesen sein. Ich schlug die Augen auf und sah ihn im Dunkeln neben meinem Bett stehen.

»Hallo, Großmutter«, sagte er.

Und dann, als er Geschmack am Reden gefunden hatte, sprach er so viel wie jedes andere Kind. Irgendwo in der dunklen Kluft zwischen seinem Bett und meinem musste er eine Entscheidung getroffen haben.

Ich möchte nicht zu lange bei der Schönheit dieses Kindes verweilen. Ich glaube, es würde mir das Herz brechen, wenn ich es täte. Aber um diese Tatsache einmal festzuhalten: Bill war schön.

Als wir Kinder waren und uns in die Röcke unserer Tanten in Wicklow krallten, sagten diese immer: »Ihr seid entzückend, wenn ihr schlaft.« Und ich weiß, was sie meinten. Ein Kind ist Schwerstarbeit. Nichts ist beschwerlicher und strapaziöser als ein Kleinkind, nichts. Wenn ich, etwa im Hochsommer, an Männern vorbeikomme, die die Straße aufgraben, habe ich immer Mitleid mit ihnen und grüße sie, denn einen Graben auszuheben ist die zweitschwerste Arbeit der Welt.

Die schwerste ist, ein Kind aufzuziehen. Selbst wenn man jung ist.

Bill liebte den kleinen Buggy, den ich ihm besorgte, aber Junge, Junge, am besten gefiel es ihm, getragen zu werden. Das liebte er. Ich hätte ihn bis zur Stunde meines Todes tragen können.

Zudem scheint der Freude an einem Kind stets ein reißender Schmerz innezuwohnen. Eine Art Nachschmerz. Der Tag, an dem man sie, geschniegelt und gestriegelt, in Shorts und Hemd, in der neuen Dose das Pausenbrot, für ihren ersten Schultag herrichtet, sie bis zum Schultor begleitet und ihrer jungen Lehrerin übergibt. Seine hieß Mrs Myers. Ihr beruhigendes Lächeln und Bill, der ihr freudig ins Schulhaus folgt. Das kleine Grüppchen von Müttern, wahrlich heldenhafte Wesen. Es war eine Kuriosität des Distrikts, dass während Eds Schulzeit die meisten Kinder in seiner Klasse Weiße waren, in Bills dagegen die meisten Schwarze. Mr Dillinger sagte, vor langer Zeit sei Sag Harbor eine wichtige Station des Freedom Train gewesen, weswegen es einige schwarzhäutige Shinnecock gebe. So wies unser Distrikt also eine Geschichte heller Tugenden auf, zweifellos vor dem Hintergrund düsterer Ereignisse. Ein Glücksfall für Bill. Wunderbar.

Aber dann mit versehrtem Herzen den Dünenpfad entlang nach Hause zu gehen! Vorbei die Tage, da ich Bill zu Hause hatte. Die Tage der Unschuld, die in ihm so vollkommen war, dass sie der Weisheit gleichkam, als stünde er immer kurz davor, mir etwas Wichtiges mitzuteilen. Die Tage unserer gemeinsamen Unternehmungen. Als ich ihm den Teich Sag Pond zeigte, der für ihn immer »der Fluss« war. Als er zum ersten Mal in Mrs Wolohans Pool schwamm, mit seinen bizarren Schwimmflügeln, irgendwelchen seltsamen Figuren aus dem Fernsehen. Seit Ed hatte ich keinen Fernseher mehr, darum musste Bill zum Fernsehen immer ein Stück die Straße hinuntergehen, zum Haus eines Freundes. Jedes Kind in seiner Klasse war sein Freund, und so hatte ich plötzlich selbst zwanzig neue Freundinnen, die Mütter der Kinder. Ein ständiges Hin und Her, Erschöpfung, harte Arbeit. Durchhalten, nicht nachlassen. Jeder Augenblick des Tages ausgefüllt, verplant, gesalbt.

Das Paradies.

Mr Nolan nahm Bill gern mit zum Angeln. Gemeinsam machten sie irgendwelche Gewässer unsicher. Mr Nolan hatte einen Lieblingsplatz »nahe den Shinnecock-Hügeln«, und die beiden fuhren in seinem bejahrten Town Car davon. Er begann, Bill die Lieder beizubringen, die er aus seiner eigenen Kindheit kannte. Eines Tages stellte er Bill auf den Küchentisch und ließ ihn ein neues Lied vorsingen. Nun ja, es war ein altes Lied namens »Kevin Barry«. Ein Rebellenlied, wie sich herausstellte, und wenn ich es recht bedenke, glaube ich nicht, dass Tadg Bere es gern gehört hätte. Aber ein seltsamer Zufall wollte es, dass Kevin Barry aus Rathvilly stammte, genau wie mein Vater, insofern war es ein Rebellenlied, gegen das ich, um der alten Zeiten willen, nichts einzuwenden hatte. Mr Nolan erzählte ich nichts davon. Ich erzählte ihm auch nicht, dass Kevin Barry mein Jahrgang war.

Another martyr for old Ireland,
Another murder for the crown,
Whose brutal laws to crush the Irish,
Could not keep their spirit down.

Bill sang aus voller Kehle. Er sang wie eine Nachtigall. Mr Nolan strahlte. Die Stimme füllte die Küche aus, *diese* Küche. Bill stand in seinen blauen Lederschuhen auf *diesem* Tisch, hob beide Arme, wie Mr Nolan es ihm beigebracht hatte, und legte alles, was er hatte, in das Lied. Und das war nicht wenig.

»Der Junge hat eine goldene Stimme«, sagte Mr Nolan. »So eine Stimme hab ich noch nie gehört.«

Ich schon. Bills Großonkel hatte genau so eine Stimme, Willie selbst, dessen Namen er trug und der meinen Vater einmal um Erlaubnis gebeten hatte, sein Glück im Varietétheater zu versuchen. Mein Vater war entsetzt. »Nein, Willie«, hatte er gesagt. »Das geht auf keinen Fall. Was würde deine arme Mutter im Himmel denken, wenn ich das zuließe?« In Wahrheit, so Annie, hatte unsere Mutter Willies Stimme geliebt. Sie wäre stolz gewesen, wenn er sein Glück auf der Bühne versucht hätte. Willie mit seinem »Ave Maria« und seinem »Roses of Picardy«. Jetzt kann ich ihn hören. Und während ich ihn höre, höre ich auch Bill, der in sein Lied einfällt. In meinem alten Kopf singen die beiden gemeinsam, sie, die einander im Leben nicht einmal gekannt hatten, die im Abstand von siebzig Jahren gefallen waren, in zwei verschiedenen Kriegen.

Ich machte ihn auf Willies Bild im Flur aufmerksam. Von da an sagte Bill im Vorbeigehen immer Hallo zu Willie oder entbot ihm einen kurzen Gruß mit der Hand, eine Art Salut, wegen Willies Uniform. In Wahrheit war er sein Großonkel, aber Bill nannte ihn immer nur Onkel Willie.

Mich dagegen nannte er Großmutter. Als er sieben war, fing er an, mich nach seinem Vater und seiner Mutter auszufragen; irgendwie hatte er ausgetüftelt, dass er so etwas einmal gehabt haben musste. Die Mütter aller seiner Freunde waren größtenteils erst Anfang dreißig oder in ihren Zwanzigern. Warum wurde er am Schultor von einer alten Schachtel abgeholt? Nicht, dass er das sagte. Er scheute sich nie, mich vor aller Augen zu küssen oder die Hand seiner Großmutter zu halten. Ich war so alt, dass ich seine Urgroßmutter hätte sein können.

Ich erzählte ihm die einfachen, die einfältigen Dinge, die ich glaubte ihm erzählen zu müssen. Ich sagte, seine Mutter sei geborgen im Himmel und sein Vater auf einer langen Reise, und ich wisse nicht, wann er zurückkehren würde.

»Dann ist er unterwegs, um sie im Himmel zu besuchen?«, fragte er.

»Wen zu besuchen?«, sagte ich.

»Meine Mutter.«

»Ich glaube nicht, dass man in den Himmel kommt, bevor man, du weißt schon…« Und weil ich eine ausgewachsene Närrin war, glaubte ich, das Wort »stirbt« nicht aussprechen zu dürfen.

»Stirbt«, sagte Bill.

»Ja«, sagte ich, »bevor man stirbt.«

»Wo will er denn dann hin?«, fragte er mit klarer, unbefangener Stimme, einzig um Auskunft bemüht.

»Ich weiß nicht, Bill, das hat er mir nie gesagt. Aber ich weiß, dass er fort ist und dass es weit weg ist.«

»So weit wie Montauk Point?«

»Noch weiter.«

Ich konnte sehen, dass er beeindruckt war.

»So weit wie der Mond?«

»So weit nun auch wieder nicht.«

Als Mrs Wolohan Bill singen hörte, dachte sie nicht an einen Küchentisch als Bühne; sie stellte sich gleich die Metropolitan Opera vor. Sie brachte Mr Dillinger dazu, seinen guten Freund Signor Devito anzurufen, den berühmten Lehrer, der eine der neuen Villen gleich unten in den Dünen besaß. Und nach all diesen Bemühungen fühlte ich mich verpflichtet, Bill zu Signor Devito zu bringen und ihn vorsingen zu lassen. Ich saß in einer Ecke des großen, sonnigen Zimmers, während Bill und der Signor an dem riesigen schwarzen Flügel saßen. Bill war jetzt acht, ich dagegen eine Ansammlung altersloser Leidens um seinetwillen. Signor Devito war außerordentlich liebenswürdig, aber er bat Bill, einige Tonleitern zu singen, was Bill nicht zuwege brachte. Abgesehen von Mr Nolans Bemühungen hatte er nie Gesangsunterricht erhalten. Und Mr Nolan war nur ein irischer Hinterwäldler aus Tennessee.

»Dann sing mir ein Lied vor, das dir gefällt«, sagte Mr Devito.

Seine langen braunen Finger waren mit Ringen geschmückt, deren Steine so groß waren, dass ich sie vom anderen Ende des Raumes aus deutlich sehen konnte. Sie funkelten in dem Sonnenlicht, das durch die Jalousien drang. Er besaß seinen operntauglichen italienischen Namen, aber in Wahrheit, so hatte Mr Dillinger mir anvertraut, war Signor Devito ein Grieche aus Alexandria. Er hätte jedes beliebige Alter haben können, mit seinem glatten, faltenlosen Gesicht ohne jeglichen Bartansatz. Mr Dillinger erzählte, Signor Devito habe die damals bereits achtundfünfzigjährige Marian Anderson auf ihr Debüt an der Met vorbereitet, doch das sagte mir nichts. Ich dachte nur, dass es eindrucksvoll klang, was immer es bedeuten mochte.

Also begann Bill »Roses of Picardy« zu singen, das Lied, das er sich von Mr Nolan hatte beibringen lassen, nachdem ich ihm erzählt hatte, es sei eines der Lieblingslieder seines Großonkels Willie gewesen. Er war, wie gesagt, erst acht, und als ich ihn mit seiner Knabenstimme ein Soldatenlied singen hörte, musste ich in meiner Ecke heimlich weinen. Tatsächlich wünschte ich, Willie hätte da sein können, um es zu hören; vielleicht war er es ja, vielleicht stahl sich ja sein Schatten aus Flandern nach Bridgehampton. Um solch süßen Gesang zu hören, ein Lied, das sein eigenes Leiden und das Leiden seiner Kameraden in sich barg. Als würde er, seit gut siebzig Jahren ein Gespenst, sein eigenes junges Ich hören, wie von Zauberhand erneuert durch die Gnade der Geschichte. Durch Mr Dillingers DNA.

Anschließend schickte Signor Devito Bill hinaus in seine riesige Eingangshalle, um unter vier Augen mit mir zu sprechen.

»Wie andere seiner Rasse hat er eine gute Stimme. Ob sie außergewöhnlich ist, weiß ich nicht, Mrs Bere. Ich möchte, dass Sie ihn nach New York bringen, damit er einmal richtigen Gesang hört. Die Eintrittskarten werde ich besorgen. In der Welt der Oper ist man immerzu Stürmen ausgesetzt. Wie die Seeleute, die das Kap Hoorn umrunden. Man muss das Zeug dazu haben, solche Fahrten zu unternehmen.«

Einige Wochen später saßen Bill und ich in der Pracht der New York Met und lauschten einem Sänger namens Mr Shirley. Die Oper hieß *Turandot.* In seinem Sitz neben mir wirkte Bill sehr klein, jung und zart. Als die Oper ihren Verlauf nahm, war mir, als würde er noch kleiner, jünger und zarter. Noch vor dem Ende der Aufführung stahlen wir zwei uns hinaus, kauften uns eine Pizza und verzehrten sie, während wir auf den Bus warteten, der uns nach Hause bringen sollte.

Als ich Bill zum ersten Mal in dem Einzelbett des kleinen Schlafzimmers unterbrachte, hatte er etwa die Länge eines Kopfkissens. Im Alter von elf Jahren reichten seine Füße bis zur Hälfte der Matratze. Auf diese Weise maß ich die verstreichende Zeit. Das Leben mag kurz sein und die Kindheit noch kürzer, doch die Kindheit eines Enkels ist von verschwenderischer Kürze.

Der Flügelschlag eines Vogels.

Eines Tages im Spätherbst brachte ich ihn gerade zu Bett, als ich hörte oder zu hören glaubte, wie jemand sich auf der Veranda bewegte. Drei Tage lang waren wir von den Ausläufern eines Orkans gebeutelt worden, der sich irgendwo über dem Meer ausgetobt hatte und uns seine Wut nur andeutungsweise spüren ließ, aber doch genug, um an meinen Dachziegeln zu rütteln und mir das Herz bis zum Halse schlagen zu lassen. Über den Strand waren heftige Windböen herangerollt, hatten die Erde um die verwelkten Kartoffelpflanzen rücksichtslos zerwühlt und den Eindruck erweckt, dass sie, mit nur etwas größerer Anstrengung, unser Haus von seinen Fundamenten reißen und an anderer Stelle absetzen könnten. Im düsteren Nachgrollen des Unwetters schnappten die Sturmwolken ein letztes Mal nach dem Mond und jagten davon. Die Holzbohlen der Veranda waren zwar einigermaßen stabil, aber uralt und verzogen, und man konnte sie nicht betreten, ohne eine leise knarrende Musik zu erzeugen.

Ich gab Bill einen Gutenachtkuss, und als ich den Kopf hob,

glaubte ich durch das trübe Fenster die Umrisse eines Unbekannten zu sehen.

So rasch meine Arthritis es zuließ, eilte ich zur Haustür, um mich zu vergewissern, dass sie verriegelt war. In dieser Welt war ich mein eigener Wachhund, darum stand es mir gut an, furchtlos zu sein. Von innen knipste ich die Verandabeleuchtung an. Jetzt fiel ein schwaches Licht auf die schmale Fläche, zumindest auf ein paar Fußbreit davon, und tatsächlich, da war jemand, aber es schien ihm nicht viel auszumachen, mir plötzlich preisgegeben zu sein. Ich wusste sofort, dass es Ed war. Kein Lebewesen hat je so schnell eine Tür entriegelt. Ich warf mich geradezu hinaus auf die Veranda. Mein Kleid verfing sich am Haken und bekam einen kleinen Riss. Als ich daran zerrte, es endlich befreite und aufblickte, rechnete ich halb damit, dass Ed verschwunden sein würde, sich in Luft aufgelöst hätte wie ein Gespenst. Aber er war nicht verschwunden. Er war da.

Reglos stand er auf den alten Bohlen, beobachtete mich kopfnickend, das Gesicht von dem bisschen Licht abgewandt. Er weinte wie ein Kind, versuchte seine Tränen zu verbergen. Doch der Mond verriet sie, beleuchtete sie, verwandelte sie in Mondsteine. Er wischte die Tränen nicht ab. Der Wind interessierte sich für die offene Tür, er wollte ins Haus gelangen und drinnen umhertollen, darum ließ ich die Tür ins Schloss fallen.

Das mag 1982 gewesen sein, dann war Ed etwa sechsunddreißig. Sein Haar war kurzgeschoren, und an den Schläfen, wo es ganz kapituliert hatte, war ein V aus Haut zu sehen. Er trug einen weiten Leinenanzug. Ein Koffer oder Rucksack war nirgends zu sehen. Das braune Wetter hinter ihm verwischte alles mit seinem nassen Pinsel, das eigentümlich dunkelgelbe Licht des nächtlichen Sturmausläufers rahmte ihn ein, als sei er ein dem Sturm selbst entsprungenes, von ihm vorangetriebenes Geschöpf. Lange sprach er kein Wort. Es störte mich nicht. Das Tier, das ich war, alles, was ich war, frohlockte über seine bloße Gegenwart. Mir fiel nichts ein, womit ich ihm hätte begegnen können, kein Vorwurf und kein Streitpunkt, nur diese natürliche Freude.

»Du siehst verdammt gut aus, Ma«, sagte er.

»Nicht übel für achtzig«, antwortete ich oder etwas dieser Art.

Ich hatte Angst, etwas anderes zu sagen, konnte ihm nur antworten. Ich hatte Angst, ihn zu verscheuchen wie einen Vogel aus dem Garten.

»Bill sieht auch verdammt gut aus«, sagte er. »Ich bin froh, dass du ihn behalten konntest.«

»Er ist das beste Kind aller Zeiten«, sagte ich. »Und gottlob ein kleiner Racker.«

Da lachte Ed in der stürmischen Finsternis.

»Er hat einen guten Menschen, der ihn behütet«, sagte er und ließ dieser Aussage ein tiefes Schweigen folgen, ein Schweigen, das sich einstellt, wenn jemand, vielleicht unbeabsichtigt, aus tiefster Seele gesprochen hat.

Ich wollte sagen: Es ist ziemlich kalt hier draußen, möchtest du nicht ins Haus kommen? Ich wollte sagen: Warum erzählst du mir nicht, was dich so quält? Warum trittst du nicht ein und siehst deinen Sohn? Nichts von alledem konnte ich sagen. Ich hatte Angst, ihn, wenn ich ihn ins Haus zu lotsen versuchte, nicht einmal auf der Veranda halten zu können. Lieber fröstelte ich hier. Der Wind war nicht so schlimm. Mich machte etwas anderes frösteln. All die Bruchstücke meiner Lebensgeschichte.

»Ma, ich möchte, dass du weißt, dass ich mich nicht aus Mangel an Liebe fernhalte. Ich habe oft gedacht, dass du das vielleicht denkst. Wenn ich versuche, dir zu schreiben, erstarrt meine Hand. Wenn ich in die Stadt gekommen bin, habe ich oft daran gedacht, dich anzurufen. Aber nichts davon habe ich je getan.«

»Hab ich nie bezweifelt«, sagte ich. »Nie.«

»Ich denke oft an meinen Vater, auch wenn man meinen könnte, dass das ziemlich leere Gedanken sind. Aber das stimmt nicht. Ich denke an ihn, der hier irgendwo in Amerika ist. Vater und Sohn. Und an Bill muss ich immerzu denken. Weißt du, Ma, seine Mutter hat mir sehr viel bedeutet, aber sie ist gestorben.«

»Ich weiß«, sagte ich, denn ich hatte noch immer Angst, etwas hinzuzufügen, falls er glaubte, ich hätte ihm nachspioniert.

»Ich möchte, dass du Bill sagst, dass sein Vater ihn von ganzem Herzen liebt, wirst du das tun?«

»Natürlich werde ich das.«

Ich dachte, für ein Kind ist es schwierig, eine solche Liebe zu verstehen. Es würde lieber mit seinem Vater fischen gehen, als eine solche Liebeserklärung zu hören. Aber ich wusste, Ed litt Not. Er hatte kaum einen roten Heller an Liebe zu verschenken.

»Der Krieg hat etwas mit mir angestellt, Ma«, sagte er.

»Ich weiß, mein Sohn«, sagte ich.

»Mir ist eine Saite gerissen. Mir fällt die Melodie nicht ein.«

Ich nickte. Ich wusste, beim geringsten Versuch, dem Gespräch eine andere Wendung zu geben, würde er verschwinden. Das wusste ich. Ich wusste, er würde ohnehin verschwinden, ich wusste es, aber ich wollte nicht diejenige sein, die ihn verscheucht hätte.

Trotzdem trat ich näher an ihn heran. Ich sah, dass er nicht zurückwich. Ich konnte Bill, der vielleicht schon träumte, drinnen in seinem Bett spüren, während sein Vater, eine Traumgestalt, ganz in seiner Nähe draußen in der Dunkelheit stand. Ed war kein großer Mann, aber er war größer als ich, und ich stand so dicht bei ihm, dass ich die dunkelgrauen Nähte seines Jacketts sehen konnte. Ich streckte beide Arme aus und fasste ihn behutsam an den Ellbogen. Einen Augenblick lang schien er den Kopf hängen zu lassen, dann hob er ihn wieder.

»Es tut mir leid, Ma«, sagte er.

»Schon gut, Ed«, sagte ich.

Er entzog sich mir. »Bejammernswert« war das Wort, das mir in den Sinn kam. Der unglücklichste Mann auf Erden.

Dann war er fort.

Sechzehnter Tag ohne Bill

Als Sechzehnjähriger saß Bill gern allein auf der Veranda und spielte Gitarre. Vielleicht war es ein Überbleibsel seiner musikalischen Ambitionen. Ich schenkte dem keine sonderliche Beachtung, bis er eines Tages einen Song über den Cuyahoga River sang, der von all dem Gas, Öl und Unrat im Wasser in Flammen aufging. Da richtete ich mich auf und lauschte. Wenn ich still genug sitze, kann ich ihn fast noch hören. *Burn on, big river…*

Bill, der sich auf dem Stuhl lümmelt, einen Stiefel übers Geländer gelegt, den Kopf zurückgelehnt, die Augen geschlossen … Es fehlte nur noch die Zigarette im Mundwinkel, um ihn zum Ebenbild seines Großvaters Joe Kinderman zu machen.

Untadelig.

So wortlos, wie er begonnen hatte, so wortlos endete er auch, aber es war nur die übliche Wortlosigkeit des Teenagers. Als Zehnjähriger war er voll hinreißender Innigkeit. Mit vierzehn trat er den langen Rückzug ins Schweigen an. Als Kind war er wie die Bibliothek von Alexandria gewesen, voller Geschichten und Raritäten. Danach schien das Leben das meiste davon wegzubrennen, Seite für Seite. Ich wusste nie und weiß bis heute nicht, ob es irgendetwas gab, was ich hätte tun können. Vielleicht war es einfach nur das Erwachsenwerden. Als Mann unterwegs, mit leichtem Gepäck. Aber mir war, als würde etwas eingetauscht, Wort für Wort, bis keine Worte mehr übrig waren, oder jedenfalls nur noch eine Handvoll.

Er verkrampfte sich. Seine Muskeln verhärteten sich und zerrten an seinen Knochen. Er lebte in seiner inneren Welt, aber ich wusste nicht, was er dort verwahrte, denn die Tür war verriegelt. Ich wurde nicht laut, ich schlug nicht gegen die Tür, um Einlass zu verlangen. Ich glaubte zu wissen, dass es sich nur um eine sogenannte Phase handelte. Er würde aus ihr herauswachsen, die Tür schließlich wieder öffnen und hinaustreten ins Licht, um darin zu baden. Dessen war ich mir vollkommen sicher. Und zwar, weil er ein Mensch war, der es so verdiente, geliebt zu werden. Die Schönheit, die er bereits als Kind besaß, hatte sich in eine andere Art Schönheit verwandelt. Mr Dillinger, der gern fotografierte, machte eine Aufnahme von Bill, die ich neben meinem Bett stehen habe. Das war an dem Tag, als er, wie sein Vater vor ihm, in Bridgehampton den Armeebus bestieg, um in Georgia seine Ausbildung anzutreten. In dem Bus saß ein rundes Dutzend Burschen aus dem Distrikt, genau wie damals, aber eine neue Generation. Mr Dillinger kam mit seiner kostspielig aussehenden Kamera vorbei. Er ließ Bill nicht einmal posieren, sondern machte einen Schnappschuss: Bill, der in seiner Uniform neben dem Abtropfbrett steht und eine Tasse Kaffee trinkt. Das Licht Bridgehamptons liegt auf seinem Gesicht, das seltsam salzige Kartoffelackerlicht Bridgehamptons. Bills Zuhause, seine Heimat. Ein Amerikaner in Amerika. Ein Kind in meinem Herzen. Gerade hebt er die alte blaue Tasse zum Mund, sie ist auf halber Höhe, für alle Ewigkeit. Er wird daraus trinken, gedankenlos. Nur eine Tasse Kaffee. Er weiß nichts von der Wüste, in die er zieht, um für sein Vaterland zu kämpfen. Sekunden zuvor hat er genau diese Wendung benutzt und mich in die alte Wohnstube meines Vaters im Dublin Castle zurückversetzt, wo Willie gerade dieselbe schicksalhafte Erklärung von sich gibt. Damit beginnt es, und auf jenem Foto ist es festgehalten. Wie es endet, davon gibt es kein Foto.

Als er die Schule abgeschlossen hatte, kam Mrs Wolohan vorbei und sagte, sie würde sich freuen, mir mit den Studiengebühren auszuhelfen. Sie sagte, es sei ihr eine Ehre. Das ist ihre Art:

jemandem eine große Gunst zu erweisen, ohne eine Verpflichtung daran zu knüpfen. Bill hatte die vage Absicht, in den Forstdienst einzutreten. Irgendwo hatte er gelesen, dass es in den Nationalparks Stationen gab, in denen Männer und Frauen nach Waldbränden Ausschau hielten und Fauna und Flora des Waldes studierten. Als Bill noch ein Kind war, hatte Mr Dillinger viele Stunden mit ihm auf der Veranda verbracht und ihm von den amerikanischen Ureinwohnern und all den anderen Dingen erzählt, die Mr Dillinger interessierten. Das hatte Bill wohl im Kopf gehabt. Auf seltsame Weise war seine Vorstellung mit den gleichen Bildern von der Wildnis angefüllt wie die seines Vaters, allerdings stammten sie aus einer anderen Quelle.

Für diese Arbeit brauchte man eine forstwirtschaftliche Ausbildung, und das College im Norden des Bundesstaats New York war teuer und überstieg meine Möglichkeiten bei Weitem.

Dieser Gedanke also war präsent, vielleicht sogar in seiner inneren Welt, aber es ging noch mehr vor in seinem Leben. Mit einigen Freunden, überwiegend Kinder der Leute, die dort wohnten, trank er gern Bier drüben am Sag Turnpike. Mr Nolan berichtete mir, dass er Bill jetzt häufiger dort sah, denn dies war Mr Nolans Revier.

Eines Abends brachte Bill eine Freundin mit nach Hause. Er fragte mich, ob es in Ordnung sei, wenn er auf der Couch schlief und sie in seinem Bett. Sie war ein schmales, zierliches Mädchen namens Stacy. In der ersten Nacht hörte ich sie in der frühen Morgenstunde lachen. Ich hatte nicht den Eindruck, dass er viel Zeit auf der Couch verbrachte, sagte aber nichts. Ich muss gestehen, dass ich mich an Stacy störte, weil sie nie mit mir sprach. Vielleicht kam ich ihr so alt vor, dass es die Mühe nicht lohnte. Ich wusste es einfach nicht. Sie ging im Haus ein und aus, und obwohl sie aß, was ich kochte, blieb ich für sie unsichtbar. Mr Nolan kannte ihren Vater, einen Gärtner, »der beste Gärtner weit und breit, von mir mal abgesehen«, sagte er. Dann lernte ich ihren Vater kennen, nur für wenige Augenblicke, weil wir zusammen im Amtsgericht standen, als Bill und Stacy heirateten. Einfach so, ganz plötzlich. Ohne die geringste Vorbereitung. Ihre Flitterwoche verbrachten sie in Las Vegas. Ich war froh, ein paar Dollars für ihn zusammenkratzen zu können.

Es war eine ziemlich verworrene Zeit. Für sein Schlafzimmer erstand er ein billiges Bett, das nahezu den gesamten Raum ausfüllte. Dort zog Stacy mit ihm ein, und das Haus vibrierte von ihren Gesprächen und auch von ihrem Schweigen. Er fand Arbeit bei der Tankstelle, und von College und Wäldern war keine Rede mehr. Am verwirrendsten und traurigsten war, dass es mir nicht möglich war, mit ihm zu reden. Er war wie ein Schatten des Kindes, das ich gekannt hatte. Ich konnte nicht in seinem Gesicht lesen, und ich gestehe hier im Vertrauen, dass ich gekränkt war, zutiefst gekränkt. Tag für Tag war ich wund vor Gekränktheit. Es fühlte sich an, als würde ich sterben. Es fühlte sich an wie eine Krankheit. Ich wünschte so sehr, er würde in die Welt hinausziehen als der Mann, der er war. Sich entfalten, in Amerika. Ich glaubte, er habe gute Aussichten, ein Leben ohne Angst zu führen. Ich glaubte, er habe gute Aussichten, eine Art Sieg über die Angst zu erringen. Denn er hatte ein gutes Herz, davon war ich überzeugt. Ich habe nie aufgehört, daran zu glauben. Ich habe nie aufgehört, ihn zu lieben.

Eines Abends vor etwa zwei Jahren kam er allein nach Hause. Sein Overall war wie immer mit Öl verschmiert, seine Hände schwarz davon, vielleicht weil er mit irgendwelchen Gerätschaften hantiert hatte, ich wusste es nicht. Er kam in die Küche, wo ich gerade mit Backen beschäftigt war, und blieb dort stehen. Normalerweise ging er immer zum WC, wo eine Flasche mit dem Reinigungszeug für seine Hände stand. Aber dahin ging er nicht, sondern blieb regungslos stehen. In einer Ecke der Küche lehnte seine Gitarre. Er hatte schon lange nicht mehr darauf gespielt. Er hatte schon lange nicht mehr gesungen, die Lieder waren im allgemeinen Schweigen verhallt. Mitunter war es mir vorgekommen, als sei überhaupt alles verhallt, alles, dem ich Bedeutung beigemessen hatte, einschließlich meiner eigenen sonderbaren Geschichte. Vielleicht, so begann ich zu denken, bin ich dem Tode nah. Meine Geschichte erstirbt in meinem Mund. Schließlich war ich siebenundachtzig Jahre alt. Ich wusste, dass ich sehr alt war, denn seit etwa zehn Jahren hatte ich mir keine neuen Kleider mehr gekauft. Ich weiß nicht, weshalb mir das als ein Zeichen hohen Alters erschien, aber so war es. Da stand also ein junger, junger Mann von schmächtigem Körperbau, der vielleicht ein paar Bier intus hatte, im Dämmerlicht neben einer alten, alten Dame. Wir zwei in einer Art gegenwärtigem Augenblick, den ich mir, wie seit langer Zeit eigentlich alle Augenblicke, nicht erklären konnte.

»Sieht ganz so aus, als würde ich mich scheiden lassen«, sagte er.

»Bill«, sagte ich, »das sind schrecklich traurige Neuigkeiten.«

»Tja«, sagte er. »Schätze, es lässt sich nicht ändern. Sie liebt mich nicht mehr.«

»Bill, warum wäschst du dir nicht die Hände, setzt dich hin und wir besprechen die ganze Sache?«

»Von mir aus«, sagte er. Er ging nicht ins WC, er wusch sich die Hände im Spülbecken, mit der Karbolseife, die ich dort aufbewahrte, um Töpfe zu scheuern. Ich nehme an, er scheuerte sich die Hände, scheuerte alles ab. Plötzlich wusste ich doch etwas über ihn, selbst wenn es etwas Trauriges war. Ich wusste, dass er Stacy geliebt hatte. Er weinte nicht einmal um sie, über bloße Tränen war er längst hinaus, aber ich konnte seinen Schmerz aus seinem gekrümmten Rücken herausspüren, aus den langsamen Bewegungen, mit denen er sich die Hände wusch.

Dann setzte er sich hin, wie ich ihn gebeten hatte, und mit allem gebotenen Zeremoniell bereitete ich ihm eine Tasse Tee. Zum ersten Mal seit Jahren redete er über Dinge. Er sprach davon, wie unglücklich es ihn mache, nie einen Vater gehabt zu haben, obwohl er wisse, dass sein Vater seine eigenen Schwierigkeiten habe. Er sagte, er wisse einfach nicht, was er mit seinem Leben anfangen solle, er wisse nicht, wie er Fuß fassen könne, so drückte er es aus. Nach und nach begriff ich, dass der Knabe, den ich gekannt hatte, in diesem Mann ganz unversehrt erhalten war. Seine wahre Schönheit lag darin, dass er sich nicht als Helden sah. Er hatte keine hohe Meinung von sich, deswegen war er ganz ohne Bitterkeit. Ich weiß nicht, wie ich sein Schweigen in jenen vorangegangenen Jahren gedeutet hatte. Ich glaube, manchmal hatte ich die Sünde begangen, das Schlimmste von ihm zu denken. Ich glaube, das hatte ich. Es war eine große, eine schwere Sünde.

Wie andere junge Männer, die nicht wissen, wie sie Fuß fassen können, beschloss er, zur Army zu gehen. Als er es mir mitteilte, versuchte ich, gelassen zu bleiben. Ich versuchte zu glauben, dass es eine gute Idee war. Aber innerlich rief ich Eds Namen. Wäre es mir sinnvoll erschienen, auf die Knie zu fallen und ihn anzuflehen, nicht zu gehen, ich hätte es getan. Aber wenn ich auch nicht viel von der Welt verstand, so verstand ich doch einiges von Bill. Noch vor Jahresende hatte der Krieg Einzug in der Wüste gehalten, und so zog Bill denn in die Wüste.

Er zog los mit Mr Eugenides' Buch in der Tasche.

Was er dort, seinen spärlichen Berichten zufolge, vorfand, war nicht homerisch. Ob es heldenhaft war, weiß ich nicht. Zum Teil war es das bestimmt. Bill zuliebe würde ich gern sagen, dass es das war. Ich wusste, dass Bill, wie Willie vor ihm, seine Einheit liebte. Er liebte seinen Hauptmann. Aber für mich daheim klangen Bills wenige Briefe nach einem sehr befremdlichen Krieg. Vietnam, das meinen Sohn ausgehöhlt hatte, war langwierig und scheinbar endlos, und als der Krieg schließlich doch vorbei war, endete er in einer Niederlage, so nannte man es. Hätte Willie den Ersten Weltkrieg überlebt, wäre ihm für seine Anstrengungen zu Hause kein Dank beschieden gewesen. Obwohl Irland aus dem Krieg als Sieger hervorging, wurden Willie und seinesgleichen letzten Endes aus dem Gedächtnis verbannt. Er war Teil der Welt seines Vaters, in der es um Loyalität und das Empire ging, und all das schwand dahin. Es ist also möglich, ohne Dank zurückzukehren, sogar als Sieger. Um wie viel schlimmer muss es für die Jungs aus Vietnam gewesen sein, die unaufhörliche Gemetzel und Niederlagen überstanden hatten, nur um daheim geschmäht und verachtet zu werden. Zum Teil war es das, was Ed in die Berge verschlug. Davon bin ich überzeugt.

Bills Wüstenkrieg war kurz, siegreich. Aber als er heimkehrte, war er betäubt wie ein Kalb im Schlachthaus. Im Schlachthaus wird dem Tier ein Bolzen ins Hirn gejagt. Dann schwebt es einen Moment lang zwischen Leben und Tod. Ich meine, es ist weder lebendig noch tot. Vielleicht zieht seine kurze Zeit auf der Weide an seinem inneren Auge vorüber. Sämtliche Einzelheiten eines Lebens, ob das eines Menschen oder eines anderen Wesens. Die Prozession unzähliger unbeachteter, belangloser Bilder, auf die niemand sonst besonderen Wert legt, die Gott jedoch gewiss mit Liebe betrachtet.

Er sprach nicht darüber, kein einziges Wort. Mr Nolan gegenüber erwähnte er ein paar Dinge, da er ihn als einen Mann betrachtete, dem er vertrauen konnte, gewissermaßen als eine Vaterfigur oder doch etwas, was ihr sehr nahekam. Mr Nolan wiederum berichtete mir unter dem Siegel der Verschwiegenheit, was Bill ihm anvertraut hatte. Er sagte, Bill habe die Ölquellen brennen sehen, er habe erlebt, wie die Wüste in Brand gesteckt wurde. Er habe die feindlichen Soldaten in einem gewaltigen Konvoi fliehen sehen, besiegt, nur darauf bedacht, durch die zerstörte Landschaft nach Hause zu gelangen. Tausende und Abertausende in Autos und Lastwagen unterwegs. Dieser Anblick habe ihn so erschüttert, sagte Mr Nolan, dass er die Bedeutung des Wortes »Sieg« nicht länger verstanden habe. Die Niederlage des Feindes war Bill wie seine eigene Niederlage vorgekommen.

»Ich wünschte, ich könnte behaupten, dass ich nicht verstanden hätte, was er damit gemeint hat«, sagte Mr Nolan. »Aber ich habe es verstanden.«

Er sprach mit seiner ganz eigenen Traurigkeit. Mr Nolan fühlte sich seit geraumer Zeit unwohl. Dr. Earnshaw hatte ihn ins Krankenhaus nach Brooklyn geschickt, wo er einen Facharzt kannte, den er empfehlen konnte. Ich wusste, dass die Diagnose nicht gut ausgefallen war, denn Mr Nolan schwand sichtlich dahin, wurde Woche für Woche immer dünner.

Es war früh am Morgen, die Vögel von Bridgehampton sangen, was die Kehlen hergaben, wie immer schienen sie gleichgültig gegen uns und unser Leiden. Und in dem kleinen Zimmer, in dem Mr Nolan lag, war das Leiden ungeheuer groß. Bis dahin, das kann ich mit Gewissheit sagen, hatte ich ihn verehrt, hatte ihn geliebt, in jener schlichten Form von Freundschaft, bei der alles mehr oder weniger bekannt, akzeptiert und meist ein Grund zur Freude ist. Ein Mensch, der Eigenschaften besitzt, die in Ihnen den ständigen Wunsch wecken, ihn zu sehen, der Sie, wenn er zur Tür hereintritt, mit sonderbarer Genugtuung zu erfüllen scheint, darf als ein Freund gelten, komme, was da wolle. So lag denn mein Freund Mr Nolan, wie jetzt fast immer, in seinem Zimmer. Sein Atem ging mühsam, schon meine Schritte waren wie der Beginn eines Gesprächs. *Wo alles mehr oder weniger bekannt ist.*

Aus seinem kleinen ramponierten Radio mit dem hinfälligen Klebeband und den schmuddeligen Knöpfen konnte man undeutlich die Nachrichten hörten, ein nüchterner Bericht über die brennenden Ölfelder Kuwaits… Sie hatten nicht aufgehört zu brennen, nur weil mein Bill sie verlassen hatte.

Beim Eintreten musste ich ein wenig herumgepoltert haben, denn Mr Nolan erwachte, sein Rachen war voll von schrecklichem Schleim, den er mit einer fürchterlichen Anstrengung ausspucken musste.

Er sah sterbenselend aus, wie der Tod persönlich. Im üblichen Dämmerlicht seines Schlafzimmers standen die Kisten und Kästen seines Lebens wie immer um ihn herum. Dies war ein Mann, der nirgendwo richtig eingezogen war, in keine seiner Behausungen, die er in kurzer Folge gewechselt hatte, in kurzer Folge, wie wir alle es gewohnt sind in diesem rastlosen Land, in dem es so einfach ist, weiterzuziehen, und oft so schwierig, zu verweilen. Pappkartons, die er überallhin mitgeschleppt und vor über dreißig Jahren hier abgeladen hatte, damals, als er nach Bridgehampton kam und mit seiner graustichigen Haut, seinen zerfransten Strohhüten, die er bei jedem Wetter trug, und seiner hochgeschätzten Freundschaft in mein Leben trat. Kartons, die möglicherweise Hinweise auf diesen geheimnisvollen Mann enthielten, der in Bridgehampton gelandet war wie ein Sturmvogel, den der Sturm so umhergeweht hat, dass er sich weder an seine Geschichte noch an den Namen seiner Gattung erinnert.

»Oh«, machte er, ein Seufzer, der nach Stille roch, nach Alleinsein und Grübelei, als wäre ich die ganze Zeit im Zimmer gewesen oder als wäre ich selbst jetzt nicht da, »und so nähern wir uns dem Zeitpunkt, vor dem es mir all die Jahre gegraut hat und von dem ich wusste, dass er kommen würde, und manchmal habe ich mir gewünscht, ein Auto würde mich überfahren, ehe ich es Ihnen sagen muss. Fast möchte ich Sie bitten, meine Hand zu halten, Lilly, damit ich den genauen Augenblick bestimmen kann, in dem Sie sich von mir zurückziehen. Was ich Ihnen zu sagen habe, wird Ihnen nicht gefallen.«

Etwa zwei Minuten lang schwieg er und starrte nur ins Leere, vielleicht ordnete er in Gedanken seine Geschichte, ich weiß es nicht. Selbst die Vögel draußen waren verstummt, weil die Sonne sich mir nichts, dir nichts herangepirscht, die überfluteten Buchten überquert und die reichen Häuser berührt hatte; aber auch dieses kleine, billige Haus, das ausgebleicht unter ein paar Bäumen stand und das die Sonne nach und nach und ziemlich vergeblich auszuradieren versuchte wie ein Schulkind einen Fleck von einer verschmutzten Seite. Alles hier harrte aus, den Anstrengungen dieser kindlichen Sonne trotzend. Ganz besonders er. Wie alt war Mr Nolan jetzt? Wahrscheinlich Ende achtzig, und doch hatte er bis vor wenigen Wochen gearbeitet wie immer, hatte Mrs Wolohans Regenrinnen gesäubert, war auf Dächer geklettert, um Ziegel zu reparieren, als wäre er der Kobold der Dachziegel.

»Als ich zum ersten Mal hierherkam, um nach Ihnen zu suchen…«

»Nach mir zu suchen?«, fragte ich. »Wieso nach mir zu suchen?«

Alte Ängste stürmten auf mich ein. Selbst nach all den Jahrzehnten erfüllte der Gedanke, dass jemand nach mir »suchte«, mein Herz mit Schrecken, falls der Schrecken es je verlassen hatte und nicht einfach wie ein Stapel Anzündholz dalag, das auf einen Funken wartete.

»Ich suchte nach Ihnen, Lilly, wenn auch nicht länger mit der Anweisung, Sie zu finden, und als ich Sie endlich fand, nun schon zum dritten Mal, geschah es in genau dem Augenblick, als ich mit allem, was mich so weit gebracht hatte, abschließen wollte, und damals hätte ich Ihnen das natürlich sagen müssen, aber.«

Dann eine Weile nichts.

»In Amerika«, sagte er, »ist alles möglich. Alles ist im selben Atemzug sowohl wahr wie unwahr.«

Es ist möglich, dass einem niemand etwas erzählen kann, das man nicht bereits weiß. Das Gehirn, ein Teil des Gehirns, hat die Information längst aufgenommen, nur nicht das »obere« Gehirn, das bisschen, das sich einbildet, über die Dinge Bescheid zu wissen.

»Der alte Waffenkoffer dort«, sagte er, »sehen Sie? Der alte schwarze. Ja. Nehmen Sie die Pistole heraus, sie ist nicht geladen, und sehen Sie das kleine Fach dort im Samt? Ja, ja, stecken Sie Ihre Hand hinein, da finden Sie sie, Fotos und Zeitungsausschnitte und Briefe und Dokumente und dergleichen. Ja, ja. Bringen Sie sie nur her. Legen Sie sie aufs Bett.«

Seltsam gefügig folgte ich seinen Anweisungen. Ich hatte die Unterlagen kaum auf die Überdecke gelegt, als ich eins der Fotos erkannte. Es war ein altes Foto von Tadg aus tiefster Vergangenheit, in seiner Tan-Uniform, vielleicht sogar an dem Morgen, als er eingetreten war. Wieso war es in Mr Nolans Besitz? Wie war es in seinen Besitz gelangt? Es war ja nicht einmal in meinem. Es gab Zeitungsausschnitte über den Mord an Tadg in Chicago, ein grausiges Foto, auf dem er in einer riesigen Blutlache an der Museumswand lag, und es gab ein Schreiben mit dem Briefkopf einer jener amerikanischen »irischen« Gesellschaften, mit Kleeblättern und Flaggen und Harfen und alledem. Der Brief war mit Maschine geschrieben und an jemanden namens Robert Doherty adressiert. Als ich ihn überflog, konnte selbst ich erkennen, dass es sich um eine Order handelte, die besagtem Robert Doherty auftrug, den Verräter Tadg Bere zu töten, und Auskunft über Tadgs vermutlichen Aufenthaltsort in Amerika gab. Man verfüge über Informationen von Sympathisanten, Hafenarbeitern in New Haven, hier und da auch Polizisten. Das Schreiben enthielt auch Einzelheiten über mich, dass ich ebenfalls zu töten sei und der Absender Fotos von uns beiden erwarte, sobald die Post es zulasse.

Ich blickte zu Mr Nolan auf. Ich war vollkommen perplex, und er sah auch nicht viel besser aus. Über sein Gesicht, das von Schmerzen bereits entstellt war, hatte sich eine weitere Schmerzschicht gelegt.

»Begreifen Sie, was das ist?«, fragte er.

»Was hat es mit dem ganzen Zeug auf sich?«, fragte ich.

Sein Gesicht sah aus, als würde es ticken, wie eine Uhr. Die Uhr hatte ihre Zeiger längst verloren, aber irgendwo in dem alten Gesicht tickte oder surrte es, als würde sich das Uhrwerk auf den Stundenschlag vorbereiten. Möglicherweise war ich jetzt so sensibilisiert, so alarmiert, dass ich buchstäblich hören konnte, wie das Blut durch seinen Hals pulsierte. Das alte, müde Herz, das sich mit einer letzten Anstrengung erschöpft. Die Wahrheit ist alles. Wir kennen sie nicht, wir wissen nicht, wie wir ihrer habhaft werden können, sie ist nicht in unserem Besitz; wenn wir atemlos am Tor ankommen, wird Gott sie uns hinknallen wie einen Haftbefehl, sie ist außer Reichweite, die Wahrheit, die verfluchte Wahrheit, doch sie ist alles.

Schließlich sprach er, aber mit der Anmut und dem Schrecken eines Todesröchelns.

»Ich bin Robert Doherty«, sagte er.

»Der Mann, der meinen Ehemann getötet hat?«

»Genau der. Lilly, die wussten, dass ihr in Amerika seid, noch ehe euer Schiff hier ankam. Unsere Organisation hatte ein Telegramm erhalten und mich auf euch angesetzt, bevor ihr auch nur an Land gegangen seid. Und dann Chicago, obwohl es eine Weile gedauert hat, euch dort ausfindig zu machen. Auf der Passagierliste standen eure richtigen Namen, aber ich konnte nicht herausfinden, wohin ihr danach gegangen wart, und ich dachte, ihr würdet noch einmal davonkommen. Aber dann dachte ich, vielleicht würdet ihr versuchen, Kontakt mit Verwandten hier aufzunehmen, und hab's über diesen Ansatz versucht, und Ihren Cousin Cullen, hieß er nicht so, ein recht bekannter Mann im Holzhandel, den habe ich ziemlich schnell in Miami aufgetrieben und mich als Freund ausgegeben, und wahrhaftig, er hatte einen Brief von Ihrem Vater, dem alten Polizeibeamten, der verspätet bei ihm eingetroffen war, weil er an seine frühere Anschrift in New York gegangen war, und in seiner Arglosigkeit erzählte er mir, ihr hättet eine weitere Adresse in Chicago, und er war ganz verzweifelt, dass er euch nicht hatte helfen können, und ich sagte, ach, keine Sorge, ich werde für sie tun, was ich kann. Und dann, und dann, die Sache in der Galerie. Dann bin ich Ihnen nach Cleveland gefolgt, um Sie zu töten, Lilly, nachdem ich herausgefunden hatte, wo Sie waren, was nicht einfach war, weil niemand auf der Welt wusste, wo Sie waren, bis Ihr Vater die Polizei in Chicago anschrieb und sich nach dem Verbleib seiner Tochter Lilly Dunne alias Grainne Cullen erkundigte, nach Tadg Beres Tod sei er begreiflicherweise in großer Sorge um sie. Und ich hatte bei den Detectives da einen guten Kontaktmann, und der meldete sich bei mir und sagte, Sie könnten in Cleveland sein, Ihr Name sei dort aufgetaucht, aber als ich Sie wiedersah, brachte ich es nicht übers Herz, den Auftrag auszuführen. In Chicago hatte ich eine günstige Gelegenheit gehabt, Sie wie befohlen zu erschießen, sie aber nicht wahrgenommen. Und beim zweiten Mal war ich noch weniger dazu imstande. Sie in Ihrem hübschen Kleid und schön wie Bette Davis.«

Mein Hirn surrte, mein Mitgefühl für ihn gerann mir in der Brust wie Milch, in die man Zitronensaft träufelt, und ich war drauf und dran, diesen erbärmlichen Mann allein zu lassen, doch eines wusste ich in meiner Verwirrung.

»Sie hätten mich umbringen sollen«, sagte ich. »Sie hatten all diese Jahre kein Anrecht auf meine Freundschaft. Als Sie ihm das Leben nahmen, haben Sie es auch mir genommen. Ich sollte Sie jetzt töten. Wenn ich Kraft in den Händen hätte, würde ich es tun.«

»In einem Tag bin ich sowieso tot. Der Doc hat's mir eben gesagt. Er wollte mich ins Krankenhaus bringen, aber ich hab gesagt, lassen Sie nur. Ich hab diese kleine Morphiumpumpe in Betrieb, hören Sie die? Er hat sie irgendwie am Brustkorb befestigt. O ja. Bald kommt die Krankenschwester, um bei mir zu wachen. Bringen Sie mich um, wenn Sie möchten. Es tut mir so leid, Lilly. So leid. Bitte, bitte, verzeihen Sie mir. Wir glaubten, zum Wohle Irlands zu handeln. Als ich Sie sah, konnte ich Ihnen nichts zuleide tun. Ich änderte meinen Namen und meine Geschichte. Ich habe Sie nie vergessen. Und dann bin ich losgezogen und habe mir eine Art Leben aufgebaut, Automobilbau in Detroit, und geheiratet, und dann, als meine Frau starb und ich nicht wusste, was ich mit mir anfangen sollte, kam ich hierher und fand Sie und beschloss – was? – mich in Ihrer Nähe einzunisten. Den langen Marsch zu beenden. Ich habe mich immer so schlecht gefühlt wegen meiner Tat. Ich habe versucht, sie wiedergutzumachen. Ich weiß, alles in allem ist das absurd – absurd, absurd, in einer absurden Welt. Die Jugend weiß nichts, schlimmer noch, weniger als nichts. Aber ich wusste nicht, was ich tun sollte, und ich wollte es Ihnen immer sagen. Und dann, nach und nach, fing ich an, Sie zu lieben. Und dann konnte ich es Ihnen nicht erzählen. Verzeihen Sie mir.«

»Nein«, sagte ich, »das kann ich nicht. Ich verfluche Sie.«

Und damit wandte ich mich um und ging hinaus und ließ ihn allein zurück.

Mein Instinkt gebot mir, bei ihm zu bleiben, ihm beim Sterben beizustehen. Es erschütterte mich, dass ein solcher Instinkt so mächtig war, so unabhängig von gerechtem Zorn, sogar von Hass. Seltsamerweise blutete mein Herz für ihn, so wie sein eigener Körper blutete. Ich wusste, dass sein ganzer Unterleib zerstört war, ich wusste, dass er unermesslich litt und dass die Trennwand zwischen seinen Gedärmen und seinem Oberkörper so durchlöchert war, dass er kleine Anfälle von Koterbrechen erlitten hatte, ein äußerst furchterregender und abscheulicher Verrat des Körpers, bei dem einem die Scheiße buchstäblich zum Mund herauskommt. Ich wusste, was er litt, ich wusste, was er dem Wesen nach war, jetzt aber wusste ich mehr und konnte nicht bleiben. Ich glaubte nicht, mich bei Gott dafür entschuldigen zu müssen. Ich erwartete von Gott, dass er verstand. Ja, das erwartete ich.

Die Krankenschwester, eine wunderschön zurechtgemachte Jamaikanerin, die ich vom Markt her kannte, fuhr gerade in ihrem klapprigen Wagen vor. Sie war rund, glänzend und in sämtliche Farben der Karibik gehüllt. Ich brachte den Anflug eines Lächelns zustande. Sie begrüßte mich mit umwerfender Heiterkeit. Glücklich in ihrer Arbeit. Die Seelen hinausgeleiten.

Begriff ich wirklich, was er mir da erzählt hatte? Es ist jetzt viele Tage später, lange danach, und selbst jetzt bin ich nicht sicher, ob ich ihn verstanden habe. Er war jung gewesen, wir waren jung gewesen, Tadg und ich. Ich weiß bis zum heutigen Tage nicht, was Tadg im Rahmen seiner Polizeiarbeit getan hat. Er könnte schreckliche Verbrechen gegen die eigene Seele begangen haben. Natürlich. Ein Mörder vielleicht, ein junger Mörder, in seinem Land, zu seiner Zeit. Nicht ohne Schuld, düstere Schuld. Möglicherweise sind die Geschichten über die Tans alle wahr, ich fürchte es fast. Finstere Burschen. Eine Geschichte, die ich in einem Buch las, ließ mich innehalten und an Tadg denken, lange nachdem er tot war, ein Crossley Tender nahe Gort in voller Fahrt, in einem Hauseingang eine Frau mit ihrem Baby, erschossen aus grausigem, grausigem Übermut vom vorbeifahrenden Panzerwagen aus, die Kugel drang durch das Baby hindurch in die Brust der Mutter, sodass die Familie, die aus dem Inneren des Cottages herbeieilte, beide gemeuchelt auf der Schwelle vorfand. Der Schwelle zu einem neuen Land. Meinem fernen, fremden Land. Mr Nolan, der in einem Brief aufgefordert, angewiesen wurde, Amerika und seine säuberlich begrenzten Bundesstaaten zu durchqueren, um meinen Ehemann zu finden und ihm das Leben zu nehmen, seine kleine Handvoll von Jahren und alle Jahre seiner Zukunft. Gerade hatte Mr Nolan mir gestanden, was er getan hatte, er brauchte mir die Geschichte nicht zu erzählen, die kannte ich, denn ich war dabei gewesen, hatte mit halbem Auge gesehen, wie Mr Nolan, denn er war es gewesen, durch die große Eingangshalle des Art Institute auf uns zukam, hatte das herannahende Grauen halb gesehen und halb gespürt, hatte an Tadgs Ärmel gezupft, als er wie gebannt auf das Bild von »sich« starrte, wie er es nannte, das Gesicht eines anderen Mannes vor langer Zeit, das ingrimmige, verkniffene, leidende Gesicht van Goghs, hatte wieder und wieder versucht, ihn auf die Gefahr aufmerksam zu machen, *nein, nein, nur einen Augenblick, Lilly, nur einen Augenblick,* und die dunkle Gestalt näherte sich, unbekannt, ausdruckslos, in dunklem Mantel, mit dunklem Hut, und zog aus dem dunklen Inneren des Mantels etwas heraus, etwas, das schwärzer war als schwarz, glanzlos, stumpf, eine Pistole natürlich, und ich unfähig, den Fluss der Geschichte umzukehren, *Tadg, Tadg, komm weg, komm weg, wir sind in Gefahr, da kommt etwas, da kommt etwas Schreckliches auf uns zu, was ist es?, komm weg.* Und dann war die Gestalt so nah, so dicht, fast intim, als wolle der Mann Tadg umarmen, oh, nur eine Handbreit von ihm entfernt, und der Arm bohrte sich in seine Seite, und der gewaltige Knall, der gewaltige Knall einer Schusswaffe in einem so riesigen Marmorsaal, o mein Gott, und Tadg, der sogleich zusammenbrach, wie ein Kalb auf dem Schlachthof, den Bolzen im Hirn, die Kugel in der Seite, die ihn irgendwie mitriss, in seinem Körper vielleicht umherwirbelte, von Knochen abprallte, denn die Kugel trat wieder aus, ich sah, wie sie in die Wand einschlug, dabei knapp das Bild verpasste, grotesk, entsetzlich, und die dunkle, düstere Gestalt, jener junge Mann, der irgendwo in seiner Hosentasche ein zusammengefaltetes Schreiben mit Kleeblättern und Harfen bei sich trug, das ihm befahl, ihm strikte Order erteilte, Tadg Bere aufzustöbern und zu töten, und jetzt das alte Foto, schlaff auf Mr Nolans Bett, jener junge Mann… Mein lieber, enger Freund dieser vielen letzten Jahre. Der hier lag, zugrunde gerichtet durch die Niedertracht seiner eigenen Bauchspeicheldrüse. Eine Geschichte des Elends und des Schreckens.

Ich bin eine alte, törichte Frau. Ich hatte Mr Nolan nicht weniger geliebt als Tadg Bere und sogar, um ihm nicht Unrecht zu tun, den armen Joe Kinderman. Überall Mord und Blut und die Scheiße seines eigenen Körpers, die ihm zum Mund herauskommt.

Ich stand auf dem Gehweg. Zu meiner Rechten lagen Mrs Sanfords Äcker, auf denen sich ihre Kartoffelpflanzen grün glänzend im Sonnenlicht präsentierten, ein wundersamer Wald, tausend Bonsaibäume.

Nachdem ich zunächst ihn verflucht hatte, verfluchte ich nun mich. Die törichte, uralte, verschrumpelte irische Köchin, die es nicht einmal fertigbrachte, an ihrem gerechten Zorn festzuhalten.

Die Rache würde ich beiseiteschieben, sie für die wenigen Stunden, die es erforderte, beiseitelegen müssen. Wenn er starb, wenn er verendete, würde ich ihn verfluchen, überlegte ich schäumend vor Wut auf dem schmalen, kleinen Fußweg vor seinem Haus, würde auf seinen Sarg einschlagen und wehklagen, und ihn zur Hölle wünschen, wie es meine Pflicht als liebende und beraubte Ehefrau war.

Aber ich wusste, ich musste wieder hineingehen, der prächtig glänzenden Krankenschwester beistehen, die zweifellos gar keines Beistands bedurfte, und an seiner Seite bleiben, während er, mein einstiger Freund, der Mörder meines Mannes, starb.

Und er starb noch am selben Abend.

Siebzehnter Tag ohne Bill

Es ist ein herrlicher Morgen. Daran gibt es keinen Zweifel. Ich glaube nicht, dass Gott mich verhöhnt.

Ich bin am Ende angelangt. Ich spüre es in meinen Knochen. Gleich nach dem Aufwachen, als ich Tee aufbrühte und mich fragte, ob ich wirklich den Wunsch hatte, ihn zu trinken, hielt ich inne und schlug die Hände vors Gesicht.

Als ich den Anruf erhielt und gebeten wurde, in die Schule zu kommen, hatte ich keine Ahnung, worum es ging. Es war einige Jahre her, seit Bill sie besucht hatte, und es war ein Sonntag. Darüber hinaus war es erst neun Uhr morgens. Trotzdem machte ich mich gehorsam auf den Weg. Ich überlegte, ob man mich mit jemand anderem verwechselt oder die falsche Nummer gewählt hatte und jetzt überrascht wäre, mich zu sehen statt der eigentlich erwarteten Person. Ich bestellte ein Taxi und wurde von dem netten Mr Jensen gefahren. Er beschwerte sich über all die Neuankömmlinge in Bridgehampton, obwohl ihm das, denke ich, mehr Arbeit verschaffte. Ihm gefiel ganz und gar nicht, was mit den Grundstückspreisen passierte. Er sagte, seine Kinder würden es sich nicht mehr leisten können, ein Haus zu bauen. Er war der Meinung, die Regierung müsse etwas dagegen unternehmen, glaubte aber nicht daran. Amerika gehöre nur noch den Reichen, sagte er.

Es war das übliche, in gewisser Weise einlullende Taxifahrergerede. Veränderungen gibt es überall, und hier sind wir schon gar nicht dagegen gefeit. Ich war froh, meine Nische gefunden zu haben. Es war ein herrlicher Morgen, und ich neigte zu Optimismus. Ich war zuversichtlich, dass Bill seine Schwierigkeiten überwinden würde. Ich wusste, dass er viel mehr trank als früher. Am Vortag hatte mich Stacy angerufen und mir gesagt, er habe vor ihrem Haus gestanden und zu den Fenstern hinaufgebrüllt. Sie hatte mich gefragt, ob ich ihn nicht auffordern könne, es zu unterlassen. Ich überlegte, Mrs Wolohan zu bitten, die Hochschulpläne aufzufrischen und zu sehen, wie Bill darauf reagieren würde. Trotz allem, was geschehen war, dachte ich, nun, er ist jung, und das Herz erholt sich wieder. Es braucht nur Zeit und Menschen, die an einen denken. Irgendwie konnte ich ihn mir vorstellen, wie er in einer Forststation Dienst tat und nach Feuern Ausschau hielt. Dort draußen in der Wildnis, wo bereits der Sonnenaufgang eine Art Feuer ist und der Sonnenuntergang ein Flächenbrand.

Derlei Unsinn. Tröstliche Gedanken. Hirngespinste, nehme ich an.

Man führte mich zu den Jungentoiletten. Ich bin nicht sicher, ob ich je zuvor in einem Männerpissoir war. Man hatte ihn bereits von der Kabinentür losgeschnitten. Der Haken war lächerlich niedrig angebracht, wie für ein kleines Kind, obwohl es sich um eine Highschool handelte. Irgendwie staunte ich darüber, dass es ihm gelungen war, sich daran aufzuhängen. Man hatte ihm seinen Armeeschlips vom Hals geschnitten, und er lag auf einer Trage. Ich fragte, ob man versucht habe, ihn wiederzubeleben, und der Sanitäter antwortete, er wisse es nicht. Er sagte, man habe meine Ankunft abgewartet, aber er müsse so rasch wie möglich zurück, da auf der Schnellstraße hinter Southampton etwas in Flammen stehe. Ein freundlicher Polizist, den ich aus dem Ort kannte, war da und eine Krankenschwester. Der Arzt war offenbar gekommen und schon wieder gegangen. Dies alles sah und registrierte ich ausschließlich mit der obersten Schicht meines Verstandes. Nichts davon drang weiter vor.

Er lag auf dem Boden, leicht zur Seite gedreht, mit angewinkelten Knien. Er sah erschreckend jung aus. Nicht so jung wie bei seiner Ankunft, aber doch jung. Ich fragte mich, ob es zu seinem Guten gewesen war, ihn aus den Bergen zu holen. Ich wusste es nicht. Ich wusste nur, dass ich ihn geliebt hatte und mit Freuden mein Leben für seines gegeben hätte, tausend Mal und mehr.

Vermutlich war sein Gesicht durch die Art und Weise seines Todes verändert, aber so habe ich es nicht in Erinnerung. In meiner Erinnerung ist sein Gesicht schön und sanft, seine Hände mit den langgliedrigen Fingern liegen geöffnet da wie die Blüten des Silberblatts. In seinem Körper ist kein Atem mehr, doch seine Augen scheinen noch immer in die Welt zu schauen, als könne er ihr Geheimnis durchdringen, indem er sie selbst nach seinem Tod noch im Blick behält.

Bei Beerdigungen sollte es immer regnen, oder wenn es schon trocken ist, frieren oder schneien, immer dichterer Schnee, selbst wenn er die Arbeit der Totengräber erschwert. Heutzutage wird sie von kleinen Baggern erledigt. Man hatte die Grube sehr gekonnt ausgehoben, etwa einen Meter breit und zwei Meter lang. Ich nehme an, dass die Männer das Grab mit dem Spaten begradigt hatten, so sauber und ordentlich sah es aus. Wie die Burschen in einem hochgelegenen Torfmoor in den Bergen von Dublin, die die Soden mit einer Präzision stechen, die nur Blässhühner und Schnepfen würdigen können.

An jenem Tag jedoch – und er scheint lange her zu sein, obwohl in Wahrheit nicht länger, als es gedauert hat, diese eigentümliche »Beichte« abzulegen – strömte die Sonne wie Wasser durch das dichte Laubwerk. Die stattlichen Bäume standen in feierlichem Ernst, und das Sonnenlicht flutete geradezu durch sie hindurch. Es hätte eine Flüssigkeit sein können oder etwas, das man berühren konnte. Etwas, von dem man eine Portion nehmen konnte, die man auswiegt oder aufschneidet und einem Kuchenteig hinzufügt. Das Sonnenlicht strich durch die Bäume wie ein goldener Wind. Es war angefüllt mit Dingen, menschlichen Dingen, mit Geflüster, alten Gesprächsfetzen, vergangenen Geschehnissen und der ausgelöschten Zukunft. Es wehte eine feine, tastende Brise. Sein Leichnam wurde hinabgesenkt, in dem Sarg aus furniertem Kiefernholz, auf das man Eichenmaserung gepinselt hatte, die Vorspiegelung wertvolleren Holzes auf echtem und ehrlichem Holz. Er wurde in die Erde hinabgelassen. Das Sonnenlicht strömte wie eine Flüssigkeit durch die Bäume. Seine Kameraden hatten sich eingefunden, und einer der jungen Burschen blies auf einem Bügelhorn, und sein Feldwebel entrollte die schöne Flagge und legte sie über das unechte Eichenholz, und er wurde hinabgesenkt von seinen zurückgelassenen Freunden, und schon lag er unten, auf dem Boden der Grube, und nach dem festgelegten Zeremoniell gingen sie langsam davon, um zu tun, was immer junge Soldaten nach einem solchen Begräbnis tun. Ich kann es nicht sagen, ich will es nicht sagen. Das Sonnenlicht strich durch die Bäume und näherte sich seiner eigenen Schwerkraft folgend dem Rand des Grabes, als habe Gott die Form von Sonnenlicht angenommen und blicke, aus Angst vor Seiner eigenen Schöpfung, zaghaft herab, um die Sache einmal nackt und ungeschminkt zu betrachten, aus Angst vor dem, was Er getan hatte, oder vor dem, was Er hatte geschehen lassen. Die alten Bäume in ihrer vollendeten Pracht und Üppigkeit standen achselzuckend da, und der Junge, der mir mehr bedeutet hatte als mein eigenes welkes Leben, wurde verstaut wie ein Vorrat Kartoffeln in einer Kartoffelgrube, zu der der Kätner nie mehr zurückkehren wird.

Nachmittag

Ich werde jetzt ins Dorf gehen und meine wenigen letzten Besorgungen machen. Das Haus ist selbstverständlich sauber und ordentlich und wird Mrs Wolohan keine Umstände bereiten, und ich bin sicher, sie wird mir die leichte Unordnung dieses zur Ruhe gekommenen und reglos daliegenden Körpers verzeihen.

Es ist ja nur der letzte Rest eines Lebens, den ich auslösche. Herr, es ist nichts, überhaupt nichts. Ein oder zwei Jahre.

Ich hinterlasse nicht viel. Die wenigen Dinge, die mir wertvoll sind, habe ich in einem Karton verstaut, aber wer sie haben möchte, könnte ich nicht sagen. Niemand. Ich frage mich, ob es in Irland jemanden gibt, der sie gern haben würde, wenn ich eine Anschrift hätte. Die Fotos von Ed und Bill und Joe, die jedem anderen unwichtig erscheinen mögen, selbst einem Verwandten. Der Brief meines Vaters über Maud und die drei Briefe von Annie, die sie mir in den dreißiger, in den vierziger und dann in den sechziger Jahren geschickt hat, den letzten Brief mit der Bitte, sie zu besuchen, typischerweise jedoch ohne Angabe einer Adresse. Und ich hielt es für besser, sie nicht zu besuchen, da ich so beschäftigt war und mich bei Mrs Wolohan eingelebt hatte und fest, oh so fest an das alte Sprichwort glaubte, dass man schlafende Hunde nicht wecken soll. Aber Maud und Annie und Willie und mein Vater haben mich ohnehin nie verlassen. Es vergeht kein Tag, an dem wir nicht in irgendeinem Hinterstübchen meines Kopfes ein wundersames Tässchen Tee miteinander trinken. Dann sind da Eds Armeepapiere und dergleichen und Bills Briefe und beider Zeichnungen aus ihrer Schulzeit, darunter Bills Zeichnung des aufgeknüpften Mannes, die seine Lehrerin Miss Myers so bestürzt hatte.

Ich nehme an, man wird alles eintüten und auf den Müll werfen. Endlich wird Mrs Wolohan ihr Häuschen zurückbekommen. Gott segne sie für ihre beglückende und grenzenlose Geduld.

Ich bin für mein Leben unendlich dankbar. Ich bin dankbar für meinen Vater, meine Schwestern, Tadg, Cassie, Joe, Ed und Bill. Sich das Leben zu nehmen galt einmal als Todsünde und wog so schwer, dass der Pfarrer den Leichnam nicht innerhalb der Friedhofsmauern bestatten wollte. Wahrscheinlich ist es noch immer so. Aber das alles sind nur Mutmaßungen sterblicher Menschen. Niemand sollte behaupten, den Willen Gottes zu kennen, man kann nicht für Gott sprechen. Ich gestehe, dass es eine Weile her ist, dass ich meine früher schon fast traditionelle Fahrt zur Kirche Our Lady of Poland in Southampton unternommen habe, um bei dem freundlichen polnischen Pfarrer dort die Beichte abzulegen. Es ist lange, lange her, um genau zu sein. Aber jetzt habe ich ja hier die Beichte abgelegt. Möge Gott sie wägen, möge er verfügen, was mit mir zu geschehen hat. Ich nehme das Risiko auf mich, abzutreten, bevor ich abberufen werde. Ich möchte frühzeitig bei Petrus am Himmelstor vorstellig werden.

In meiner Fantasie erwartet mich, wenn mir durch die Gnade Gottes Einlass gewährt wird, auf dem Pfad hinter dem Tor eine Gestalt. Ich wünsche mir so sehr, auf diesen Menschen zueilen und ihn wieder in die Arme schließen zu dürfen, so wie er zu meinem Erstaunen einst mich in die Arme geschlossen hat, als er an jenem ersten Tag in meinem Haus stand.

Abend

Mr Eugenides, dessen Gesicht das sauberste der Christenheit ist, war sehr beflissen, wie es nur einem Mann gegeben ist, der sein öffentliches mit seinem privaten Gesicht vermählt hat, das wie stets taktvoll und aufrichtig zugleich war.

»Sie werden lange Zeit bekümmert und zerschlagen sein«, bemerkte er in seiner extravaganten Ausdrucksweise. »Glauben Sie mir, Mrs Bere, ich kenne das gut. Ich habe meinen Vater bei den Kämpfen auf dem Peloponnes verloren, ah, ah, vor vielen, vielen Jahren. Weh, weh! Der Schmerz ganzer Länder und der Schmerz in unseren eigenen Seelen. Er lässt nie nach.« Und wirklich spürte ich, als er sprach, das ganze Ausmaß seines Schmerzes. Er vermischte sich mit meinem und tanzte mit ihm.

»Danke, Mr Eugenides«, sagte ich.

Und mit der kunstvollen Beredsamkeit der Gebärdensprache strich er, begleitet von einem präsidialen Kopfnicken, mit beiden Händen glättend über den schon glatten Tresen, wie um den Baum, aus dem dieser gefertigt war, zu besänftigen.

Und ich berichtete ihm, ich könne nicht schlafen, ob ich lieber Dr. Earnshaw aufsuchen solle, um mir etwas verordnen zu lassen? Aber davon wollte Mr Eugenides nichts wissen, in seinem Computer fand er den Beleg für ein kürzlich ausgestelltes Rezept und schlug vor, dieses ein wenig aufzustocken oder, in seinen Worten, zu »versteifen«, was immer er damit meinte, wohl kaum im Sinne eines alkoholischen Getränks, dem man noch mehr Alkohol zufügt. Jedenfalls wollte er kein Geld dafür nehmen, wollte nichts mit den Banknoten zu tun haben, die ich aus meiner Handtasche holte, wie ich es für erforderlich hielt, da ich nicht die Absicht hatte, die Tabletten über meine Versicherung abzurechnen – aber nein, nein, er wollte nichts davon wissen, sondern drückte mir ein halbes Dutzend Kärtchen mit Schlaftabletten in die Hand – »Gratisproben, Mrs Bere«, nannte er sie, was ich angesichts ihrer makellosen Erscheinung bezweifelte. Seine tröstliche Stimme im Rücken, den kleinen Satz Schlaftabletten in der Handtasche, zwischen alten Lippenstiften und Puderdosen lose aufgefächert wie ein ganz besonderes Blatt beim Kartenspiel, verließ ich das Geschäft.

Auf dem Heimweg schien mir alles besonders lebendig. Die Bäume, deren Blätter in der Brise raschelten, die kleinen, sparsamen Ausblicke auf Gärten und glänzende Autos, dann die großzügigen Ausblicke auf blühendes Marschland und den spitzenartigen Meeressaum am Horizont. Nichts daran war verkehrt, nichts daran versehrt. Die Straße, die ich so oft recht unbekümmert entlanggegangen war, die Bill so oft in seinem zerbeulten Wagen befahren hatte, mit herabgekurbelten Fenstern und herausdröhnender Musik, wie eine Art Zigeuner in dieser gesetzten Welt.

Ich ging durch mein Gartentor. Das Meer draußen am Strand wirkte wie tausend Patienten in einem Wartezimmer, stumm, gereizt, besorgt. Es war so spät am Nachmittag, dass die Welt, wie in Kürze die Geschäfte an der Dorfstraße, Feierabend machte. Die Farben von Land und Meer wurden eingesammelt, die helleren Blautöne, die Bänder aus unerklärlichem Gelb draußen auf dem Wasser, diese tausend Nistplätze für die Lichtspiele der Sonne. Doch die Sonne glitt wie ein Betrunkener unter den Tisch der Welt. All die aufgelesenen Farben der Landschaft hatte sie sich einverleibt, war ein Feuer, das sie verzehrte, tat etwas sehr Gewaltsames und Verheerendes, dort in der Ferne. Jetzt brannten auch meine Blumen in ihren Beeten, als widerstrebe es ihnen, ihr prachtvolles Gefieder aufzugeben. Auch sie würde die Dunkelheit bald rupfen, meine winzigen Siege über Erdreich und Salzwind vielleicht zum letzten Mal zunichte machen. Erst würde sie ihre Farben ausreißen, dann die Farben des kümmerlichen Rasens und dann die meiner Tür, meiner Wände, meines Dachs, würde alle Farben ausreißen und mit ihnen die Farben in meinem Herzen.

Ich trat durch die Tür und blieb in der Diele stehen, zu guter Letzt eine Fremde, als wäre ich noch nie zuvor dort gewesen. Tatsächlich wirkte sie größer und breiter, und im ersten Moment war ich verwirrt. Ich starrte auf Dinge, die mir vertraut waren und die ich doch überhaupt nicht kannte. Die Tür, die zu meiner Küche führte, stand offen, und ich konnte das Licht des Meeres sehen, das sich wie eine neue Schicht Harz über den Resopaltisch ergoss. Es lag etwas Schönes darin, etwas Schönes, Lebhaftes und Eigentümliches, und in diesem Moment wusste ich, dass ein Mensch, umgeben von all dem wertlosen Beiwerk, hier wahrhaft glücklich sein konnte und dass ich selbst lange, lange Zeit dieser privilegierte Mensch gewesen war. Mir war, als wolle mein Zuhause mit dieser neuen Fremdheit von mir

Abschied nehmen. Es kannte meine Absicht und rang mit der Notwendigkeit, höflich zu sein. Ich wusste und war froh darüber, dass, wenn es vorbei wäre, in dem Kleid, das ich trug, etwas ganz Geringfügiges daliegen würde. Dass der unendliche Abstand zwischen zwei Punkten, in diesem Fall zwischen Leben und Tod, von dem die Mathematiker behaupten, er könne nicht verringert werden, verringert werden würde. Ich würde überhaupt keine Entfernung überwinden müssen, um zu einem Nichts zu werden.

Noch aber stand ich dort. Die alte Dame, die beabsichtigte, sich mit Mr Eugenides' kleinen Tabletten das Leben zu nehmen. Jenseits der Küche sammelte sich noch etwas anderes als Dunkelheit, zeichnete sich ab vor dem dunkelnden Fensterglas, war es gar eine Armee des Nebels, Legionen um Legionen, die von der Wasseroberfläche des Meeres aufstiegen, abgekämpfte Soldaten, die ihre Kräfte, ihr sagenumwobenes Leben wiedererlangten und den Strand von Bridgehampton heraufkamen, um den Ort rechtmäßig zu erobern? Ich wusste es nicht. Ich hatte das Gefühl, als würde ich nie wieder etwas wissen, und dieses Gefühl barg für mich nicht den geringsten Schrecken. Ich empfand vollkommenen Einklang mit diesem Augenblick, denn ich spürte, dass er sowohl mein Verschwinden als auch meinen sonderbaren Sieg umfasste. Ich trug Bill in meiner Brust, und das war nun keine steinerne Last mehr, die mich vernichten, den letzten Atem aus mir herauspressen würde, es war etwas vollkommen anderes, eine Leichtigkeit, ein wirklicher Besitz, als sei ich ein kleiner Karren für ihn, der seine federleichte Seele in den Himmel bringt. Dort stand ich, eine greise, verlebte, ausgediente Frau, und mir stockte der Atem, jedoch nicht aus Gram oder menschlichem Rachegelüst. Friedliches Dunkel erfüllte die Küche, kroch in den Wasserkessel, um sich ein Nest zu bereiten, kroch in die Zuckerdose und in die Backformen, spielte mit den Rundungen der Schöpfkellen und der großen Kochlöffel, befingerte alles, beäugte alles, selbst jene verstohlenen Orte, die niemand sieht, die Oberseite von Schränken und die Zufluchtsstätten und Züchtungsgebiete von Staub unter Kühlschrank und Herd. Und das Dunkel war so dunkel, dass es mir wie Licht vorkam, obwohl es das nicht war, es war ein Dunkel, das ich nur zu gut verstand, das Innere von etwas, wie Obst- oder Nusskerne, wie schwierige Gedichte oder göttliche Dinge, bei denen Gott seinen Ratschluss fast selbstsüchtig, fast geizig für sich behält und aus denen Er ein Geheimnis, ein Wunder macht, doch wer könnte es Ihm verübeln? Das Dunkel hüllte sich ein in sich selbst, wie ein zusammengezogener Nebel, es drehte und drehte sich und rückte vor, und plötzlich rahmte es mit großer Klarheit und lieblicher Schlichtheit ein Geschöpf ein, das tanzte, das ganz bedächtig tanzte, sein Halsband mit dunkel glitzernden Schmucksteinen besetzt, das tanzte und tanzte – die große, weich wogende Gestalt eines Bären.

Sebastian Barry, 1955 in Dublin geboren, gehört zu den »besten britischen und irischen Autoren der Gegenwart« (Times Literary Supplement). Er schreibt Theaterstücke, Lyrik und Prosa. Bei Steidl erschienen bisher seine Romane *Ein verborgenes Leben* (2009), *Ein langer, langer Weg* (2014), *Gentleman auf Zeit* (2017) und *Annie Dunne* (2021). Sein Roman *Tage ohne Ende* (2018) war ein internationaler Bestseller und wurde u.a. mit dem Costa Book of the Year Award ausgezeichnet. 2020 erschien die Fortsetzung *Tausend Monde*. Barry lebt in Wicklow, Irland.

Hans-Christian Oeser, 1950 in Wiesbaden geboren, lebt in Dublin und Berlin und arbeitet als Literaturübersetzer, Herausgeber und Autor. Er hat u.a. John McGahern, Mark Twain, Ian McEwan, F. Scott Fitzgerald, Anne Enright, Maeve Brennan und Sebastian Barry übersetzt. Für sein Lebenswerk wurde er 2010 mit dem Heinrich Maria Ledig-Rowohlt-Preis ausgezeichnet. 2020 erhielt er den Straelener Übersetzerpreis der Kulturstiftung NRW.

Sebastian Barry bei Steidl

Ein langer, langer Weg
Roman
Aus dem Englischen von Hans-Christian Oeser
368 Seiten
Steidl Pocket / Broschur / ISBN 978-3-95829-772-2

Willie Dunne ist gerade neunzehn, als er in den Krieg zieht. Gegen die »Hunnen« kann die britische Armee jeden Mann gebrauchen. Mit Tausenden anderer irischer Freiwilliger wird er 1915 nach Flandern verschifft. Drei lange Jahre lang hungert, kämpft, friert und fürchtet sich Willie, der Soldat mit der schönen Stimme und dem unschuldigen Herzen. Und während Irlands Söhne auf den Schlachtfeldern für die Krone sterben, schießen in Dublin britische Soldaten die Rebellen des Osteraufstands nieder. Barry erzählt die berührende Geschichte eines jungen Mannes, der im Niemandsland des Ersten Weltkriegs verloren geht.

»Sebastian Barry hat ein Denkmal für all diese naiven, unbedarften Soldaten geschrieben, die sich in einem sinnlosen Krieg opfern, ein Mahnmal von großer, furchterregender Schönheit.«
—Korinna Hennig, *NDR*

Steidl Verlag ▪ Düstere Straße 4 ▪ 37073 Göttingen ▪ steidl.de

Steidl Pocket

Ein verborgenes Leben
Roman
Aus dem Englischen von Hans-Christian Oeser
392 Seiten
Steidl Pocket / Broschur / ISBN 978-3-95829-932-0

Irland 1922, mitten im Bürgerkrieg: IRA-Kämpfer bringen nachts einen toten Kameraden auf den Friedhof von Sligo. Der Friedhofswärter soll ihn beerdigen. Roseanne, dessen schöne Tochter, wird nach dem Priester geschickt – und ein verhängnisvolles Schicksal nimmt seinen Lauf.

»Aus hundert Jahren Erinnerungstrümmern konstruiert Sebastian Barry einen großen Roman.«—Claudia Voigt, *KulturSpiegel*

»Ein leuchtendes Erzählfeuerwerk mit glasklaren, innerlichen Sätzen.«
—Anja Hirsch, *Frankfurter Allgemeine Zeitung*

»Manchmal reicht schon die Beschreibung eines einzigen Blicks, um alles zu sagen, was wichtig ist.—Andrea Hacke, *Brigitte*

Steidl Verlag • Düstere Straße 4 • 37073 Göttingen • steidl.de

Tage ohne Ende
Roman
Aus dem Englischen von Hans-Christian Oeser
272 Seiten
Steidl Pocket / Broschur / ISBN 978-3-95829-727-2

Thomas McNulty und sein Freund John Cole sind gerade 17 Jahre alt, als ihre Karriere als Tanzmädchen in einem Saloon für Bergarbeiter ein natürliches Ende findet. Für den »miesesten Lohn aller miesesten Löhne« verdingen sie sich bei der Armee und sind fortan unzertrennlich in Kriegsgeschäften unterwegs. Angst kennen beide nicht, dafür haben sie schon zu viel erlebt. Thomas ist vor dem »Großen Hunger« aus Irland geflohen, hat die Überfahrt und die Fieberhütten in Kanada überlebt, sich bis nach Missouri durchgeschlagen. Wie ein irischer Simplicissimus stolpert er durch das Grauen der Feldzüge gegen die Indianer und des amerikanischen Bürgerkriegs – davon und von seiner großen Liebe erzählt er mit unerhörter Selbstverständlichkeit und berührender Offenheit. In all dem Horror findet Thomas mit John und seiner Adoptivtochter Winona sein Glück.

»Zeile für Zeile die faszinierendste Ich-Erzählung, der ich seit Jahren begegnet bin.«—Kazuo Ishiguro

»Das Buch muss jeder lesen.«
—Volker Weidermann, *Das Literarische Quartett*

Steidl Verlag • Düstere Straße 4 • 37073 Göttingen • steidl.de

Annie Dunne
Roman
Aus dem Englischen von Hans-Christian Oeser
und Claudia Glenewinkel
280 Seiten
Leineneinband
ISBN 978-3-95829-934-4

Sommer 1959 im irischen Wicklow: Das Leben hat es nicht gut gemeint mit Annie Dunne. Mittellos und ohne Obdach ist sie auf dem abgelegenen Bauernhof ihrer Cousine untergeschlüpft. Dort, mit Hund und Hühnern, Kühen und Kälbern und einem feindseligen Pony hat sie eine Art bescheidenes Glück gefunden und in Sarah eine Lebens- und Seelengefährtin. Wie jedes Jahr kommen die kleinen Kinder von Annies Neffen zu Besuch, doch dieses Mal ist etwas anders. Ein Schatten liegt auf diesem Sommer, eine Bedrohung, die Annie um den Schlaf bringt.

Mit der zornigen, schroffen und doch liebevollen Annie Dunne hat Sebastian Barry eine großartige Frauenfigur geschaffen und einen Roman, der in seiner leisen und poetischen Art tief berührt.

»Ein Buch über das Leben selbst.«—Kirkus Review

Titel der englischen Originalausgabe:
»On Canaan's Side«, erschienen bei Faber and Faber Limited,
London 2011

1. Auflage dieser Ausgabe November 2022

Lektorat: Claudia Glenewinkel
Umschlaggestaltung: Paloma Tarrío Alves / Steidl Design
Buchgestaltung: Gwenda Winkler-Vetter / Steidl Design
Gesamtherstellung und Druck: Steidl, Göttingen

Steidl
Düstere Str. 4, 37073 Göttingen
Tel. +49 551 49 60 60
mail@steidl.de
steidl.de

Printed in Germany by Steidl
ISBN 978-3-96999-120-6

Auch als eBook erhältlich